O que aconteceu

com Annie

O que aconteceu com Annie

C. J. Tudor

Tradução de Flávia Rössler

Copyright © C. J. Tudor, 2019

TÍTULO ORIGINAL
The Taking of Annie Thorne

PREPARAÇÃO
Marcela de Oliveira

REVISÃO
Carolina Rodrigues
Raphani Margiotta

DIAGRAMAÇÃO
Inês Coimbra

FOTO DE CAPA
© Bela Molnar

ADAPTAÇÃO DE CAPA
Antonio Rhoden

CIP-BRASIL. CATALOGAÇÃO NA PUBLICAÇÃO
SINDICATO NACIONAL DOS EDITORES DE LIVROS, RJ

T827q
2. ed.

    Tudor, C. J., 1972-
       O que aconteceu com Annie / C. J. Tudor ; tradução Flávia Rössler. - 2. ed. - Rio de Janeiro : Intrínseca, 2025.

    Tradução de: The taking of Annie Thorne
    ISBN 978-85-510-1390-8

    1. Ficção inglesa. I. Rössler, Flávia. II. Título.

24-93936   CDD: 823
                               CDU: 82-3(410.1)

Gabriela Faray Ferreira Lopes - Bibliotecária - CRB-7/6643

16/09/2024   19/09/2024

[2025]
Todos os direitos desta edição reservados à
Editora Intrínseca Ltda.
Av. das Américas, 500, bloco 12, sala 303
22640-904 – Barra da Tijuca
Rio de Janeiro – RJ
Tel./Fax: (21) 3206-7400
www.intrinseca.com.br

*Escritores são como quebra-cabeças. Precisamos de paciência,
perseverança e, às vezes, de alguém que pegue as peças.
Dedico este livro a Neil, por me completar.*

prólogo

Antes mesmo de entrar no chalé, Gary sabe que o caso é ruim.
    Sabe pelo cheiro doce enjoativo que escapa pela porta aberta; pelo zumbido das moscas no corredor abafado e quente, e, se aquilo já não fosse indício suficiente de que havia algo errado na casa, errado do pior modo possível, o silêncio confirmava.
    Há um Fiat branco no acesso para carros, uma bicicleta apoiada na porta da frente e galochas jogadas logo na entrada. Uma casa de família. E mesmo quando uma casa de família está vazia, ela guarda um eco de vida. Ela não deveria ficar lá parada com um ar pesado e agourento e sob um silêncio sufocante como acontece com essa casa.
    Mesmo assim, ele grita de novo.
    — Ei! Tem alguém em casa?
    Cheryl ergue a mão e bate rapidamente na porta aberta. Estava fechada quando eles chegaram, mas não trancada. Outra confirmação de que alguma coisa não estava certa. Arnhill pode ser apenas um vilarejo, mas ainda assim as pessoas trancam a porta.
    — Polícia! — ela grita.
    Nada. Nem um passo leve, um rangido, um sussurro. Gary suspira, sentindo um forte pressentimento de que não deveria entrar. Não é só o cheiro rançoso da morte. Há algo mais. Algo primitivo que parece induzi-lo a dar meia-volta e ir embora.
    — Sargento? — Cheryl ergue os olhos para ele, uma sobrancelha fina levantada com ar questionador.

Ele olha para a companheira de pouco mais de um metro e sessenta e menos de cinquenta quilos. Com quase um metro e noventa e perto dos cento e trinta quilos, Gary é o urso Balu perto do delicado Bambi que Cheryl representa. Na aparência, pelo menos. Em termos de personalidade, basta dizer que Gary chora com filmes da Disney.

Ele faz um gesto breve e sombrio com a cabeça e os dois entram.

O cheiro forte e dominante de deterioração humana é repulsivo. Gary engole em seco e tenta respirar pela boca, desejando com todas as forças que outra pessoa — *qualquer outra pessoa* — tivesse atendido aquela ligação. Cheryl faz cara de nojo e cobre o nariz com a mão.

Chalés pequenos como aquele costumam seguir uma disposição padronizada. Corredor estreito. Escada à esquerda. Sala de estar à direita e cozinha minúscula nos fundos. Gary vai em direção à sala. Abre a porta.

Ele já viu cadáveres antes. Um menino vítima de um atropelamento cujo motorista fugiu. Um adolescente esmagado por um trator. Estavam horríveis, sim, nem é preciso dizer. Mas desta vez... *Isto é ruim*, pensa de novo. Muito ruim.

— Merda — sussurra Cheryl.

Gary não teria encontrado maneira melhor para se expressar. Tudo é transmitido naquele único palavrão. *Merda*.

Uma mulher está caída em um sofá de couro puído no meio da sala, de frente para uma enorme televisão de tela plana. A tela tem uma rachadura que lembra uma teia de aranha, em torno da qual dezenas de moscas varejeiras gordas rastejam preguiçosamente.

Outras zumbem ao redor da mulher. Ao redor *do cadáver*, Gary se corrige. Aquilo não é mais uma pessoa. É apenas um cadáver. Apenas mais um caso. Se recomponha.

Apesar do inchaço da putrefação, dá para dizer que ela devia ser magra e ter pele clara, agora mosqueada e marmorizada, com veias esverdeadas. Está bem-vestida. Camisa xadrez, jeans justo e botas de couro. É difícil calcular a idade, ainda mais porque grande parte do topo da cabeça não existe. Bem, não é exatamente como se não existisse. Gary consegue ver pedaços dele grudados na parede, na estante e nas almofadas.

Não há muita dúvida sobre quem puxou o gatilho. A espingarda ainda está no colo da mulher, os dedos inchados a segurando. Em um instante, Gary avalia a provável sequência de acontecimentos: arma na boca, puxa o gatilho, a bala sai um pouco para a esquerda, que é onde se vê o maior estrago (o que faz sentido, já que a arma está na mão direita).

Gary é um sargento da polícia, quase não se envolve em perícias, mas a frequência com que assiste a *CSI* lhe parece o suficiente.

A decomposição provavelmente aconteceu bem depressa. Faz calor no chalé; é quase sufocante, na verdade. Fazia vinte e cinco graus do lado de fora, as janelas estão fechadas e, mesmo com a cortina cerrada, a temperatura no ambiente devia estar beirando os trinta e poucos. Gary já está sentindo o suor descer pelas costas, umedecer as axilas. Cheryl, que nunca perde a calma, está secando a testa e parece desconfortável.

— Merda. Que bagunça — ela diz, com uma voz desanimada que ele não costuma ouvir.

Ela balança a cabeça enquanto observa o corpo no sofá, depois percorre com os olhos o resto da sala, os lábios crispados e o rosto sombrio. Gary sabe o que ela está pensando. *Chalé confortável. Carro bom. Roupas elegantes. Mas nunca se sabe. Nunca se sabe de verdade o que acontece lá dentro.*

Além do sofá de couro, os únicos móveis são uma estante de carvalho pesada, uma mesinha de centro e a televisão. Ele olha de novo para o aparelho, se perguntando sobre a rachadura na tela e sobre o motivo pelo qual as moscas parecem se mover com tanto interesse por toda a sua extensão. Então dá alguns passos à frente, sentindo o vidro quebrado se estilhaçando sob os pés, e se inclina.

De perto, ele percebe o motivo. O vidro trincado está coberto de sangue escuro coagulado. Mais sangue escorreu pela tela até o chão e ele percebe que por pouco não pisou em uma poça pegajosa que se espalhou pelo assoalho.

Cheryl se aproxima.

— O que é isso? Sangue?

Ele pensa na bicicleta. Nas galochas. No silêncio.

— Precisamos verificar o resto da casa — diz.

Ela olha para o colega com expressão preocupada e assente.

A escada é íngreme, barulhenta, e mais vestígios de sangue escuro se espalham pelos degraus. No alto, um patamar estreito leva a dois quartos e um banheiro minúsculo. Embora pareça impossível, o calor naquele andar consegue ser mais intenso, e o cheiro, ainda mais repugnante. Gary faz um gesto para Cheryl verificar o banheiro. Por um momento, ele acha que ela vai argumentar. É óbvio que o cheiro vem de um dos quartos, mas, pela primeira vez, ela o deixa bancar o oficial superior e atravessa com cautela o patamar.

Gary observa a porta do primeiro quarto, um gosto metálico amargo na boca, e então a abre devagar.

É um quarto de mulher. Simples, limpo e vazio. Guarda-roupa em um canto, cômoda ao lado da janela, cama grande coberta com um edredom creme impecável. Na mesa de cabeceira, um abajur e uma foto solitária em um porta-retratos simples de madeira. Ele se aproxima e a examina: um menino de dez ou onze anos, pequeno e magro, com um sorriso grande e cabelo loiro bagunçado. *Ah, Deus*, ele se pega rezando. *Por favor, Deus, não.*

Com o coração ainda mais apertado, volta para o corredor e encontra Cheryl com semblante pálido e tenso.

— O banheiro está vazio — ela diz, e ele sabe que ambos pensam o mesmo.

Resta apenas um quarto. Apenas uma porta a ser aberta para a grande revelação. Irritado, ele afasta uma mosca com a mão e teria respirado fundo se o cheiro já não o estivesse sufocando. Em vez disso, segura a maçaneta da porta e a abre.

Cheryl é durona e não costuma fica nauseada, mas ele percebe que ela sente ânsia de vômito. Sente o próprio estômago embrulhar, porém consegue controlar o enjoo.

Quando pensou que o caso era ruim, ele estava enganado. Tratava-se, na verdade, de um maldito pesadelo.

O menino está deitado na cama, vestido com uma camiseta grande demais, shorts folgados e meias esportivas brancas. O elástico delas deixa uma marca em suas pernas inchadas.

Meias muito brancas, Gary não consegue deixar de reparar. Um branco que quase cega. Um branco puro. Como o de um anúncio de detergente. Ou talvez só pareçam tão brancas porque tudo o mais está vermelho. Vermelho-escuro. Que mancha a camiseta enorme e se espalha pelos travesseiros e lençóis. E onde deveria estar o rosto do menino há apenas uma grande confusão de vermelho e feições indiscerníveis, em meio a corpos pretos apressados de moscas e besouros caminhando sobre a carne apodrecida.

A tela rachada da televisão e a poça de sangue no chão voltam à sua mente, e de repente ele visualiza a cena. A cabeça do garoto esmagada contra a TV repetidamente, depois golpeada no chão até ficar irreconhecível, até ele não ter mais rosto.

E talvez fosse esse o objetivo, ele pensa, quando ergue os olhos para outro detalhe vermelho. Um vermelho mais óbvio. Um vermelho que é impossível não perceber.

Letras grandes rabiscadas na parede acima do corpo do menino:

NÃO É MEU FILHO

um

Nunca volte. É o que todos sempre dizem. As coisas vão ter mudado. Elas não vão estar mais do jeito que você lembra. Deixe o passado no passado. Mas é claro que é mais fácil dizer do que fazer. O passado tem o hábito de se repetir nas pessoas. Como um curry ruim.

Não quero voltar. Não quero mesmo. Há muitas coisas mais importantes na minha lista de desejos, como ser comido vivo por ratos, ou dançar música country. Isso é para dar uma ideia da minha vontade de nunca mais voltar a ver a merda do lugar onde eu cresci. Às vezes, no entanto, não há outra escolha senão a errada.

É por isso que estou dirigindo por uma estrada sinuosa que atravessa o interior de North Nottinghamshire antes mesmo das sete da manhã. Há muito tempo não vejo essa estrada. Pensando bem, há muito tempo não vejo o dia a essa hora da manhã.

A estrada está tranquila. Apenas dois carros me ultrapassam, um buzinando (sem dúvida, o motorista quer indicar que o estou impedindo de avançar *à la* Lewis Hamilton rumo a um trabalho de merda ao qual ele precisa *muito* chegar alguns minutos mais cedo). Para ser justo com ele, eu de fato dirijo devagar. Nariz grudado no para-brisa, mãos agarradas ao volante, as juntas brancas e salientes: devagar.

Não gosto de dirigir. Tento evitar sempre que possível. Vou a pé, de ônibus ou de trem para viagens mais longas. Infelizmente, Arnhill não está em nenhuma das principais rotas de ônibus, e a estação de trem mais próxima fica a quase vinte quilômetros. Dirigir é a única opção viável. Como eu disse, às vezes não há escolha.

Sinalizo e saio da estrada principal para pegar uma série de vias rurais ainda mais estreitas e traiçoeiras. Campos de vegetação túrgida marrom e suja espalham-se dos dois lados, porcos fungam junto a casebres de chapas enferrujadas, entre pés tombados de bétula branca. A floresta de Sherwood, ou o que resta dela. Os únicos lugares onde talvez seja possível encontrar Robin Hood e João Pequeno por aqui nos dias de hoje são nos letreiros mal desenhados de bares decadentes. Os homens que os frequentam em geral parecem muito alegres, e as únicas coisas que roubarão de você serão seus dentes, caso olhe para eles do jeito errado.

O norte não é necessariamente sombrio. Nottinghamshire nem é tão ao norte — a não ser para quem nunca saiu do abraço infernal da M25 —, mas, de certa forma, é desprovido de cor, insosso, exaurido da vitalidade que se esperaria de uma área rural. Como se as minas que já foram tão comuns na região tivessem, de alguma forma, acabado com a vida do lugar.

Por fim, depois de muito tempo sem ver qualquer coisa que se assemelhe a civilização, nem mesmo um McDonald's, passo por uma placa torta e semi-destruída à minha esquerda: BEM-VINDO A ARNHILL.

Embaixo, algum sacana metido a engraçadinho acrescentou: PARA SE FERRAR.

Arnhill não é um vilarejo acolhedor. É amargo, ácido, inquietante. Vive isolado e olha para os visitantes com desconfiança. É estoico, imperturbável e enfadonho, tudo ao mesmo tempo. É o tipo de lugar que se ilumina quando você chega e cospe no chão com nojo quando o vê partir.

Além de umas poucas fazendas e casas de pedra mais antigas nos arredores, Arnhill não tem nada de especial ou pitoresco. Ainda que a mina tenha sido desativada definitivamente há quase trinta anos, seu legado ainda percorre o local como minério na terra. Você não verá tetos de palha nem cestos suspensos. As únicas coisas penduradas do lado de fora das casas são cordas de varal e uma ou outra bandeira de São Jorge.

Varandas de tijolos sujos de fuligem alinham-se ao longo de uma rua principal, onde há também um pub caindo aos pedaços: o Running Fox. Costumavam existir mais dois, o Arnhill Arms e o Bull, mas ambos fecharam há muito tempo. Em outra época (minha época), Gypsy, o proprietário do Fox, fazia vista grossa quando alguns garotos como nós, um pouco mais velhos, íamos lá beber. Ainda me lembro de vomitar três doses de uma bebida fortíssima — junto com o que parecia ser metade das minhas tripas — no banheiro imundo e, logo que me recuperei, me deparei com ele ali parado, segurando um pano e um balde.

Ao lado, o Wandering Dragon, que vende peixe e fritas para viagem, também não foi atingido pelo progresso, por uma nova pintura, nem — posso até apostar — por um cardápio novo. Uma lacuna nas minhas recordações: a lojinha da esquina, onde comprávamos todo tipo de bala e doce que se pudesse imaginar, se foi. A filial de um supermercado Sainsbury's ocupou seu lugar. Imagino que nem Arnhill esteja completamente imune ao avanço do progresso.

Com exceção disso, meus piores temores se confirmam: nada mudou. Infelizmente, o lugar está idêntico a como me lembrava.

Avanço um pouco mais pela rua principal, passo pelo parquinho em mau estado e pela pequena reserva ecológica do vilarejo. Há uma estátua de um mineiro no centro, um memorial aos trabalhadores mortos no desastre da mina de carvão de Arnhill em 1949.

Percorro os principais pontos da região, subo uma pequena encosta e vejo os portões da escola. Instituto Arnhill, como é chamado agora. A estrutura ganhou uma repaginada; o antigo prédio de inglês, do alto do qual uma criança caiu certa vez, foi derrubado e um novo pátio surgiu no lugar. Podemos revestir merda com purpurina, mas sempre será merda. Eu sei bem disso.

Paro no estacionamento dos funcionários nos fundos do prédio e saio do meu velho e cansado Golf. Há outros dois carros estacionados, um Corsa vermelho e um Saab antigo. As escolas quase nunca ficam vazias durante as férias de verão: os professores precisam fazer o planejamento das aulas, organizar cronogramas, supervisionar atividades. E, às vezes, participar de entrevistas.

Tranco o carro e dou a volta no prédio, tentando não mancar a caminho da recepção. Minha perna está doendo bastante hoje. Em parte por ter dirigido, em parte pelo estresse de estar de volta. Algumas pessoas têm enxaqueca; no meu caso, a minha perna ruim é que dói. Eu devia ter trazido minha bengala, na verdade, mas detesto usá-la. Ela faz com que eu me sinta um inválido. As pessoas me olham com pena, e não suporto que tenham pena de mim. A pena deve ser reservada para quem de fato a merece.

Com um leve estremecimento de dor, subo a escada que leva à porta de entrada. Uma placa luminosa acima dela diz: "Bom, melhor, perfeito. Nunca se acomode. Até que o bom esteja melhor e o melhor esteja perfeito."

Frase inspiradora. Mas não posso deixar de pensar na alternativa de Homer Simpson: "Crianças, vocês tentaram e falharam miseravelmente. A lição que aprenderam é: nunca tentem."

Toco o interfone ao lado da porta. Ouço um clique e me inclino para falar.

—Vim encontrar o Sr. Price.

Outro clique, um zumbido penetrante de interferência e, em seguida, o sinal de que a porta está liberada. Esfrego o ouvido, abro e entro.

A primeira coisa que me atinge é o cheiro. Cada escola tem o seu. Nas instituições modernas, é de desinfetante e limpador de tela. Nas escolas particulares, o cheiro é de giz, piso de madeira e dinheiro. O Instituto Arnhill cheira a hambúrguer velho, desodorizador de privada e hormônios.

— Olá?

Uma mulher de aparência austera, com cabelo grisalho curto e óculos, ergue os olhos por trás do vidro da recepção.

Srta. Grayson? Claro que não. A essa altura ela já estaria aposentada. Então percebo. A verruga escura no queixo, de onde ainda brotam os mesmos pelos pretos duros. *Meu Deus.* É ela! Isso deve significar que, aqueles anos todos atrás, quando eu a imaginava tão velha quanto um maldito dinossauro, ela tinha apenas o quê? Quarenta anos? A idade que tenho agora.

—Vim encontrar o Sr. Price — repito. — Sou Joe... Joe Thorne.

Espero algum sinal de reconhecimento. Nada. Afinal, faz muito tempo, e desde então ela viu centenas de alunos passarem por estas portas. Não sou mais o mesmo garoto magricela com um uniforme grande demais que atravessava a recepção correndo, torcendo para que ela não rosnasse meu nome e o dos meus colegas e nos repreendesse por estarmos com a camisa para fora da calça ou tênis diferentes do padrão da escola.

A Srta. Grayson não era de todo ruim. Muitas vezes eu via algumas das crianças mais fracas e tímidas na sua sala. Ela fazia curativos em joelhos ralados se a enfermeira da escola não estivesse por perto, deixava que elas ficassem ali e tomassem refresco enquanto esperavam para falar com algum professor, permitia que a ajudassem com os arquivos ou qualquer outra coisa para aliviar um pouco os tormentos da hora do recreio. Fazia dali um pequeno santuário.

Ela me assustava muito.

Ainda me assusta, percebo. Ela suspira — de um modo que deixa claro que a estou fazendo perder seu tempo, meu tempo e o tempo da escola — e pega o telefone. Eu me pergunto por que ela está na escola hoje. Ela não está dando aula. Embora, de certa maneira, eu não esteja surpreso. Quando eu era pequeno, não conseguia imaginar a Srta. Grayson fora da escola. Ela fazia parte da estrutura daquele lugar. Era onipresente.

— Sr. Price? O Sr. Thorne o aguarda na recepção. Certo. Combinado. — Desliga o telefone. — Ele estará aqui em um minuto.

— Ótimo. Obrigado.

Ela volta para o computador e me ignora. Não oferece chá ou café. E nesse instante cada um dos meus neurônios clama por uma dose de cafeína.

Sento-me em uma cadeira de plástico, tentando não parecer um aluno que não fez o dever de casa e por isso está à espera do diretor. Meu joelho lateja. Coloco as mãos sobre ele e, disfarçadamente, massageio a articulação com os dedos.

Pela janela, vejo alguns adolescentes sem uniforme perto dos portões da escola. Eles bebem energético e riem de alguma coisa que veem no celular. Sou invadido por uma sensação de *déjà-vu*. Tenho quinze anos de novo, passo um tempo perto daqueles mesmos portões, bebo um gole de refrigerante e... sobre o que nos debruçávamos e do que ríamos antes da era dos smartphones mesmo? Revistas de música e outras pornográficas roubadas, acho.

Baixo os olhos para as minhas botas. O couro está um pouco arranhado. Eu devia tê-las engraxado. Mais do que nunca, preciso de um café. Estou prestes a me render e pedir a droga de uma bebida quando ouço o barulho de sapatos no linóleo polido e logo as portas duplas do corredor principal se abrem.

— Joseph Thorne?

Fico de pé. Harry Price é tudo que eu esperava, e menos. Magro, pele enrugada, cinquenta e poucos anos, usando um terno sem forma e mocassins sem cadarço. O cabelo grisalho ralo está penteados para trás, e tem uma expressão de quem está sempre na iminência de receber péssimas notícias. Um ar de exaustiva resignação paira sobre ele como uma loção pós-barba vagabunda.

Ele sorri. Dentes tortos, manchados de nicotina. Eles me fazem lembrar que não fumo desde que saí de Manchester. Isso, associado ao desejo quase incontrolável de cafeína, me faz querer ranger os dentes até desintegrá-los.

Em vez disso, estendo a mão e me esforço para dar o que espero ser um sorriso agradável.

— Prazer em conhecê-lo.

Percebo que ele me avalia rapidamente. Mais alto que ele pelo menos cinco centímetros. Bem barbeado. Bom terno, caro quando era novo. Cabelo escuro, embora já com alguns fios grisalhos. Olhos escuros, agora mais injetados de sangue. Já me disseram que tenho um rosto honesto. O que serve apenas para mostrar como as pessoas sabem pouco.

Ele aperta minha mão com firmeza.

— Meu escritório é por aqui.

Penduro a bolsa no ombro, tento forçar minha perna ruim a andar direito e sigo Harry até seu escritório. É hora do show.

— Então, a carta de recomendação de sua antiga diretora é excelente.

Só podia ser. Eu mesmo a escrevi.

— Obrigado.

— Na verdade, tudo aqui parece de fato impressionante.

Mentir é uma das minhas especialidades.

— Mas...

Começou.

— Há um intervalo muito grande desde seu último emprego... Mais de um ano.

Pego o café com leite fraco que a Srta. Grayson jogou na minha frente. Tomo um gole e me esforço para não fazer uma careta.

— Sim, bem, foi de propósito. Decidi que queria um ano sabático. Dei aulas durante quinze anos. Estava na hora de me reabastecer. De pensar no futuro. Decidir qual rumo tomar depois.

— E posso lhe perguntar o que fez no seu ano sabático? Seu currículo é um pouco vago.

— Algumas aulas particulares. Trabalho comunitário. Dei aulas no exterior durante um tempo.

— É mesmo? Onde?

— Em Botswana.

Botswana? De onde tirei esse lugar? Acho que eu não seria capaz sequer de apontá-lo no mapa.

— Isso é muito louvável.

E criativo.

— Não foi totalmente por altruísmo. O clima era melhor lá.

Nós dois rimos.

— E agora quer voltar a lecionar em tempo integral?

— Estou pronto para uma nova etapa na minha carreira, sim.

— Nesse caso, minha próxima pergunta é: por que quer trabalhar no Instituto Arnhill? Com base no seu currículo, eu diria que você poderia escolher qualquer escola.

Com base no meu currículo, eu provavelmente deveria receber o Prêmio Nobel da Paz.

— Bem — respondo —, sou daqui. Fui criado em Arnhill. Gostaria de dar algo em troca para a comunidade.

Ele parece pouco à vontade e remexe os papéis na mesa.

— Está ciente das circunstâncias em que esta vaga se tornou disponível?

— Li a notícia.

— E como se sente a respeito?

— É trágico. Terrível. Mas uma tragédia não deve definir uma escola inteira.

— Fico contente de ouvi-lo dizer isso.

Fico contente por ter ensaiado as respostas.

— Embora eu imagine que todos ainda devam estar bastante abalados — acrescento.

— A Sra. Morton era uma professora muito querida.

— Tenho certeza disso.

— E Ben era um aluno promissor.

Sinto um nó na garganta, que logo passa. Aprendi a enfrentar momentos difíceis. Mas por um instante isso me entristece. Uma vida de promessas. Mas a vida não passa disso. Uma promessa, não uma garantia. Gostamos de acreditar que nosso lugar está definido no futuro, mas a única coisa que temos é uma reserva. A vida pode ser cancelada a qualquer momento, sem aviso, sem reembolso, não importa o quanto tenhamos avançado em nossa jornada. Ainda que mal tenhamos tido tempo de assimilar o cenário.

Como Ben. Como minha irmã.

Percebo que Harry continua a falar.

— É óbvio que a situação é delicada. Perguntas foram feitas. Como a escola pode não ter percebido que uma de suas professoras era mentalmente perturbada? Será que os alunos corriam risco?

— Entendo.

Sinto que Harry está mais preocupado com sua posição e com sua escola do que com o pobre Benjamin Morton, que teve o rosto destruído pela única pessoa que deveria estar ali para protegê-lo.

— O que quero dizer é que preciso ser cauteloso na escolha de quem preencherá a vaga. Os pais precisam ter confiança.

— Sem dúvida. Entenderei perfeitamente se houver um candidato melhor...

— Não estou dizendo isso.

Não há. Tenho certeza. E sou um bom professor (quase sempre). O fato é que o Instituto Arnhill é uma droga. Tem um desempenho ruim. É malvisto. Ele sabe. Eu sei. Conseguir um professor decente para trabalhar aqui será mais difícil do que encontrar um urso que não faça suas necessidades na floresta, ainda mais nas "circunstâncias" atuais.

Decido insistir nesse ponto.

— Espero que não se importe que eu seja sincero.

É sempre bom dizer quando não se tem a intenção de ser sincero.

— Sei que o Instituto Arnhill tem problemas. É por isso que quero trabalhar aqui. Não estou à procura de uma tarefa fácil. Estou à procura de um desafio. Conheço estas crianças porque fui uma delas. Conheço a comunidade. Sei exatamente com quem e com o que estou lidando. Isso não me intimida. Na verdade, acho que o senhor descobrirá que pouquíssima coisa me intimida.

Posso garantir que o conquistei. Eu me saio bem em entrevistas. Sei o que as pessoas querem ouvir. O mais importante é que sei quando elas estão desesperadas.

Harry se reclina na cadeira.

— Bem, acho que não tenho mais perguntas.

— Ótimo. Bem, foi um prazer...

— Ah, na verdade, só mais uma coisa.

Ah, que merda...

Ele sorri.

— Quando pode começar?

dois

Três semanas mais tarde

Faz bastante frio no chalé. O tipo de frio que é comum em uma propriedade que está fechada e inabitada há algum tempo. O tipo de frio que costuma penetrar nos ossos e permanecer mesmo quando o aquecimento está ligado no máximo.

Ele cheira mal também. Cheira a falta de uso, tinta barata e umidade. As fotos no site não lhe foram fiéis. Davam a ideia de um local chique, embora despretensioso. Uma negligência pitoresca. A realidade é mais deplorável e preocupante. Não que eu possa me dar ao luxo de ser muito exigente. Preciso morar em algum lugar, e, mesmo em uma pocilga como Arnhill, este chalé é a única coisa que consigo pagar.

Claro que esta não é a única razão para eu ter escolhido ficar aqui.

— Está tudo bem?

Viro-me para o jovem de cabelo escorrido no vão da porta. Mike Belling, da agência imobiliária Belling and Co. Não é da área. Bem-vestido demais, articulado demais. Tenho certeza de que está louco para voltar para o escritório no centro e limpar a bosta de vaca de seus reluzentes sapatos sociais pretos.

— Não é bem o que eu esperava.

Seu sorriso esmaece.

— Bem, como mencionamos na descrição da propriedade, trata-se de um chalé tradicional, sem muitos dos confortos modernos, e está desocupado há algum tempo...

— Imagino — digo em tom de dúvida. — Você falou que o boiler ficava na cozinha, certo? Acho que vou aquecer o lugar, então. Obrigado por me mostrar tudo.

Ele hesita por um momento, parece constrangido.

— Só tem uma coisa, Sr. Thorne...

— O quê?

— O cheque do depósito.

— Qual é o problema?

— Tenho certeza de que foi só um engano, mas... ainda não o recebemos.

— Ainda não? — Balanço a cabeça. — O correio está cada vez pior, não é verdade?

— Bem, isso não é problema. Se puder...

— Claro.

Enfio a mão no bolso do casaco e pego o talão de cheques. Mike Belling me oferece uma caneta. Debruço-me sobre o braço do sofá puído e preencho um cheque. Destaco a folha e a entrego a ele.

Seu rosto se ilumina com um sorriso. Em seguida olha para o cheque e o sorriso desaparece.

— Aqui diz quinhentas libras. O valor do depósito, somado ao aluguel do primeiro mês, é de mil libras.

— É verdade. Mas agora *vi* realmente o chalé. — Olho ao redor e faço uma careta. — Para ser sincero, é um lixo. Frio, úmido, cheira mal. Vocês teriam sorte até se conseguissem que posseiros ocupassem este lugar. Você nem teve a gentileza de vir aqui ligar o aquecimento antes de eu chegar.

— Este valor é realmente inaceitável.

— Então consiga outro inquilino.

O desafio estava lançado. Percebo que ele hesita. Nunca demonstre fraqueza.

— Ou acha que não consegue? Talvez ninguém queira alugar este chalé por causa do que aconteceu aqui. Você sabe, aquele caso do assassinato/suicídio do qual não fui informado.

Seu rosto fica tenso, como se alguém tivesse acabado de enfiar um atiçador de brasa incandescente no seu traseiro. Ele engole em seco.

— Não somos obrigados por lei a informar aos inquilinos...

— Não, mas moralmente seria delicado, não acha? — Sorrio com prazer.

— Com tudo isso em mente, considero que um desconto substancial no depósito seja o mínimo que possam me oferecer.

Ele cerra a mandíbula. Percebo um leve tremor no seu olho direito. Ele gostaria de ser rude comigo também, talvez até me agredir. Mas não pode, porque nesse caso perderia o conveniente emprego de vinte mil libras anuais mais comissão, e como faria então para pagar seus ternos elegantes e seus sapatos reluzentes?

Ele dobra o cheque e o coloca na pasta.

— Claro. Sem problema.

Não demoro muito para me organizar. Não sou o tipo de pessoa que acumula coisas só por acumular. Nunca entendi de decoração, e acho que fotografias são legais para quem tem família e filhos, mas não é o meu caso. Uso minhas roupas até que se desfaçam, depois as substituo por outras idênticas.

Há, é claro, exceções a essa regra. Dois itens que deixei para tirar por último da minha maleta. Um é um baralho já bem usado — esse eu enfio no bolso. Alguns jogadores de cartas carregam amuletos da sorte. Nunca acreditei em sorte, até que comecei a perder. Então botei a culpa na falta de sorte, nos sapatos que estava usando, no alinhamento das malditas estrelas. Em tudo, menos em mim. As cartas são meu talismã ao contrário — uma lembrança constante do quanto me ferrei.

O outro item é mais volumoso e está enrolado em jornal. Eu a pego e a coloco sobre a cama, com tanto cuidado quanto se fosse um bebê de verdade, então desfaço o embrulho com delicadeza.

Pequenas pernas gorduchas projetadas para cima, mãos minúsculas fechadas junto ao corpo, cabelo loiro brilhante amassado, criando várias ondas. Olhos azuis vazios me encaram. Um deles, pelo menos. O outro gira em torno de sua órbita, olhando para um ângulo estranho, como se tivesse visto algo mais interessante e não houvesse se preocupado em avisar o companheiro.

Pego a boneca de Annie e coloco-a sentada sobre a cômoda, de onde ela poderá me ver com seu olhar torto todos os dias e todas as noites.

Passo o resto da tarde e a noite sem fazer nada de especial, apenas tentando me aquecer. Minha perna me incomoda quando fico muito tempo parado. O frio e a umidade no chalé não colaboram. Os radiadores parecem não funcionar bem, e imagino que deva ter entrado ar em algum ponto do sistema.

Há um aquecedor a lenha na sala, mas, mesmo após uma busca minuciosa no chalé e no pequeno galpão do lado de fora, não encontro lenha nem gravetos. Descubro, no entanto, um antigo aquecedor elétrico em um armário. Eu o ligo, e, como as barras estão cobertas por uma grossa camada de poeira, o ar fica tomado pelo cheiro de queimado. Ainda assim, acredito que ele irradie uma quantidade razoável de calor se não me eletrocutar primeiro.

Apesar da evidente deterioração, dá para ver que o chalé já deve ter sido um lar de família um dia. O banheiro e a cozinha estão gastos, porém limpos. O quintal nos fundos é comprido, um bom espaço para se jogar futebol, ladeado por campo aberto. Um lugar agradável, confortável e *seguro* para um menininho crescer. Só que isso não aconteceu.

Não acredito em fantasmas. Minha avó sempre me dizia: "Não é dos mortos que você deve ter medo, querido. É dos vivos." Ela quase tinha razão. Mas acredito que seja possível sentir o eco de coisas ruins. Ele fica impresso no tecido da nossa realidade, como uma pegada no concreto. O que quer que tenha deixado a impressão desapareceu há muito tempo, mas jamais se pode apagar a marca.

Talvez seja por isso que ainda não entrei no quarto dele. Por mim, tudo bem morar no chalé, mas não parece estar necessariamente tudo bem com o chalé em si. E como poderia, certo? Uma coisa terrível aconteceu entre estas paredes, e as construções têm lembranças.

Não saí para comprar comida, mas não estou com fome. Assim que o ponteiro do relógio se afasta das sete horas, abro uma garrafa de bourbon e me sirvo de uma dose quádrupla. Não consigo usar o laptop porque ainda não me decidi sobre a conexão com a internet. Por enquanto, não há muito a fazer além de ficar sentado e me adaptar ao novo ambiente, tentando ignorar a dor na perna e o leve e familiar desconforto no estômago. Pego o baralho e coloco-o sobre a mesa de centro, mas não o abro. Não é para isso que ele serve. Decido ouvir música no celular enquanto leio um romance de suspense muito badalado, cujo final já adivinhei. Depois vou até a porta dos fundos e fumo um cigarro enquanto observo o jardim tomado pela vegetação.

O céu está mais escuro que um buraco no inferno, sem uma estrela sequer em meio ao breu. Eu havia me esquecido de como é a escuridão do interior. Culpa do longo tempo em que vivi na cidade. Nunca fica totalmente escuro na cidade, nem o silêncio é tão grande quanto aqui. Os únicos sons que ouço são o da minha própria respiração e o do filtro de cigarro sendo consumido.

De novo me pergunto sobre a verdadeira razão de eu ter voltado. Sim, Arnhill é um lugar isolado, um pontinho quase esquecido no mapa. O exterior, no entanto, teria sido mais seguro. Milhares de quilômetros entre mim, minhas dívidas e pessoas que não aceitam com facilidade uma sequência de fracassos. Ou pelo menos não quando não se consegue pagar.

Eu poderia ter trocado de nome, talvez conseguido trabalhar como garçom em algum bar na praia. Tomaria margaritas ao pôr do sol. Mas escolhi este lugar. Ou talvez tenha sido este lugar que me escolheu.

Na verdade, não acredito em destino. Acredito, sim, que certas coisas estão incorporadas em nossos genes. Somos programados para agir e reagir de determinada maneira, e é isso que molda nossa vida. Somos incapazes de mudá-la, assim como não podemos mudar a cor dos nossos olhos ou nossa propensão a ter sardas.

Ou talvez isso não passe de um monte de besteira, uma desculpa conveniente para não assumir a responsabilidade pelos meus atos. O fato é que eu sempre soube que um dia voltaria. O e-mail apenas facilitou minha decisão.

Ele chegou na minha caixa de entrada há quase dois meses. O que me surpreende, na verdade, é que ele não tenha caído direto na lixeira.

Remetente: eu1992@hotmail.com
Assunto: Annie

Quase o deletei na mesma hora. Eu nunca ouvira falar do remetente. Era provável que fosse alguém querendo me sacanear com uma piada de mau gosto. Há alguns assuntos que deviam permanecer encerrados. Trazê-los à tona de novo não acarretaria nada de bom. A única coisa sensata a fazer seria apagar a mensagem, esvaziar a lixeira e esquecer que algum dia vi aquele e-mail.

Tomada essa decisão, cliquei em *Abrir*.

Sei o que aconteceu com sua irmã. Está acontecendo de novo.

três

Pais não devem ter filhos favoritos. Essa é outra coisa ridícula que as pessoas dizem. *Claro* que pais têm filhos favoritos. É da natureza humana. Isso vem do tempo em que nem todos os filhos sobreviviam. A preferência era pela criança mais forte. Não adianta se apegar a uma que talvez não vingue. E sejamos sinceros, algumas crianças são mais fáceis de ser amadas.

Annie era a favorita dos nossos pais. Era até compreensível. Ela nasceu quando eu tinha sete anos. Minha fase de criança engraçadinha acabara havia muito tempo. Eu me tornara um menino magro, sério, com os joelhos sempre ralados e a bermuda suja. Não era mais uma criança fofa. E também não compensava isso curtindo jogar bola no parque ou pedindo que meu pai me levasse ao cinema. Preferia ficar em casa e me distrair com histórias em quadrinhos ou no computador.

Isso decepcionava meu pai e irritava minha mãe. "Vá para a rua e respire um pouco de ar fresco", ela me dizia de cara feia. Mesmo aos sete anos eu já achava que o ar fresco era supervalorizado, mas obedecia, relutante. Inevitavelmente, porém, acabava tropeçando, caindo ou dando de cara em alguma coisa, e quando voltava para casa, imundo, ouvia as mesmas reclamações de sempre.

Não é de admirar que meus pais desejassem outro filho: uma menina encantadora que eles pudessem vestir com roupinhas de renda cor-de-rosa e abraçar sem que ela fizesse cara de sofrimento ou se esquivasse.

Naquela época, eu não percebi que meus pais estavam tentando ter outro bebê já havia algum tempo. Um irmãozinho ou irmãzinha para mim. Como se fosse um presente ou um favor especial que me fizessem. Eu não tinha certeza se precisava de um irmão ou irmã. Meus pais já tinham a mim. Mais um filho parecia um exagero.

Nem depois que Annie nasceu eu me convenci de que precisava de uma irmã. Uma coisinha rosada, esquisita, encolhida, com o rosto meio amassado. Parecia que ela só sabia dormir, cagar e chorar. Seus gritos agudos me obrigavam a passar a noite acordado, olhando para o teto e desejando que meus pais tivessem escolhido comprar um cachorro — ou até um peixinho dourado — para mim.

Fiquei em estado de apatia durante os primeiros meses, nem amando nem rejeitando muito minha irmãzinha. Quando ela ria para mim ou apertava meu dedo até ele quase começar a ficar azul, eu permanecia imóvel: mesmo quando minha mãe não cabia em si de alegria e gritava para meu pai: "Vá pegar a maldita câmera, Sean."

Se Annie engatinhasse atrás de mim ou tocasse as minhas coisas, eu andava mais depressa ou pegava de volta o que era meu. Não era rude, apenas indiferente. Não pedi para ela nascer, por isso não via razão para prestar atenção nela.

Foi assim até ela ter mais ou menos um ano. Pouco antes do seu primeiro aniversário, ela começou a andar e a balbuciar coisas que quase soavam como palavras. De repente, ela parecia mais uma pessoa pequena do que um bebê. Mais interessante. Divertida, até, com sua fala estranha e incompreensível e os passos vacilantes de um velho.

Comecei a brincar e a falar um pouco com ela. Quando ela passou a me imitar, percebi que uma sensação estranha invadia meu peito. Quando me olhava e balbuciava "Joe-ee, Joe-ee", meu coração se derretia.

Ela começou a me seguir por todos os lugares, a copiar tudo que eu fazia; ria das minhas caras engraçadas e escutava com atenção as coisas que eu dizia, ainda que com certeza não conseguisse entender. Quando estava chorando, bastava um carinho meu para fazê-la parar, tão ansiosa por agradar o irmão mais velho que no mesmo instante todas as suas outras tristezas eram esquecidas.

Eu nunca tinha sido amado daquele jeito. Nem por meus pais. Eles me amavam, claro, mas não me olhavam com a mesma adoração descarada da minha irmãzinha. Ninguém fazia isso. Eu estava mais acostumado a receber olhares de pena ou desdém.

Nunca tive muitos amigos. Não que fosse exatamente tímido. Uma professora do primário disse aos meus pais que eu era "desligado". Acho que eu só considerava os outros meninos um pouco chatos, bobos com aquela coisa tediosa de subir em árvores e brincar de luta. Além disso, eu era feliz sozinho. Até Annie aparecer.

No terceiro aniversário da minha irmã, economizei minha mesada e comprei uma boneca para ela. Não era uma daquelas caras de lojas de brinquedos, que emitiam sons e faziam xixi. Era o que meu pai chamava de "imitação barata". Na verdade, era uma boneca feia e até assustava um pouco, com olhos azuis severos e lábios franzidos estranhos. Mas Annie adorou. Andava com a boneca de um lado para outro e dormia abraçada a ela todas as noites. Por algum motivo (talvez por causa de algum nome que ela entendeu mal) batizou-a de "Abe-olhos".

Quando Annie estava com cinco anos, Abe-olhos foi relegada a uma prateleira no seu quarto e substituída por uma Barbie e pelo Meu Querido Pônei. Mas, quando mamãe sugeria doá-la, Annie a pegava de volta com um grito de horror e a abraçava com tanta força que eu não me surpreenderia se aqueles olhos azuis de plástico saltassem das órbitas.

Annie e eu continuamos muito próximos um do outro à medida que fomos crescendo. Líamos juntos, jogávamos cartas ou ficávamos no meu Mega Drive de segunda mão. Nas tardes chuvosas de domingo, enquanto papai estava no pub e mamãe passava nossas roupas, o ambiente aquecido e cheirando a amaciante, ela e eu nos aninhávamos em um pufe macio e assistíamos a filmes antigos juntos — *E.T., Os Caça-Fantasmas, Os Caçadores da Arca Perdida*. Às vezes víamos alguns recentes, mais adultos, aos quais Annie provavelmente não devia assistir, como *O Exterminador do Futuro 2* e *O Vingador do Futuro*.

Papai tinha um amigo que os pirateava e os vendia por um preço irrisório. A imagem não era muito nítida, nem sempre conseguíamos entender as falas dos atores, mas, como papai costumava dizer, "a cavalo dado não se olham os dentes".

Eu sabia que nossos pais não tinham muito dinheiro. Papai trabalhava na mina, mas, depois da greve, embora não a tivessem fechado de imediato, ele saiu de lá.

Ele fora um dos mineiros que não aderiram à greve. Nunca o ouvi falar sobre isso, mas eu sabia que a sensação ruim, a tensão e as brigas — colega contra colega, vizinho contra vizinho — tinham sido demais. Eu era muito pequeno quando tudo aconteceu, mas lembro-me de minha mãe apagando a palavra "FURA-GREVE" da nossa porta. Uma vez alguém jogou um tijolo pela nossa janela quando estávamos na sala vendo televisão. Na noite seguinte, papai saiu com alguns colegas. Quando voltou, tinha um corte no lábio e parecia destruído.

"Já cuidei do assunto", ele disse para mamãe com uma voz dura e sombria que eu nunca ouvira antes.

Papai mudou depois da greve. Aos meus olhos, ele sempre fora um gigante, corpulento e alto, o cabelo escuro volumoso e encaracolado. Depois, parecia ter encolhido, emagrecido, ficado mais encurvado. Quando sorria, o que fazia cada vez com menos frequência, as rugas no canto dos olhos penetravam mais fundo na pele. Fios grisalhos começaram a salpicar seu cabelo nas têmporas.

Ele decidiu largar a mina e virar motorista de ônibus. Não acredito que gostasse muito do novo emprego. O salário era razoável, mas não tão bom quanto o que costumava receber na mina. Ele e mamãe passaram a discutir mais, quase sempre porque ela gastava muito ou porque ele não tinha ideia de quanto custava alimentar e vestir uma família com dois filhos em fase de crescimento. Foi quando ele começou a frequentar o pub. Ele só bebia em um, o mesmo onde bebiam os mineiros que continuaram a trabalhar, o Arnhill Arms. Os grevistas bebiam no Bull. O Running Fox era o único lugar que parecia uma espécie de território neutro. Nenhum mineiro bebia lá, mas eu sabia que alguns garotos mais velhos bebiam, na certeza de que não encontrariam os pais ou avós.

Meus pais não eram ruins. Eles nos amavam o tanto que conseguiam. Se discutiam e nem sempre dispunham de muito tempo para nós, não era porque não se preocupavam conosco, mas apenas porque trabalhavam demais, tinham pouco dinheiro e estavam sempre cansados.

Claro, tínhamos uma TV, um aparelho de fitas cassete e um computador, mas ainda assim, sem querer parecer um comercial de margarina, quase sempre descobríamos sozinhos maneiras de nos divertir: eu brincava de pega-pega e jogava bola com Annie na rua, fazíamos desenhos com giz na calçada ou jogávamos cartas para passar o tempo nas tardes chuvosas. Nunca me queixei de precisar distrair minha irmã. Eu gostava da companhia dela.

Se o tempo estivesse bom (ou pelo menos sem chuva muito forte), mamãe não pensava duas vezes antes de nos enxotar de casa nas manhãs de sábado com um pouco de dinheiro no bolso para comprar alguma coisa para comer e a recomendação de que não nos queria de volta antes da hora do chá. Em geral, gostávamos disso. Tínhamos liberdade. Tínhamos nossa imaginação. E tínhamos um ao outro.

★ ★ ★

Quando cheguei aos últimos anos da adolescência, as coisas mudaram. Eu me vi cercado por um novo grupo de "colegas". Stephen Hurst e sua turma. Um grupo violento de garotos que com certeza não teriam interesse em fazer amizade com um menino desajustado e introvertido como eu.

Talvez Hurst tenha confundido meu jeito estranho com a postura de um valentão. Talvez tenha apenas me visto como um garoto que ele não teria dificuldade em manipular. Qualquer que fosse a razão, fiquei tão grato por fazer parte do grupo que chegava a ser ridículo. Eu nunca tivera problema em ser solitário, mas o gosto da aceitação social pode ser inebriante para um adolescente que nunca foi convidado para nada.

Circulávamos por todos os lugares e fazíamos o que grupos de garotos adolescentes fazem: xingávamos, fumávamos e bebíamos. Pichávamos o parque e jogávamos os balanços por cima das barras. Atirávamos ovos nas casas dos professores dos quais não gostávamos e esvaziávamos os pneus daqueles que realmente detestávamos. Fazíamos ameaças. Atormentávamos as crianças mais fracas que nós. Crianças que, embora eu tentasse não admitir, eram como eu.

De repente, passear com minha irmã de oito anos deixou de ser um programa tranquilo. Era constrangedor demais. Quando Annie pedia para ir comigo a alguma loja, eu inventava uma desculpa, ou saía antes que ela me visse. Se eu estivesse na rua com meu novo grupinho, me virava quando ela acenava.

Eu tentava não perceber a dor em seus olhos nem a decepção em seu rosto. Em casa, eu me esforçava ao máximo para me redimir. Ela sabia que eu exagerava na compensação. As crianças não são bobas. Mas ela me perdoava. E isso me deixava ainda pior.

O mais ridículo, olhando para trás, é que eu sempre me sentia mais feliz com Annie do que com qualquer outra pessoa. Tentar parecer durão não é o mesmo que ser durão. Entre tantas outras coisas, gostaria de poder dizer ao meu eu de quinze anos que: as garotas não preferem os quietos; tentar anestesiar a orelha com um cubo de gelo para furá-la não funciona; e Thunderbird não é vinho nem uma bebida adequada para ser consumida antes de uma festa de casamento.

Acima de tudo, eu gostaria de poder dizer à minha irmã que a amava. Mais do que qualquer coisa. Ela era a minha melhor amiga, a única pessoa que conseguia me fazer chorar de rir, com quem eu podia ser eu mesmo.

Mas não posso. Porque, quando minha irmã tinha oito anos, ela sumiu. Na época, achei que não poderia haver coisa pior.

E então ela voltou.

quatro

Preparo-me para meu primeiro dia no Instituto Arnhill do meu jeito normal: encho a cara na noite anterior, acordo tarde, xingo o despertador e depois, relutante e chateado, sigo com passo vacilante pelo corredor até o banheiro.

Ligo o chuveiro no máximo — o que gera um fiozinho anêmico de água —, entro no boxe e recebo alguns esguichos quentes antes de sair, me secar e vestir roupas limpas.

Escolho uma camisa preta, jeans azul-escuro e meus tênis Converse detonados. Um dia você pode usar sapatos novos e elegantes e no outro estar de pantufas. Frase idiota, eu sei. Peguei emprestada de Brendan, meu antigo colega de apartamento. Brendan é irlandês, o que significa que ele tem vários ditados para cada situação. A maioria não faz sentido algum, mas esse eu sempre entendi. Todo mundo tem um par de pantufas, sapatos que as pessoas usam quando querem se sentir à vontade, confortáveis. Há dias em que precisamos mais delas do que em outros.

Penteio o cabelo e o deixo secar enquanto desço a escada em busca de um café e um cigarro. Fumo espiando pela porta dos fundos aberta. Lá fora está apenas um pouquinho mais frio do que dentro. O céu parece uma laje dura de concreto cinza, e um chuvisco leve e irritante salpica meu rosto. Com um clima desses, até o sol estaria de guarda-chuva.

Chego aos portões da escola um pouco antes das 8h45, junto com a primeira leva de alunos: três meninas grudadas nos celulares e jogando os cabelos cuidadosamente alisados; um grupo de garotos que se empurram e se cutucam numa brincadeira que pode se transformar em uma briga de verdade em um piscar de olhos. E mais uns garotos emo com franjas pesadas, por baixo das quais fuzilam as figuras de autoridade com os olhos.

Depois chegam os solitários. Os que andam de cabeça baixa e ombros curvados. É a caminhada lenta e instável dos condenados: os que sofrem bullying.

Reparo em uma menina: baixa, com cabelo ruivo crespo, pele feia e um uniforme que não lhe cai bem. Ela me lembra uma aluna da época em que eu ainda estava na escola: Ruth Moore. Ela sempre cheirava a suor, e ninguém queria se sentar ao lado dela na sala de aula. Os outros costumavam fazer rimas sobre ela. *"Ruth Moore é muito carente, ganha comida e ainda pede coisas pra gente."* *"Ruth Moore é feia e tão sem dinheiro que até lambe merda do chão do banheiro."*

É engraçado como as crianças conseguem ser criativas quando cruéis.

Não muito atrás, localizo a vítima número dois, um garoto alto e magro, com um tufo de cabelo escuro espetado no alto da cabeça. Usa óculos e anda um pouco curvado, em parte pela altura, em parte pelo peso da mochila que carrega nas costas. Aposto que é um zero à esquerda no futebol e em qualquer outro esporte, mas no PlayStation deve ser o rei entre os nerds. Sinto uma identificação imediata com ele.

— Ei, Marcus, seu otário!

O grito vem de um grupo de garotos que sobem a rua atrás dele. São cinco. Do segundo ano, eu diria. Caminham em direção ao menino magrelo com a arrogância típica de uma gangue. Passivos-agressivos. O líder — alto, bonito, cabelo escuro — coloca um braço ao redor dos ombros do Magricela e diz alguma coisa para ele. O Magricela tenta aparentar tranquilidade, mas sua postura revela tensão e nervosismo. O restante do grupo vai formando um círculo em volta dos dois. Para impedir que ele fuja. Que entre na escola ou se distancie deles.

Afasto-me um pouco. Eles ainda não me viram. Estou do outro lado da rua. E, claro, não sabem que sou professor. Sou apenas um cara esquisito com um casaco pesado e tênis. Eu poderia continuar sendo apenas esse cara. Ainda não estamos no horário de aula, afinal. Nem dentro dos portões da escola. E é meu primeiro dia. Haverá outros dias, outras oportunidades para resolver questões como esta.

Enfio a mão no bolso para pegar meu maço de Marlboro Light e vejo o grupo empurrar o Magricela contra um muro. O sorriso nervoso sumiu. Ele abre a boca para reclamar. O Líder pressiona sua garganta com o braço enquanto um dos outros tira a mochila do seu ombro e o restante avança nela como um bando de cães ferozes, tirando de dentro livros e cadernos, arrancando páginas, destruindo seus sanduíches embrulhados em papel-filme.

Um deles pega com ar satisfeito o que parece ser um iPhone novo. *Por quê?*, eu me pergunto. Por que os pais mandam os filhos para a escola com uma merda dessas? Pelo menos na minha época a pior coisa que um valentão conseguiria roubar de um colega seria o dinheiro do almoço ou uma revista em quadrinhos.

Louco para fumar, olho para o maço de cigarros. Em seguida, com um suspiro, coloco-o de volta no bolso e atravesso a rua, em direção à briga.

O Magricela tenta recuperar o telefone. O Líder dá uma joelhada na sua virilha e pega o aparelho da mão do outro.

— Olhaaa, é novo. Bonito.

— Por favor — suplica o Magricela, ofegante. — Foi meu presente de... aniversário.

— Não me lembro de termos recebido convite para a sua festa. — O Líder olha para os comparsas ao seu redor. — Recebemos?

— Não. O correio deve ter extraviado.

— Nem uma mensagem de texto, nada.

O Líder ergue o telefone bem acima da cabeça. O Magricela tenta pegá-lo, mas sem muita convicção. É vários centímetros mais alto que seu agressor, mas já assumiu a derrota. Reconheço bem o olhar.

O Líder dá um sorriso cínico.

— Só espero não deixar cair...

Seguro seu pulso levantado.

— Você não vai deixar cair.

O Líder gira a cabeça.

— Quem é você?

— Sou Thorne, seu novo professor de inglês. Mas pode me chamar de senhor.

Um murmúrio coletivo se espalha pelo grupo. O Líder parece vacilar, mas só por um instante. Em seguida, dá um sorriso que, tenho certeza, ele acha cativante. Isso me faz gostar menos ainda dele.

— Só estávamos nos divertindo, senhor. Era apenas uma brincadeira.

— É mesmo? — Encaro o Magricela. — Você estava se divertindo?

Ele olha para o Líder e faz um leve movimento com a cabeça.

— Era apenas uma brincadeira.

Contrariado, solto o pulso do Líder e devolvo o telefone ao Magricela.

— Se eu fosse você, Marcus, deixaria isto em casa amanhã.

Ele balança de novo a cabeça, agora duplamente castigado. Viro-me para o Líder.

— Seu nome?

— Jeremy Hurst.

Hurst. Estreito um pouco os olhos. Claro. Eu devia ter percebido. O cabelo escuro me confundiu, mas agora consigo ver a semelhança familiar. O brilho hereditário de crueldade nos olhos azuis.

— É só isso, *senhor*?

O "senhor" é enfatizado. Sarcástico. Ele quer que eu reaja. Mas isso seria fácil demais. *Outros tempos*, lembro a mim mesmo. *Outros tempos.*

— Por enquanto, sim. — Viro-me para os outros. — Agora quero todos fora daqui. Mas, se no futuro eu vir qualquer um jogando um chiclete no chão que seja, ficarei grudado em vocês como uma doença contagiosa.

Alguns deles quase deixam escapar um sorriso, mesmo sem querer. Indico os portões da escola com a cabeça e eles começam a se afastar. Hurst permanece parado por mais alguns instantes, até que por fim se vira e os segue com passo displicente. Marcus parece indeciso.

— Você também — digo.

Ainda assim ele não se move.

— O que foi?

— O senhor não devia ter feito aquilo.

— Preferia que eu o deixasse destruir seu celular novo?

Ele balança a cabeça devagar e se afasta.

— Espere para ver.

cinco

Não preciso esperar muito.

É hora do almoço. Estou na minha mesa fazendo anotações para a aula e me felicitando por ter passado a manhã inteira sem entediar demais a turma nem jogar um aluno — ou a mim mesmo — pela janela.

Como Harry ressaltou com razão, fazia muito tempo que eu não dava aula. Senti-me um pouco enferrujado, de fato. Então me lembrei do que um antigo colega me disse um dia: ensinar é que nem andar de bicicleta. A gente na verdade nunca esquece — e se achar que vai se desequilibrar ou cair, lembre-se sempre de que há trinta crianças esperando para rir de você e surrupiar sua bicicleta. Então continue a pedalar, mesmo que não saiba para onde está indo.

Continuei a pedalar. No fim da manhã, eu já sentia muito orgulho do meu próprio sucesso.

É claro que isso não pode durar.

Ouço uma batida na porta da sala de aula e Harry enfia a cabeça pela fresta.

— Ah, Sr. Thorne? Que bom que o encontrei. Está tudo certo?

— Bem, ninguém dormiu nas minhas aulas ainda, então eu diria que sim, está tudo certo.

— Isso é bom. Muito bom.

Mas ele não está com cara de quem pensa assim. Parece mais um homem que perdeu uma nota de dez libras e achou um ninho de vespas. Ele entra na sala e para na minha frente com ar constrangido.

— Desculpe importuná-lo no seu primeiro dia, mas chegou ao meu conhecimento um fato que não posso ignorar.

Que merda, penso. É isso. Ele checou minhas referências e fui *descoberto*.

Era sempre um risco. Debbie, a secretária da minha escola anterior, tinha uma queda por mim e uma queda ainda maior por bolsas caras. Pelos velhos tempos (e por uma bolsa), ela interceptou o pedido de referências de Harry e o encaminhou para mim, junto com algumas folhas de papel timbrado em branco. Daí minhas credenciais excelentes. Tudo ficaria muito bem, a não ser que Harry decidisse investigar um pouco mais.

Eu me preparo. Mas não é isso.

— Parece que houve um incidente com um de nossos alunos fora da escola hoje de manhã. É verdade?

— Se por "incidente" você quiser dizer bullying e intimidação, sim.

— Quer dizer que você não agrediu um aluno?

— O *quê?*

— Recebi uma queixa de um aluno, Jeremy Hurst, de que você o agrediu.

Filho da puta. Sinto que uma veia começa a latejar na minha têmpora.

— É mentira.

— Ele disse que você o agarrou com violência pelo braço.

— Surpreendi Jeremy Hurst e sua pequena gangue intimidando outro aluno. Precisei intervir.

— Mas não usou força excessiva?

Olho bem dentro dos seus olhos.

— Claro que não.

— Tudo certo, então. — Harry suspira. — Desculpe, eu precisava perguntar.

— Compreendo.

— Devia ter me falado sobre o incidente. Eu poderia ter cortado o mal pela raiz.

— Não vi necessidade. Pensei que o assunto estivesse encerrado.

— Com certeza está, mas acontece que a situação de Jeremy Hurst é um pouco delicada.

— Não tive essa impressão quando o vi agredir outro menino e ameaçar quebrar seu telefone.

— Hoje é seu primeiro dia e, por isso, claro, ainda não está familiarizado com a dinâmica da escola, e agradeço sua postura com relação ao bullying, mas às vezes as coisas não são tão claras assim.

— Eu sei o que vi.

Ele tira os óculos e esfrega os olhos. Sinto que não é má pessoa, apenas um homem cansado, sobrecarregado, que tenta fazer o melhor que pode em momentos difíceis. E em geral não consegue.

— É que Jeremy Hurst é um dos nossos principais alunos. É o capitão do time de futebol da escola...

Por outro lado, ele poderia ser apenas um idiota.

— Isso não é desculpa para ele agredir, mentir...

— A mãe dele está com câncer.

Paro de repente.

— Câncer?

— De intestino.

Pensei em dizer "merda" — a palavra na verdade está na ponta da língua —, mas acredito que, nas circunstâncias, seria extremamente inadequado.

— Entendi.

— Veja bem, sei que Hurst tem alguns problemas de coesão social e de controle de raiva...

— Então é assim que chamam hoje em dia.

Harry esboça um sorriso amargo.

— Na situação dele, no entanto, precisamos agir com cautela.

— Tudo bem. Acho que entendo um pouco melhor agora.

— Ótimo. Eu devia ter lhe falado pessoalmente sobre coisas desse tipo. Os manuais das escolas não conseguem cobrir tudo, certo?

— Não.

Realmente não conseguem, penso.

— Bem, acho que devo deixá-lo com seus afazeres.

— Obrigado, e obrigado também por me informar sobre Jeremy Hurst.

— Sem problemas. Mais tarde voltamos a nos falar. — Ele faz uma pausa. — De todo modo, devo anotar o incidente no seu registro.

— Não entendi.

— No seu registro pessoal. Uma reclamação como essa precisa ser anotada, mesmo que seja infundada.

Minha cabeça lateja mais ainda. Hurst. Maldito Hurst.

— Claro. — Forço um sorriso. — Tudo bem.

Ele caminha em direção à porta.

— Ela vai morrer? — pergunto. — A mãe de Jeremy?

Ele se vira e me dirige um olhar estranho.

— O tratamento está indo bem, na medida do possível — responde. — Com esse tipo de câncer, no entanto, as chances não são animadoras.

— Deve estar sendo uma época difícil para Jeremy e seu pai.

— Sim. Sim, está.

Por um momento, ele parece querer dizer mais alguma coisa, mas logo faz outro de seus estranhos acenos com a cabeça e fecha a porta.

Uma época difícil para seu pai. Tiro o maço de cigarros do bolso e sorrio. *Ótimo*, penso. *Ótimo. Maldito carma.*

O prédio de inglês ficava entre o prédio principal da escola e a cantina, ligado por um corredor estreito que sempre criava um congestionamento confuso e suado de alunos entre uma aula e outra, e que no verão era mais quente que o Grande Colisor de Hádrons. Costumávamos brincar que acabaríamos mais escuros do que Jim Berry (o único menino negro da escola) se ficássemos ali por muito tempo.

Embora fosse *oficialmente* chamado de prédio de inglês, os alunos só chamavam de "o Prédio". Quatro andares muito feios de concreto, propensos a balançar em dias de vento forte.

Ninguém gostava de ter aula no Prédio, mesmo antes do que aconteceu. Fazia sempre muito frio ali, as janelas não eram bem vedadas e me lembro de um dia, durante um inverno particularmente pesado, em que precisamos usar gorro e cachecol na sala de aula. Até gelo se formou no lado de dentro das vidraças.

Depois que Chris Manning despencou do alto do prédio, o local foi fechado e reaberto com "novas medidas de segurança", o que basicamente significava garantir que a porta que levava ao telhado permanecesse trancada com cadeado.

Em algum momento no decorrer das duas últimas décadas, ele foi demolido. No lugar onde costumava ficar, existe agora um pequeno pátio pavimentado, com três bancos dispostos em torno de um modesto canteiro circular com plantas semimortas. Em um dos bancos há uma plaquinha: "Em memória de Christopher Manning".

Sento-me em outro e tiro um cigarro do maço. Faço-o girar entre os dedos e observo as lajotas do piso, imaginando quais delas escondem o local exato onde ele caiu.

Não houve som algum. Não enquanto ele caía. Nem quando atingiu o chão. Foi suave, um baque surdo. Não pareceu forte suficiente. Eu quase teria acreditado que ele ainda estava vivo, apenas deitado no chão, aproveitando o sol fraco de outono, não fosse pelo fato de que seu corpo parecia estranhamente murcho, como se alguém tivesse deixado todo o ar escapar dele. E, claro, havia o sangue que se espalhava lentamente sob o corpo, uma sombra vermelho-rubi alongada pelo sol poente.

— Uma pena, não é?

Levo um susto. Na minha frente, vejo uma jovem baixinha com vários piercings na orelha e o cabelo preto preso em um rabo de cavalo meio bagunçado. Não a ouvi se aproximar, afinal, ela é tão magra que poderia ter sido soprada pelo vento.

Por um instante, imagino que seja só uma aluna bem direta, mas logo reparo na falta de uniforme (a não ser que camiseta do The Killers, jeans skinny e botas Doc Martens componham o traje novo) e nas rugas ao redor dos olhos que contradizem a falsa aparência jovial.

— O que disse?

Ela aponta para o cigarro entre meus dedos inquietos.

— É uma pena criarem uma área de fumantes perfeita e nos proibirem de acender cigarros nas dependências da escola.

— Ah. — Olho para o cigarro e o coloco de volta no maço. — É mesmo uma tragédia.

Ela força um sorriso e se senta ao meu lado sem pedir permissão. Em geral esse tipo de intimidade não solicitada me deixaria extremamente irritado. Por alguma razão, no caso da Senhorita Múltiplos Piercings fiquei apenas irritado.

— Triste também a história do garoto que se jogou. — Ela sacode a cabeça.

— Já perdeu algum?

— Aluno?

— Bem, não estaria falando de um par de meias, né?

— Não, acho que nunca perdi.

— Bem, você se lembraria. Espero.

Ela pega um pacote de pastilhas de menta, desembrulha uma e a enfia na boca. Então oferece o pacote para mim. Quero recusar, mas quando me dou conta já estou com uma na mão.

— Uma aluna minha morreu. De overdose.

— Que triste.

— Sim. Era uma menina muito legal. Ótima aluna. Querida por todos. Parecia que tudo ia bem com ela e de repente... duas caixas de paracetamol e uma garrafa de vodca. Entrou em coma. Uma semana depois precisaram desligar os aparelhos que a mantinham viva.

Franzo a testa.

— Não me lembro de ter ouvido falar nesse caso.

— Não deve ter ouvido mesmo. Ficou um pouco ofuscado pelo de Julia e Ben Morton. — Ela dá de ombros. — Há sempre uma tragédia maior, certo?

— Imagino que sim.

Uma pausa.

— Então, não vai perguntar?

— O quê?

— O de sempre. "Você os conhecia? Suspeitou que houvesse algo errado? Percebeu algum sinal?"

— Bem, suspeitou de alguma coisa?

— Não, e sim. Não cheguei a mencionar? Julia veio para a escola com um enorme cartaz pendurado no pescoço: "Pretendo matar meu filho e me matar. Tenham um bom dia."

— Bem, um pouco de delicadeza não custa nada.

Ela ri e estende a mão.

— Beth Scattergood. Arte.

Cumprimento-a.

— Scattergood? Sério?

— Sim.

— Aposto que as crianças se divertem com esse nome, não?

— Elas inventam trocadilhos, cada um mais engraçado que o outro.

— Muito bom.

— É. Crianças são assim. Ame-as ou trate de conseguir outro emprego.

— Meu nome é Joe...

— Eu sei. Joe Thorne. O substituto.

— Já fui chamado de coisa pior.

— Então, você é de qual tipo?

— Como assim?

— Apenas dois tipos de professor acabam no Instituto Arnhill. Os que querem fazer a diferença e os que não conseguem emprego em outro lugar. Então, você se encaixa em qual deles?

Hesito.

— Gosto de pensar que faço a diferença.

— Certo — responde, com um tom sarcástico na voz. — Bem, prazer em conhecê-lo, Sr. Thorne.

— Obrigado pelo incentivo logo no meu primeiro dia.
Ela sorri.
— Estamos aqui para isso.
Gosto dela. A sensação me surpreende mais do que deveria.
— E você, de qual tipo é? — pergunto.
Ela se levanta.
— Do tipo faminto. Estava a caminho da cantina. Quer vir? Posso apresentá-lo a alguns dos outros desajustados que dão aula aqui.

Ouço o burburinho da cantina muito antes de nos aproximarmos dela. Mais uma vez, sou transportado para o passado. Sinto no ar o cheiro de óleo de fritura velho e de algo indefinível que a gente nunca vê sendo servido, mas que sempre percebe saindo pelos exaustores de escolas ou de casas de pessoas velhas.

O interior do lugar não mudou tanto quanto eu esperava. Piso de madeira. Mesas e cadeiras de plástico. A cozinha parece ter passado por alguma reforma desde a época em que eu entrava na fila para comprar hambúrguer, cebola empanada e batata frita. Agora só se vê frango com arroz, macarrão vegetariano e salada. A culpa é do Jamie Oliver.

— Lá está uma parte da nossa turma. Vem comigo.

Beth me conduz até uma mesa em um canto afastado. A mesa dos professores. Quatro pessoas já estão sentadas. Rapidamente ela faz as apresentações:

Srta. Hardy, Susan, uma mulher franzina com cabelo grisalho longo e óculos de lentes grossas. História.

Sr. Edwards, James, um jovem bonitão com uma barba hipster. Matemática.

Srta. Hibbert, Coleen, de maxilar bem marcado e corte de cabelo militar. Educação física.

E Sr. Saunders, Simon, um sujeito magro com camiseta do Pink Floyd e jeans desbotado; cabelo com grandes entradas puxado para trás em um rabo de cavalo fino. Sociologia.

Por alguma razão, de cara não gosto dele. Talvez porque se apresente dizendo:

— Como vai, cara?

A menos que você esteja em uma banda ou seja um surfista americano, não use o termo "cara". Isso o faz parecer ridículo, assim como um rabo de cavalo em quem tem entradas no cabelo. Não engana ninguém.

Sento-me e ele aponta para mim com o garfo.

— Você me parece familiar, cara. Já nos conhecemos?

— Acho que não — respondo, enquanto desembrulho com cuidado meu sanduíche de atum.

— Onde dava aula antes de vir para cá?

— No exterior.

— Em qual lugar?

Demoro um instante para me lembrar da mentira.

— Botswana.

— É mesmo? Minha ex-namorada lecionou lá durante algum tempo.

Deve ser verdade.

Ele sorri.

— Wareng?

Considero as possibilidades. *Wareng*? Não é um lugar. Óbvio demais. Deve ser um cumprimento. Não deve ser "Muito prazer", porque isso já dissemos, então só pode significar...

— Vou bem, obrigado — respondo, em tom amável. — E você?

O sorriso retrocede mais depressa que seu cabelo. Dou uma mordida no sanduíche e me pergunto se alguém se importaria se eu o arrastasse para fora e o jogasse embaixo do primeiro ônibus que passasse.

— Ouvi dizer que você é de Arnhill. É verdade? — Coleen pergunta, felizmente mudando de assunto.

— Sim, cresci aqui — respondo.

— E voltou? — James pergunta com ar de incredulidade e apenas um leve tom de brincadeira.

— Para pagar meus pecados.

— Bem, estamos felizes por tê-lo de volta — interrompe Susan. — Foi difícil encontrar um substituto depois... bem, depois da Sra. Morton.

— É verdade — concorda Simon. — Não é preciso ser louco para trabalhar aqui, mas ajuda. — Ele ri da própria piada.

Beth olha para ele com frieza.

— Julia sofria de depressão. Não era louca.

Ele ri com sarcasmo.

— Você tem razão. Porque esmagar o rosto do próprio filho é muito saudável, né?

Ele pega uma generosa garfada de macarrão e mastiga ruidosamente. Viro-me para Beth:

— Todos sabiam da depressão de Julia?

— Ela era muito franca a esse respeito — Beth esclarece. — Passou por maus momentos depois que se separou do pai de Ben. Imagino que sua vinda para cá devesse ser um recomeço.

Que belo recomeço, penso.

— Ela estava sendo medicada — Susan acrescenta. — Mas parece que parou de tomar os remédios.

— Como ela conseguiu uma arma?

— A família dela é proprietária de uma fazenda perto de Oxton. A arma era do pai.

— É óbvio — interrompe James — que se algum de nós tivesse suspeitado que havia algo errado...

O *quê?*, penso. O que teriam feito? Perguntado se ela estava bem e dado um sorriso de alívio quando ela respondesse que estava ótima. Tarefa concluída. Item "preocupação" ticado. A verdade é que nenhum de nós quer saber de nada. Não quer mesmo. Porque, se quisermos, talvez precisemos dar atenção, e quem tem tempo para isso?

— É óbvio — concordo.

Simon estala os dedos e aponta para mim de novo:

— Instituto Stockford.

Sinto um bolo no estômago.

— É de lá que me lembro de você. Foi onde trabalhei como professor substituto há uns dois anos.

Agora que ele falou nisso, lembro-me vagamente de um sujeito muito magro com péssimo gosto para se vestir e mau hálito. Não trabalhávamos no mesmo departamento. Mas ainda assim... *Seria ele mesmo?*

— Bem, não fiquei muito tempo lá, então...

— Isso. Você saiu meio que do nada. O que aconteceu? Ficou de saco cheio?

— Não. Nada do gênero.

Ficar de saco cheio não chegava nem perto do verdadeiro motivo.

— Foi estranho, de todo modo. — Ele franze a testa e aponta com a cabeça para minha perna ruim. — Não me lembro de você mancando naquela época.

Olho firme para ele.

— Então deve estar me confundindo com outra pessoa. Manco desde criança.

Segue-se um silêncio um pouco mais longo do que seria razoável. Susan se intromete:

— O que aconteceu? Se a pergunta não o incomodar.

Na verdade, a pergunta me incomoda, sim. Mas de certo modo eu a provoquei.

— Eu tinha quinze anos. Sofri um acidente de carro com meu pai e minha irmã pequena. Saímos da estrada e batemos em uma árvore. Annie e meu pai morreram na hora. Minha perna foi esmagada. Precisaram colocar meia dúzia de pinos de metal para deixá-la em ordem de novo.

— Meu Deus! — Susan exclama. — Sinto muito.

— Obrigado.

— Quantos anos tinha sua irmã? — Beth pergunta.

— Oito.

Eles me olham com ar triste e solidário, com exceção de Simon, que, para minha satisfação, não consegue me encarar.

— De qualquer forma — prossigo —, isso foi há muito tempo. E como tive a sorte de sempre querer ser professor, não sapateador, aqui estou.

Eles riem, um pouco nervosos. A conversa segue em frente. Foi uma boa jogada. Sou um homem bom, um homem honesto. Um homem que enfrentou uma tragédia, que carrega suas cicatrizes, mas que ainda tem algum senso de humor.

Também sou mentiroso. Não perdi minha irmã em um acidente de carro, e também não mancava naquela época.

seis

As pessoas dizem que o tempo é um ótimo remédio. Elas estão enganadas. O tempo é apenas uma grande borracha. Ele segue em frente sem nenhuma consideração, acabando com nossas lembranças, quebrando aqueles enormes rochedos de sofrimento até que não reste nada além de pequenos fragmentos pontiagudos, ainda dolorosos, mas pequenos o suficiente para serem suportados.

Corações partidos não se reconstroem. O tempo apenas reúne seus pedaços e os reduz a pó.

Recosto-me em uma das poltronas barulhentas do chalé e tomo um gole de cerveja. A jornada foi longa. Há tempos eu não dava aula o dia inteiro. Agora sinto o efeito, tanto na mente quanto no físico. Minha perna ruim lateja, e os quatro comprimidos de codeína que tomei estão ajudando muito pouco a aliviar a dor incômoda e persistente. Não vou conseguir dormir esta noite, então a solução é beber até desmaiar. Automedicação.

A sala está quase às escuras, iluminada apenas por um abajur solitário e pelas faíscas do aquecedor a lenha. Consegui ir a um supermercado fora do vilarejo e fiz um estoque do essencial: pizza, refeições prontas, café, cigarro e álcool. No caminho de volta, vi uma fazenda/pousada que vendia lenha. Ninguém abriu a porta quando bati, embora um Ford Focus maltratado estivesse estacionado do lado de fora. Havia duas cadeirinhas de criança no banco de trás e um adesivo na janela traseira: MONSTRINHOS A BORDO.

Uma cesta havia sido deixada ao lado das toras de lenha: "Cinco libras por saco. Pague aqui." Parecia haver umas trinta libras na cesta. Olhei por um momento para as notas amassadas, pensei nas cadeirinhas de criança e joguei uma nota de cinco libras. Peguei um saco e voltei ao supermercado a fim de comprar algo para iniciar a chama.

Precisei de meia dúzia de tentativas e muitos palavrões para conseguir acender a droga do fogo. Agora, no entanto, pela primeira vez desde que me mudei, a sala está tomada por um agradável calor seco. Quase consigo ver a umidade sumir das paredes. Além dos móveis decrépitos, da falta de quaisquer lembranças pessoais e do fato de que duas pessoas morreram aqui, quase me sinto em casa.

Um caderno está aberto no meu colo. Na primeira página escrevi quatro nomes, com observações rabiscadas ao lado de cada um: Chris Manning, Nick Fletcher, Marie Gibson e, claro, Stephen Hurst. O velho grupo está de volta, pelo menos no papel. Os que estavam lá quando tudo aconteceu. Os únicos que sabiam.

Descobri que Fletch administra uma empresa de serviços hidráulicos em Arnhill. Hurst faz parte do conselho regional. Sobre Marie não consegui encontrar nada on-line, mas talvez ela tenha se casado e adotado um novo sobrenome. Ao lado do nome de Chris escrevi apenas: "Morto." Embora isso não baste. Nem um pouco.

No alto da página seguinte há dois nomes: Julia e Ben Morton. Abaixo, fiz mais anotações, a maioria tirada da internet e dos jornais, mesmo sabendo que nenhuma das fontes é inteiramente confiável. Se os jornais são o lugar onde os fatos se tornam reportagens, a internet é o lugar onde as reportagens se tornam teorias da conspiração.

O que sei é o seguinte: Julia tinha um histórico de depressão. Acabara de se divorciar do pai de Ben (Michael Morton, advogado). Ela havia parado com a medicação e tirado Ben da escola pouco tempo antes. Ah, e depois de bater no filho até a morte — antes de explodir a própria cabeça — ela escreveu com sangue três palavras na parede do quarto de Ben.

NÃO É MEU FILHO.

Em resumo, dificilmente seriam ações de uma mente equilibrada.

Imprimi duas fotos e as prendi no caderno com clipe de papel. A primeira é de Julia. Parece ter sido tirada em um evento de trabalho. Está com um terninho elegante e o cabelo preso em um rabo de cavalo frouxo. Seu sorriso é largo, mas os olhos parecem cansados e reservados. *Tire logo a foto e me deixe em paz*, seu rosto diz. Eu me pergunto se foi por essa razão que o jornal a escolheu. É uma mulher prestes a desmoronar. Uma mulher no seu limite. Ou talvez apenas uma mulher irritada por ser forçada a posar para uma foto ridícula.

A foto de Ben é da escola. Seu sorriso é amplo e envolvente, dois dentes da frente levemente tortos, gravata com nó perfeito para (provavelmente) seu primeiro dia de aula. Os repórteres repetiram as banalidades de sempre: muito querido, bom aluno, cheio de amigos, um futuro brilhante. Não falam nada sobre o menino de verdade. Fazem apenas um trabalho básico de colagem do que encontram em seus arquivos de "crianças mortas".

Apenas uma matéria sugere algo mais. Uma sombra flutuando sob a superfície banhada de sol da existência imaginada de Ben. Nas semanas anteriores à sua morte, uma fonte não identificada da escola alegou que Ben vinha agindo de forma estranha; envolvia-se em confusões, faltava aula. "Estava estranho. Não era ele."

Penso nas palavras que Julia escreveu: NÃO É MEU FILHO. Uma unha gelada percorre minha espinha dorsal.

Jogo o caderno na mesa de centro. Meu celular toca. A melodia de "Enter Sandman" invade o silêncio aconchegante. Fico tenso, em seguida pego o telefone e olho a tela. Brendan. Pressiono "Atender".

— Alô?

— Como vão as coisas?

— Boa pergunta. Ainda estou elaborando a resposta.

Espero o que está por vir. Brendan não é o tipo de amigo que liga apenas para saber se estou bem. Se não houver nenhuma notícia do contrário, ele presume que estou vivo, e isso basta.

— Alguém perguntou por você no pub uma noite dessas — ele diz.

— Alguém?

— Uma mulher. Baixa, loira. Bonita, mas meio durona.

Meu estômago se contrai, minha perna ruim lateja com mais intensidade.

— Você falou com ela?

— Mas é claro que não. Escapei assim que a vi. Algumas mulheres só irradiam más notícias.

— Fez bem. Não volte lá.

— Mas eles servem a melhor torta de vitela e rim que se pode encontrar fora da cozinha da minha velha e querida mãe.

— Consiga um livro de receitas.

— Está de sacanagem comigo?

— Não é sacanagem. Não volte lá.

— Meu Deus. — Ouço o clique de um isqueiro e o som de inspiração. — O que você fez? Penhorou as joias dela? Acabou com as economias que ela juntou durante uma vida inteira?

— Pior que isso.

— Você sabe o que minha velha e querida mãe diria?

— Tenho a impressão de que saberei agora.

— O modo mais rápido de enterrar um homem é dando-lhe uma pá.

— O que isso quer dizer?

— Porra, quando é que você vai parar de cavar?

— Quando encontrar o tesouro?

— A única coisa que você vai encontrar, meu amigo, é uma sepultura precoce.

— Adoro nossos papos. São muito construtivos.

— Se quiser um papo construtivo, pode ver o programa da Oprah.

— Tenho um plano...

— O que você tem é um desejo de morte.

— Só preciso de um pouco de tempo.

Ele suspira.

— Você já parou para pensar que precisa de ajuda profissional?

— Quando tiver resolvido tudo, pensarei no assunto.

— Faça isso.

Ele desliga. De fato penso no assunto. Por uns dez segundos. Devo isso a Brendan. Nós nos conhecemos há cerca de três anos e dividimos por um ano e meio um apartamento que ele alugava. Ele me apoiou quando ninguém mais o fez. Mas Brendan é um alcoólatra em recuperação. Isso significa que ele dá importância a coisas como confissão, perdão e redenção. Eu, por outro lado, estou mais interessado em guardar segredos, nutrir rancores e cultivar ressentimentos.

Às vezes me pergunto como nos tornarmos amigos. Imagino que, como acontece em muitos relacionamentos, tenha sido uma mistura de circunstância e álcool (de minha parte, pelo menos).

Costumávamos nos encontrar com regularidade em um pub perto de onde eu morava. Uma noite, cumprimentos educados se transformaram em conversa. Começamos a nos sentar juntos e a conversar assim que pedíamos nossas bebidas — suco de laranja para Brendan, cerveja ou bourbon para mim.

Brendan era uma companhia tranquila, pouco exigente. Talvez a única coisa na minha vida que era assim. As bases da minha confortável existência de classe média ruíam depressa. Meu emprego estava por um fio e era uma batalha conseguir bancar o apartamento. Quando eu estava com seis meses de aluguel atrasado, o proprietário apareceu com seus dois irmãos gigantes, me enxotou de casa e trocou a fechadura.

De uma hora para outra, minhas opções de moradia ficaram limitadas. Eu devia escolher a quitinete com manchas suspeitas nas paredes ou o apartamento mofado no subsolo, que parecia ter um grupo de sapateado morando no andar de cima? Sem falar que minha condição financeira restringia minhas buscas ao tipo de bairro em que até o Batman pensaria duas vezes antes de passear em uma noite escura.

Foi quando Brendan sugeriu que eu fosse morar com ele.

— Caramba. Tenho um quarto vago que só está desperdiçando gás e luz.

— Sua oferta é muito gentil, mas não posso gastar muito com aluguel.

— Esqueça o aluguel.

Eu o encarei.

— Não. Não posso.

Ele me olhou com sinceridade.

— Como diria minha velha e querida mãe: "Você não pode enfrentar os lobos à sua porta quando está lutando com um leão na sua sala de estar."

Ponderei suas palavras. Pensei nas alternativas que me restavam. Era preciso esquecer os leões; eu poderia acordar e encontrar ratos roendo meus olhos.

— Tudo bem, eu aceito. E agradeço.

— Agradeça-me por tentar colocá-lo nos eixos.

— Minha sequência de derrotas não pode durar para sempre.

Por um instante, seu rosto ficou sombrio.

— Tomara que não. Pelo que ouvi dizer, você deve dinheiro a pessoas que não querem prestações... preferem joelhos.

— Estou me organizando. E vou te reembolsar cada centavo. Eu prometo.

— Não tenho dúvida disso. — Ele sorriu. — Gosto muito de uma boa massagem nas costas antes de dormir. Não economize no hidratante.

Pego minha cerveja, percebo que ela acabou e amasso a lata com a mão. Levanto-me para pegar mais uma e concluo que uma visita ao banheiro pode ser uma boa ideia. Atravesso a sala e acendo a luz do corredor. De má vontade, ele volta à vida. Coloco o pé no primeiro degrau. Ele range, o que era previsível. Enquanto subo a escada estreita, tento não pensar em Julia Morton arrastando o corpo do filho degrau por degrau, com muito rangido e esforço. Um menino de onze anos é pesado. E peso morto é mais pesado ainda. Sei muito bem.

O patamar está frio. Não há aquecedor no andar de cima. Mas não é isso. Não é um frio normal. Não é o frio que senti quando entrei pela primeira vez no chalé. É um frio diferente. *Frio horripilante.* Palavras nas quais não tenho pensado desde minha infância. O tipo de frio que envolve os ossos e se instala no intestino como um pedaço de gelo.

Ouço algo também. É um som fraco, mas persistente. Um ruído estranho, estalos, como o de ar na tubulação. Paro e presto atenção. Vem do banheiro. Abro a porta e puxo o cordão velho e esfiapado da lâmpada. A luz pisca com um zumbido baixo e irritante, como o de um mosquito morrendo.

O frio é maior aqui. O ruído é mais alto também. Não é ar na tubulação. Não. Esses *ruídos, rápidos e insistentes,* são de outra coisa. De algo mais familiar. Algo mais... *vivo.* E vêm da privada.

O assento e a tampa estão abaixados. Não porque eu esteja exercendo meu lado feminino, mas porque tenho uma leve fobia de buracos abertos. Bueiros, ralos. Qualquer buraco no chão. Ontem à noite, antes de me deitar, dei uma volta pela casa e tampei todos os ralos. Agora me aproximo e, com cautela, levanto a tampa do vaso.

— *Droga!*

Dou um salto para trás, tão rápido que quase piso em falso e caio no chão. Por sorte, consigo me apoiar na pia e manter o equilíbrio. Não consigo controlar minha bexiga cheia, porém. Um jato de urina quente escorre por minha perna.

Eu mal percebo. O interior do vaso sanitário está se mexendo. Fervilhando com pequenos corpos pretos reluzentes. Ouço *cliques* enquanto eles se movem ao redor uns dos outros com rapidez, como um mar de excrementos em movimento.

— Meu Deus.

Um arrepio de repulsa percorre meu corpo. Junto com o fraco eco de uma lembrança remota:

São as sombras. As sombras estão se movendo.

Apoio-me na pia, ofegante. Besouros. Malditos besouros.

No instante seguinte, dou um passo à frente e volto a erguer a tampa. A confusão aumenta, como se eles percebessem minha presença. Dois dos insetos fazem uma pausa e começam a subir para a borda. Fecho a tampa de novo, depressa, encurralando-os entre as duas camadas de plástico. Eles estalam com um triturar prazeroso.

Mas como conseguiram chegar lá dentro? O vaso sanitário talvez estivesse seco, então eles poderiam ter subido pelo encanamento, mas ainda assim? Pego um frasco de água sanitária, respiro fundo, abro mais uma vez a tampa e esguicho o conteúdo todo vaso abaixo, encharcando os malditos insetos. A confusão e a movimentação aumentam. Alguns escalam pela lateral. Pego a escova sanitária e os forço a voltar. Em seguida, dou descarga. De novo e de novo até a caixa esvaziar com um gemido e não haver mais nada no fundo além de uma fina camada de bolhas e alguns cadáveres negros flutuantes. Apenas por precaução, pego o rolo de papel higiênico e enfio no cano de água para bloqueá-lo.

Sento-me na borda da banheira — ou melhor, minhas pernas fraquejam e a borda da banheira parece subir para me receber com um forte impacto. *Besouros. Porra. Porra. Porra.* Meu coração está acelerado. Apesar do frio, estou transpirando. Preciso de uma bebida e um cigarro. Mais do que isso, porém, preciso jogar. Pela primeira vez desde que cheguei aqui. Pela primeira vez em muito tempo. Preciso de alguma coisa que me acalme os nervos e devolva a firmeza às minhas mãos trêmulas.

Reviro meu bolso em busca do celular. A companhia telefônica só deve instalar a banda larga daqui a uma semana, mas tenho 3G. Só isso. Não é a melhor opção, mas, como um alcoólatra que procura metanfetamina quando todas as garrafas secam, a necessidade obriga.

Abro uma página da web. "*Vegas Gold*", ela anuncia, em letras douradas e luminosas. Não deixo de perceber a ironia que é jogar *Vegas Gold* sentado na borda de uma banheira incrustada de mofo, com o jeans molhado de urina. Meu polegar paira sobre o link.

E é então que ouço o estrondo no andar de baixo.

— O que foi isso?

Sempre mancando, desço o mais depressa que consigo a escada estreita que leva à sala. Uma lufada do ar frio noturno golpeia meu rosto. As cortinas se enroscam e lutam ao vento. Há um buraco irregular na janela da sala e pedaços de vidro espalhados pelo chão. Pneus guincham, um motor dispara e o lamento agudo de uma motocicleta desaparece na distância.

No meio da sala, vejo a origem do estrago. Um tijolo com um pedaço de papel enrolado nele, preso por um elástico. Que original.

Sigo em frente, chutando os cacos de vidro para abrir caminho, e pego o tijolo. Tiro o papel. É fino e pautado, arrancado de um caderno. Como uma boa mensagem de boas-vindas, deixa um desejo: CAI FORA ALEJADO FILHO DA PUTA.

sete

Você sabe que está ficando mais velho quando vê que os policiais estão ficando mais jovens. Agora, sobre os policiais estarem ficando menores, não tenho certeza do que isso diz sobre você.

Baixo os olhos — muito mesmo — para a agente de polícia Cheryl Taylor. Pelo menos acho que foi assim que ela se apresentou. Seu tom de voz é ríspido, seu ar, indiferente. Tenho a impressão de que preferiria não estar aqui. Talvez eu a esteja desviando de uma missão mais importante ou de uma saída noturna com amigos.

— Então, sua queixa é que alguém jogou um tijolo na sua janela hoje aproximadamente às 20h07?

— Isso mesmo.

Mais ou menos uma hora atrás, o que significa que quem fez isso já está longe agora. Mas pelo menos tive a chance de trocar meu jeans.

—Viu alguma coisa?

—Vi um enorme tijolo vermelho no meio da minha sala recém-refrigerada.

Ela me dirige um olhar estranho. É um olhar com o qual estou familiarizado. Costumo receber muitos de mulheres.

— Minha pergunta foi se viu mais alguma coisa.

— Não, mas ouvi uma motocicleta sair em disparada.

Ela faz mais algumas anotações, depois se abaixa e pega o tijolo.

— Precisa colocar isso em um saco ou algo assim para verificar se há digitais?

— Estamos em Arnhill, não em um episódio de *CSI* — diz ela, recolocando o tijolo no chão.

— Ah, certo. Claro. Desculpe, por um segundo pensei que estivesse interessada em pegar a pessoa que fez isso.

Ela dá a impressão de que vai retrucar, mas desiste de qualquer comentário que estivesse prestes a fazer e se limita a perguntar:

— E o bilhete?

Entrego-o a ela. Ela o estuda.

— Não é dos melhores em ortografia.

— Na verdade — digo —, não acredito que seja um erro. Acho que foi proposital. Para me confundir.

Ela ergue uma de suas finas sobrancelhas.

— Continue.

— Sou professor de inglês — explico com calma. — Por isso vejo muitos erros de ortografia. Essa não é uma palavra que os alunos costumam errar e, quando isso acontece, eles cometem outros erros também. Não esquecem apenas um "I".

Ela parece levar o que digo em consideração.

— Certo. Poderia então pensar em alguém que faria algo assim? Algum inimigo, pessoas ressentidas.

Quase rio alto. Você não tem ideia, digo para mim mesmo. Depois reflito. Tenho certeza de que Hurst ou um dos comparsas é o responsável. Mas não tenho testemunhas, nenhuma prova e, levando em conta o papo que tive com Harry hoje de manhã (meu Deus, foi mesmo só hoje de manhã?), não quero colocar meu emprego em risco. Não por enquanto, pelo menos.

— Sr. Thorne?

— Para ser sincero, mudei-me há muito pouco tempo. Ainda não consegui irritar muita gente.

— Mas parece estar tentando.

— É óbvio.

— Certo. Bem, vamos investigar o ocorrido, mas é provável que não passe de coisa de criança. Já tivemos alguns problemas com alunos da sua escola.

— É mesmo? Que tipo de problema?

— Os de sempre. Vandalismo. Transgressão. Comportamento inadequado.

— Ah, me faz lembrar dos velhos tempos.

— Se quiser, um policial pode ir à escola conversar com eles sobre responsabilidade social, esse tipo de coisa.

— E ajudaria?

— Da última vez que meu colega fez isso, quando voltou para o carro descobriu que alguém havia esvaziado todos os seus pneus.

— Acho que não, então.

— Tudo bem. Aqui está o número da sua ocorrência, para fins de seguro. Qualquer outro problema, não hesite em nos ligar.

— Farei isso.

Ela para na porta e parece refletir sobre alguma coisa.

— Escute, não quero piorar ainda mais a sua noite...

Penso nos besouros movimentando-se no vaso sanitário.

— Seria difícil.

— Mas alguém lhe falou sobre este lugar?

— Sobre o que aconteceu aqui?

— Você sabe?

— Alguém comentou.

— E isso não o incomoda?

— Não acredito em fantasmas.

Ela olha ao redor e não consegue disfarçar a expressão de repulsa em seu rosto. Compreendo na mesma hora.

— Você os encontrou, foi isso?

Ela hesita antes de responder:

— Meu colega e eu fomos os primeiros a chegar à cena do crime, sim.

— Deve ter sido difícil.

— Faz parte do nosso trabalho. É com isso que lidamos.

— Mas imagino, de todo modo, que não lhe agradaria morar aqui.

Ela encolhe de leve os ombros.

— Não dá para limpar de verdade todo o sangue. Por mais desinfetante que se use, por mais que se esfregue. Ele continua sempre presente, ainda que não seja possível vê-lo.

— Muito reconfortante. Agradeço muito.

— Você perguntou.

— Posso perguntar outra coisa?

— Creio que sim — ela responde com cautela.

— Poderia haver outra explicação para o que aconteceu aqui?

— Nenhum sinal de arrombamento, nenhuma evidência de envolvimento de terceiros. Acredite em mim, examinamos tudo.

— E o pai de Ben?
— Jantou com um cliente naquela noite.
— Então você acha que Julia Morton simplesmente surtou, matou o filho e se suicidou?
— O que eu *acho* é que, para quem não se incomoda com o ocorrido, você está fazendo perguntas demais.
— Só curiosidade.
— Bem, é melhor deixar a curiosidade de lado. Isso não o ajudará em nada.
— Ela enfia o bloco de anotações no bolso. — E eu só quis informá-lo sobre o chalé para o caso de o agente imobiliário não ter lhe contado todos os fatos.
— Obrigado, mas não acho que o chalé seja um problema.
— É. — Ela me olha de novo, de um jeito que não consigo decifrar. — Talvez você tenha razão.

O vidraceiro chega quinze minutos depois. Retira a madeira superior da janela quebrada, diz que o serviço custará umas quinze libras e que uma janela nova demora "uma semana, poraí".

Respondo que não há problema. Consigo viver sem a visão da estrada.

Ele também me dirige um olhar estranho. Não estou fazendo muito sucesso.

Depois que ele vai embora, tomo mais duas doses de bourbon, fumo um cigarro encostado na porta dos fundos e concluo que os acontecimentos do dia já foram suficientes, mais do que suficientes, então subo de novo e vou para a cama.

A sensação de frio desapareceu. Sinto apenas o frio normal do chalé. Aproximo-me do banheiro com cuidado, mas o vaso sanitário continua vazio. Retiro o rolo de papel do cano, faço xixi, lavo o rosto e escovo os dentes, apago a luz e fecho a porta.

Então tenho outra ideia. Desço mais uma vez a escada e pego o tijolo. Levo-o para o banheiro e o coloco sobre a tampa do vaso sanitário.

Só por garantia.

Não sonho.
Tenho pesadelos.
Normalmente, o álcool ajuda em relação a isso.
Não esta noite.
Estou subindo as escadas na casa da minha infância, só que, como costuma acontecer nos sonhos, não é a casa da minha infância, não exatamente. A

escada é muito mais estreita, mais íngreme, e sobe em espiral. Ouço um ruído abaixo de mim na escuridão: um ruído que lembra um zumbido. Sombras se movem ao pé da escada. Acima de mim, ouço outro barulho. Um som estridente e agudo, como o lamento de um animal em sofrimento, entremeado por gritos: *Abe-olhos. Abe-olhos. Beije os meninos e faça-os chorar.*

Não quero subir a escada, mas não tenho escolha.

Cada vez que olho para trás, vejo que mais alguns degraus desaparecerem na escuridão. As sombras crescem e o frio aumenta, perseguindo-me de perto.

Continuo a subir os intermináveis degraus em caracol à minha frente e, de repente, estou no andar de cima. Olho para trás. A escada não existe mais. As sombras se espalharam e a engoliram. Ela se desfez e sumiu em um instante, a centímetros dos meus pés.

Há três portas, todas fechadas. Empurro a primeira e a abro. Meu pai está no quarto. Sentado na cama. Na verdade, "sentado" não é a palavra certa. Ele está recostado, como uma marionete que teve parte das cordas cortadas. Sua cabeça está apoiada no ombro, como se descansasse do trabalho de se equilibrar em cima das coisas. Tendões reluzentes e feixes de músculos vermelhos mal conseguiam se manter no corpo. Quando o carro bateu na árvore, uma lasca afiada do para-brisa quase o decapitou.

Ele abre a boca e emite um som que parece um chiado estranho. Percebo que é meu nome: *"Joe-eeeeee."* Ele tenta ficar de pé. Volto a fechar a porta. Meu coração dispara, minhas pernas tremem. Vou para a porta seguinte. Essa será pior, tenho certeza. Mas como um personagem de um filme de terror de segunda categoria, sei que vou abri-la.

Empurro a porta, mas logo recuo. O quarto está cheio de moscas. São varejeiras e sobem em uma nuvem escura e ruidosa. Em algum lugar no meio delas consigo ver dois vultos. Julia e Ben. Pelo menos imagino que sejam Julia e Ben. É difícil saber, já que falta a maior parte da cabeça de Julia e Ben não tem rosto, apenas uma massa vermelha e branca de sangue, osso e cartilagem.

Os dois se erguem, vultos sombrios no meio das moscas... e então percebo que eles próprios são feitos de moscas. Quando olho para eles, os dois se dissolvem e vem em minha direção. Disparo pela porta e a fecho. Escuto as moscas batendo contra a madeira em um enxame furioso.

Acorde, penso. *Acorde, acorde, acorde.* Mas meu subconsciente não me permitirá acordar com tanta facilidade. Sigo para a última porta. Estendo a mão e giro a maçaneta. Ela se abre devagar. O quarto está vazio. Exceto por uma cama e Abe-olhos. Ela está deitada no centro da cama, com as pálpebras fechadas. Caminho até ela e a seguro. Seus olhos se arregalam de repente. Lábios rosados de plástico se abrem em um sorriso: *Ela está atrás de você.*

Eu me viro. Annie está na porta. Veste um pijama rosa-claro estampado com ovelhinhas brancas. A roupa que usava na noite do acidente. Só que está errado. Não era essa roupa que minha irmã vestia quando morreu.

—Vá embora — peço.

Ela caminha na minha direção e estende os braços.

—Vá embora.

Annie então abre a boca e dela escapa uma nuvem de besouros. Tento correr, mas me desequilibro por causa da perna ruim e caio no chão. Posso ouvir o ruído de suas carapaças duras e o zumbido das pequenas patas inquietas atrás de mim. Posso senti-los subindo por meus tornozelos, agarrando-se à minha pele. Tento espantá-los e afastá-los com a mão. Eles escalam meus braços, avançam para o pescoço, entram na minha boca e descem pela minha garganta. Não consigo respirar. Estou sufocando em corpos negros fedorentos...

Acordo coberto de suor e tremendo, golpeando meus lençóis, que estão amassados e enrolados no meu corpo nu.

Nesgas de claridade atravessam as cortinas entreabertas e atingem meus olhos. Confiro o despertador no instante em que ele começa a tocar, enviando repiques de agonia por toda a minha cabeça, que lateja.

Viro-me na cama e solto um gemido. É hora de ir para a escola.

oito

— Senhor?

— Sim, Lucas? — Cansado, aponto para o braço erguido, e então, antes que ele consiga dizer qualquer coisa, levanto minha própria mão. — Que não seja mais uma pergunta sobre o Tinder, pois acho que já deixamos claro que aplicativos de relacionamento não eram ferramentas utilizadas no tempo de Romeu e Julieta.

Outra mão dispara para o alto.

— Josh?

— E o Snapchat?

Uma risada se espalha por toda a turma. Eu mesmo sufoco um sorriso.

— Muito bem. Você me deu uma ideia.

— Dei, senhor?

— Sim. Peguem um dos capítulos que lemos e o reescrevam como se os fatos acontecessem nos dias atuais. Prestem especial atenção a paralelos e aos temas de tragédia e calamidade.

Mais mãos se levantam. Escolho uma.

— Aleysha?

— O que é um paralelo?

— Algo similar ou correspondente a outra coisa.

— O que é uma calamidade?

— Esta turma.

Toca o sinal indicando o horário de almoço. Tento não estremecer com o barulho.

— Pronto. Podem sair. Mal posso esperar para ler seus trabalhos amanhã.

Cadeiras arranham o chão e se chocam umas com as outras enquanto as crianças saem às pressas da sala. Por mais interessantes que sejam as aulas e por maior que seja o entusiasmo dos alunos, a verdade é que o barulho do sinal sempre os faz disparar da sala como detentos libertos da prisão.

Começo a reunir meus livros e a enfiá-los na bolsa.

Uma cabeça escura e familiar espia pelo vão da porta.

— Olá!

— Oi.

Beth entra em cena — hoje com uma camiseta do Nirvana, jeans rasgado e Vans — e se senta na quina da minha mesa.

— Então, ouvi dizer que jogaram um tijolo na sua janela ontem à noite.

— As notícias correm depressa em Arnhill.

— Sim, mas nunca vão embora.

Solto um riso abafado.

— Quem lhe contou?

— Um dos primos de uma assistente de ensino trabalha em meio expediente com uma mulher cujo irmão trabalha na polícia.

— Uau. Fontes melhores do que a CNN.

— Mais precisas, em geral.

Ela ergue uma sobrancelha, o que presumo ser a minha deixa para confirmar ou negar a informação.

Dou de ombros.

— Acho que alguém não gostou do meu planejamento de aula.

— Acha que foi um dos garotos daqui?

— Parece a hipótese mais provável.

— Tem algum suspeito em especial?

— Podemos dizer que sim. — Hesito. — Jeremy Hurst.

— Ah.

—Você não parece surpresa.

— Que tenha sido o São Jeremy? Não. Ouvi dizer que vocês tiveram um desentendimento feio.

—Você é de fato muito bem informada. Se algum dia souber quais números da loteria serão premiados...

Um sorriso largo surge em seu rosto.

— Como se eu fosse lhe dizer...

— Então, o que sabe sobre...

Há uma batida na porta entreaberta. Levantamos os olhos ao mesmo tempo. Uma garota um pouco acima do peso, com mechas no cabelo loiro e maquiagem carregada demais para um dia de escola, enfia a cabeça pela fresta.

— É aqui a aula do Sr. Anderson?

— Não, é na sala ao lado — Beth responde.

— Certo. — Ela dá um suspiro irritado e sai.

— De nada! — Beth grita enquanto a garota se afasta. Ela volta a olhar para mim. — Por que não continuamos esta conversa lá fora? Acredito que seja hora do almoço.

— Na cantina?

— Não, sai dessa. Estava pensando no pub.

As cadeiras e os bancos gastos não existem mais. O carpete que, de tão colorido, chegava a dar dor de cabeça foi substituído por um piso de madeira reluzente. Lâmpadas de bom gosto estão distribuídas nos peitoris das janelas, e há uma grande variedade de vinhos e bourbons disponíveis no bar. Há também um novo cardápio "Gastro pub" interessante.

Nada disso é verdade, porém.

O Fox não mudou nada, pelo menos não desde a última vez que o visitei, vinte e cinco anos atrás. O velho jukebox continua no canto, provavelmente abastecido com as mesmas músicas de sempre. Até alguns dos clientes não parecem ter mudado, ou até mesmo trocado de lugar, desde o século passado.

— Eu sei — diz Beth, ao me surpreender observando o pub. — Eu o levo aos melhores lugares.

— Na verdade, eu estava neste instante pensando que você talvez ainda sinta o cheiro do meu vômito nos banheiros.

— Legal. Esqueci que você cresceu aqui. Quer dizer, não literalmente *aqui*.

— Bem, não sei.

— Então, era para este lugar que você costumava vir?

— Mais ou menos. Oficialmente, eu não tinha idade para beber. Extraoficialmente, porém... o gerente não era muito rigoroso com esse tipo de coisa.

Viro-me para o bar. Tenho uma leve esperança de ver Gypsy ainda servindo atrás do balcão, mas no seu lugar há uma jovem com argolas enormes e cabelo preso em um rabo de cavalo tão apertado que suas sobrancelhas, que parecem estar sendo puxadas contra a vontade, me encaram com expressão convidativa.

— Quer o quê?

Olho para Beth.

— Uma Coca Diet, por favor — pede ela.

Lanço um olhar demorado para o bourbon, mas digo, de má vontade:

— Duas Cocas Diet, por favor. Ah, e o cardápio.

— Sanduíche de queijo, sanduíche de presunto, torta de carne de porco ou batata frita.

— Heston Blumenthal deve estar apavorado.

Ela olha para mim e masca seu chiclete.

— Batata frita e um sanduíche de queijo, por favor — responde Beth.

— A mesma coisa para mim, obrigado.

— Dez libras e sessenta.

Digam o que quiserem sobre essa garota, mas sua aritmética mental não é das piores.

Beth começa a vasculhar sua bolsa.

— Pode deixar — digo. — Eu pago. — Enfio a mão no bolso e franzo a testa. — Droga. Esqueci a carteira em casa.

— Não se preocupe — diz Beth. — É improvável que eu decrete falência com esse gasto.

Sorrio, sentindo-me um pouco culpado. Mas só um pouco.

Pagamos e achamos uma mesa — o que não é muito difícil — em um canto perto de uma das janelas.

— Então — retomo a conversa enquanto Beth toma seu refrigerante —, não ia falar sobre Hurst?

— Ah, sim. Mas acho que não há muito a dizer. O garoto é inteligente, tem porte atlético, é bonito e um pouco sádico. E só fica impune por causa do pai.

— Stephen Hurst.

— Você o conhece?

— Éramos colegas na escola.

— Ah, sim.

— Ouvi dizer que ele faz parte do conselho agora.

— É verdade. E você sabe quais pessoas acabam indo para o conselho...

— Pessoas que querem de fato ajudar a comunidade?

— E imbecis que adoram estar em uma posição de poder e a utilizam para promover os próprios interesses.

— Puxa vida, não consigo imaginar em qual dessas opções Stephen Hurst se encaixa.

— É, ele é mesmo uma figura. Mas acredito que você já saiba disso. Já ouviu falar sobre os planos para a antiga mina de carvão?

— Que o conselho quer transformá-la em um parque rural?

— Isso mesmo. Então, Hurst é uma das razões para o projeto levar tanto tempo para decolar.

— Por quê?

— Bem, oficialmente, devido a dificuldades de financiamento. Extraoficialmente, Hurst tem ligações com uma empresa imobiliária que quer construir casas naquele local.

— Casas? Onde existiu uma mina? Isso levaria anos para o conselho aprovar... — E então me dou conta. — Ah, entendo.

— Sim. E Hurst Junior é igual ao pai. Como o pai participa do conselho da escola, cada vez que Jeremy faz algo que expulsaria qualquer outro aluno, Hurst pai logo entra em ação, conversa com Harry, provavelmente sobre um financiamento para o novo centro esportivo ou para o prédio de ciências que queremos construir, e adivinhe o que acontece? Nada.

Sinto uma raiva conhecida crescer dentro de mim. *Nada mudou*, penso comigo mesmo.

A garçonete se aproxima de novo, empunhando nossos talheres como armas. Joga-os na mesa.

— A batata frita demora um pouco. O ketchup acabou.

— Não tem problema.

Ela olha para mim por um instante mais longo do que seria confortável e eu me pergunto se meu "não tem problema" de algum modo a ofendeu. Então ela se afasta de novo com passo firme.

Beth olha para mim.

— Você sabe mesmo fazer amigos e influenciar pessoas, não é?

— Seria meu charme natural?

— Não se iluda.

Tomo um gole do refrigerante e pergunto:

— Julia Morton foi professora de Hurst no ano passado, não foi?

Ela concorda com a cabeça.

— Mas eu não diria que uma coisa tem relação com a outra.

— Não?

— Não. Julia sabia lidar com Hurst. Não aceitava provocações e ele não a perturbava demais. Ela era uma pessoa forte e segura. Não desmoronava por pouca coisa.

E ainda assim desmoronou, digo para mim mesmo. Bateu no filho até a morte. E por que não usou a arma? Foi um momento de loucura? Ou outra coisa?

Como se conseguisse ler meus pensamentos, Beth diz:

— É por isso que o que aconteceu não faz sentido.

— Você disse que ela estava deprimida, não é?

— Ela *teve* depressão, no passado.

— Mas depressão não desaparece de uma hora para outra. Ela tinha parado de tomar a medicação. Talvez tenha tido uma espécie de recaída, um colapso nervoso.

Ela suspira.

— Não sei. Talvez. E *talvez*, se ela tivesse só *se* matado, eu compreenderia. Mas matar Ben? Ela adorava o menino. *Nunca* vou conseguir entender isso.

— Como era Ben?

— Brilhante, cheio de amigos. Talvez um pouco influenciável demais. Isso lhe causava problemas algumas vezes. Mas era um bom garoto. Até sumir.

— Ben sumiu? Quando?

— Uns dois meses antes de morrer. Voltou vinte e quatro horas depois, quando o vilarejo inteiro já estava à sua procura. Ninguém conseguiu fazê-lo dizer aonde tinha ido. Parecia outra pessoa, não era mais o mesmo.

Absorvo suas palavras. Ele sumiu. Mas voltou.

— Nunca li sobre isso.

Ela dá de ombros.

— É que foi mais ou menos varrido para baixo do tapete, considerando tudo o que aconteceu. De qualquer forma, depois... — Ela faz uma pausa. — Ele estava diferente.

— Como assim?

— Retraído, distante. Parou de sair com os amigos, ou os amigos pararam de sair com ele. É terrível dizer isso, mas ele cheirava mal, como se não tomasse banho. Depois se envolveu em uma briga feia. Machucou muito o outro menino. Foi quando Julia o tirou da escola. Disse que ele estava tendo "problemas emocionais" por causa do divórcio.

— Por que ninguém mais mencionou isso?

— Está falando sério? Quem diria qualquer coisa ruim de um menino morto? Além do mais, todo mundo só sabia culpar Julia pelo comportamento do filho. Diziam que ele tinha uma mãe maluca. Devia ser tudo culpa dela, certo?

Penso nessa fonte anônima da escola. Quero perguntar mais, porém, nesse exato momento a garçonete simpática vem até nossa mesa.

— Sanduíche de queijo e batata frita.
— Obrigado.

Ela larga os pratos de qualquer jeito e me encara de novo.

— Desculpe — digo. — Tem alguma coisa errada?
— É você quem está alugando o chalé dos Morton?
— Sim.
— Sabe o que aconteceu lá?

Essa parece ser a pergunta da semana.

— Sei.
— Então, você é o quê?
— Não entendi.
— Algum tipo de assombração?
— Er... não? Sou professor.
— Certo.

Ela parece refletir. Depois enfia a mão no bolso, pega um cartão e o coloca na minha frente.

Sem querer sofrer o efeito de uma ira maior ainda, eu o pego: "Serviços de faxina Dawson".

— O que é isso?
— Minha mãe. Ela é faxineira. Era quem limpava o chalé para a Sra. Morton. Caso queira ligar para ela.

Talvez o argumento de venda mais estranho que já ouvi.

— Bem, acho que não consigo pagar uma faxineira agora, mas agradeço.
— Fique à vontade.

Ela se afasta de novo. Olho para Beth.

— Uau!
— Sim, ela é um pouco...
— Grosseira? Esquisita? Assustadora?
— Na verdade, Lauren está no espectro do autismo. Convenções sociais normais podem ser difíceis para ela.

— Entendi. E mesmo assim alguém lhe deu um emprego de garçonete em um bar?

— Não acha que todos devem ter oportunidades iguais?

— Estou apenas dizendo que um setor onde se espera cordialidade pode não ser o mais indicado para ela.

— Isso é fazer pré-julgamento.

— Isso é ser prático.

— Dá na mesma.

— Na verdade, não dá na mesma. Sou muito crítico a esse respeito.

Ela sorri. E faz muito isso, percebo. O que me dá vontade de fazer a mesma coisa, de usar músculos que não exercito há algum tempo.

— Então — continuo, enquanto enfio o cartão no bolso —, o que estava dizendo?

— Nada. — Ela aponta o garfo para mim. — É a sua vez. Afinal, *por que* está alugando o chalé dos Morton?

— Você também?

— Bem, é um pouco estranho, de fato.

— É conveniente, é barato. E anos atrás o chalé não era "dos Morton", pertencia a uma velhinha que gostava de jogar sobras de pão para os pássaros e xingar as crianças que passavam de bicicleta. É só uma casa. Que tem história. A maioria dos lugares tem.

Embora a maioria dos lugares não tenha uma infestação de besouros no encanamento. Resisto a um calafrio.

Beth me observa com ar curioso.

— E então, por falar em história... é estranho voltar para cá?

Dou de ombros.

— É sempre estranho voltar ao lugar onde crescemos.

— Sem brincadeira, não consigo me imaginar querendo algum dia voltar para Arnhill. Assim que puder, vou embora.

— Há quanto tempo está aqui?

— Há um ano, um dia e... — ela consulta o relógio — doze horas, trinta e dois minutos...

— Não que esteja contando...

— Ah, mas estou contando, sim.

— Bem, sei que é um lugar pequeno, provinciano, um pouco atrasado.

— Não é bem...

— Então o que é?
— Você já foi à Alemanha?
— Não.
— Fui uma vez, logo depois da faculdade. Uma amiga trabalhava em Berlim. Ela me levou a um campo de concentração.
— Que divertido.
— Fazia um lindo dia de sol. Céu azul, pássaros cantando, e prédios são apenas prédios, certo? Mas o lugar ainda transmitia uma sensação estranha, sabe? Como se houvesse algo no ar, nos átomos. Dava para perceber que algo terrível havia acontecido ali, sem que ninguém precisasse dizer nada. Mesmo enquanto circulávamos com o guia, balançando a cabeça e com olhar de tristeza, uma parte de nós queria apenas fugir dali, aos gritos.
— É isso que você pensa de Arnhill?
— Não. Eu voltaria à Alemanha. — Ela enfia uma batata frita na boca e pergunta: — Qual é o problema com Stephen Hurst?
— Problema?
— Sinto que no passado vocês não eram exatamente os melhores amigos do mundo.
— É, não era bem isso.
— Aconteceu alguma coisa?
Espeto o garfo em uma batata frita.
— Apenas coisas normais de adolescente.
— Entendo.
Seu tom de voz deixa claro que ela não acredita em mim, mas não insiste no assunto.
Comemos nosso lanche. As batatas estão boas. O queijo do sanduíche tem gosto de plástico, se plástico tivesse gosto de nada.
— Harry me falou que a esposa de Hurst está doente — digo.
Beth assente.
— Câncer. E quaisquer que sejam seus sentimentos em relação a Hurst, isso é péssimo.
— É verdade.
E, às vezes, aqui se faz, aqui se paga.
— Eles estão casados há muito tempo?
— Eram adolescentes quando começaram a namorar. — Ela olha para mim.
— Na verdade, se você estudou na mesma escola que Hurst, deve se lembrar dela.

— Estudei com muita gente.
— O nome dela é Marie.
O tempo parece retroceder.
— Marie?
— Sim, mas não sei seu nome de solteira.
Nem precisa. Mais um pedaço do meu coração destruído vira pó.
— Era Gibson — digo. — Marie Gibson.

nove

Marie e eu crescemos na mesma rua. Nossas mães eram amigas, e por isso muitas vezes éramos enxotados de casa para brincar enquanto elas tomavam chá e fofocavam. Brincávamos de pega-pega e pique-esconde e nos sentávamos no meio-fio para tomar picolé quando a carrocinha de sorvete aparecia. Isso foi antes de Annie nascer, então imagino que tínhamos quatro ou cinco anos na época.

Eu venerava Marie em silêncio. E ela me tolerava em silêncio, por ser a única criança da sua idade na rua. Na escola ela logo me descartava porque preferia brincar com colegas mais populares. Acredito que eu tenha aceitado isso como meu destino. Marie era bonita e divertida. Eu era o menino estranho e isolado de quem ninguém gostava.

Quando chegamos ao ensino médio, comecei a perceber que Marie era muito mais do que bonita. Era linda. O cabelo castanho sedoso, que ela usava trançado na infância, agora era curto e tinha um balanço suave. Às vezes, ela fazia cachos nele, como Madonna, a quem venerava. Vestia jeans detonados e blusas folgadas com mangas que quase cobriam seus dedos. Usava dois piercings no lóbulo de cada orelha e, na escola, dobrava o cós da saia para que ela ficasse acima dos joelhos e permitisse a tentadora visão de um belo pedaço de pele entre a bainha e a meia que ultrapassava o joelho.

É claro que, na época, Marie mal reparava em mim.

Não era indelicada nem cruel. Pelo menos não de propósito.

Uma vez ou outra passava por mim na rua e era como se estivesse vendo alguém de quem tinha uma vaga lembrança, mas sem conseguir identificar de onde. Dava um "olá" distraído e eu ficava exultante durante horas por ela ter me dirigido a palavra.

Annie às vezes gostava de me provocar: "Ah, olha. A sua namorada." E imitava o som de beijinhos. "Joey e Marie sentados em uma árvore, SE BEIJANDO."

Era a única ocasião em que eu me irritava com Annie. Talvez porque ela tocasse no meu ponto fraco. Marie não era minha namorada; nunca seria minha namorada. Garotas como Marie não saíam com garotos como eu: nerds magricelas e desajeitados que liam histórias em quadrinhos e ficavam jogando no computador. Elas saíam com os caras *certos*, que jogavam futebol e rugby e passavam o recreio inteiro cuspindo e dizendo palavrões sem motivo.

Caras como Stephen Hurst.

Eles começaram a namorar no terceiro ano. De certa forma, parecia quase inevitável: Hurst era o bad boy da região, Marie, a garota mais bonita do colégio. Era assim que as coisas funcionavam. Eu não sentia ciúme. Bem, talvez um pouco. Mesmo assim, sabia que Marie era melhor que Hurst. Ela brilhava mais, era mais simpática e, ao contrário de muitas garotas da escola, tinha ambições maiores do que se casar e ter filhos.

Depois que fui aceito pelo grupo de Hurst e Marie começou a reparar de novo em mim, ela me falou de sua vontade de entrar na faculdade e estudar moda. Era boa em arte. Sonhava em se mudar para Londres e pretendia se sustentar fazendo alguns bicos como modelo. Estava tudo planejado. De forma alguma ela ficaria em um lixo como Arnhill. Assim que pudesse, pegaria o primeiro ônibus para fora dali. Iria embora de vez.

Só que isso nunca aconteceu. Alguma coisa mudou. Impediu seus planos. Algo arrancou-a de seus sonhos, pisoteou suas ambições e enterrou-as na terra. Alguma coisa a manteve em Arnhill.

Ou alguém.

Estou na esquina da minha antiga rua, olhando para o vazio e fumando. Eu pretendia voltar direto para o chalé depois da aula. Mas parece que meu subconsciente tem outras propostas.

A rua mudou e, ao mesmo tempo, não mudou. As mesmas varandas de tijolos vermelhos continuam lado a lado, olhando desafiadoramente para as do outro lado da rua, como se preparando-se para enfrentá-las. Mas há novas inclusões: antenas parabólicas e claraboias, janelas e portas de UPVC. Há mais carros estacionados ao longo da calçada estreita. Golfs brilhantes, 4x4 e

Minis. Na minha época, nem todas as famílias tinham carro. E com certeza não um novo.

Algumas coisas continuam iguais. Um grupo de jovens está em volta de uma motocicleta meio desmontada, fumando e bebendo cerveja. Alguns cachorros latem alto e sem parar. Dá para ouvir música saindo por uma das janelas: baixo pesado, melodia e letra fracas. Há um grupo de garotos chutando uma bola de um lado para o outro.

Minha antiga casa, a 29, fica na metade da rua; a do mecânico amador era algumas antes, a dos meninos que viviam jogando futebol, algumas depois. De todas as casas, é a que parece ter mudado menos. A porta é a mesma da minha lembrança, de madeira pintada de preto, embora a antiga aldrava de latão tenha sido substituída por uma prateada com muito mais estilo. O portão de ferro forjado continua inclinado para um lado, o telhado tem algumas falhas e a alvenaria que contorna a frente ficaria bem melhor se fosse refeita.

Meu quarto ficava nos fundos, ao lado do de Annie. Sobrou para ela o quartinho da bagunça, que ninguém queria. Quando éramos pequenos, antes de dormir, costumávamos bater na parede que nos separava. Depois que ela voltou, eu me deitava na cama, colocava os fones de ouvido e puxava as cobertas até as orelhas para não precisar escutá-la.

Mamãe vendeu a casa logo depois que saí do hospital, após o acidente. A desculpa foi que precisávamos de um lugar onde fosse mais fácil eu me locomover, já que ainda me movimentava com dificuldade e com a ajuda de muletas. A varanda estreita e com uma escada de degraus íngremes não era muito prática.

Claro que esse não foi o verdadeiro motivo. Havia lembranças demais. Quase todas ruins. Mamãe comprou um pequeno bangalô não muito distante. Nele moramos juntos até os meus dezoito anos. Mamãe continuou lá até o dia em que a levaram para o hospital para morrer, exatamente uma década depois, com apenas cinquenta e três anos. Disseram que foi câncer de pulmão. Mas não foi só isso. Uma parte dela morrera na noite do acidente. O resto apenas demorou um pouco mais para partir também.

Eu me afasto. A claridade está reduzida agora, o frio aumenta pouco a pouco e, se eu continuar aqui por muito mais tempo, há uma boa chance de alguém chamar a polícia. A última coisa que quero é chamar atenção para mim. Levanto a gola do casaco e começo a descer a rua.

★ ★ ★

Há uma frase comum, em geral entre as pessoas que querem parecer sábias e sensatas, que diz: para onde quer que viaje, você jamais conseguirá fugir de si mesmo.

Isso é bobagem. Mantenha-se longe o suficiente dos relacionamentos que o prendem, das pessoas que o definem, das paisagens e rotinas familiares que o ligam a uma identidade e você poderá facilmente fugir de si mesmo, pelo menos por um tempo. O *eu* é apenas um conceito. É possível acabar com ele, refazê-lo, criar um novo *eu*.

Contanto que nunca volte. Então, esse novo *você* desaparece como as roupas novas do imperador, deixando-o nu e exposto, com todos os seus terríveis defeitos e erros revelados para o mundo.

Não tenho a intenção de voltar para o pub. De alguma forma, porém, é o caminho que acabo pegando. Fico do lado de fora por alguns instantes, enquanto acabo meu cigarro e tento me convencer de que não entrarei. Claro que não. Não preciso começar mais um dia de aula com ressaca. É melhor voltar para o chalé, preparar alguma coisa para comer e dormir cedo. Jogo fora a guimba do cigarro, felicito-me por ser tão sensato e entro.

No mesmo instante percebo que o pub não é o mesmo da hora do almoço. Isso acontece com muitos pubs. Eles mudam à noite. Este está mais escuro, as antigas luminárias com franjas de seda apenas focos empoeirados de iluminação. A atmosfera é — se isso for possível — ainda mais hostil. O cheiro é diferente também. Mais forte, mais penetrante, e, se eu não soubesse que era proibido, juraria que alguém tinha fumado ali não havia muito tempo.

O lugar também está mais movimentado do que na hora do almoço. Alguns homens jovens circulam pela área do bar com suas cervejas na mão, apesar de haver muitos lugares livres. É o comportamento possessivo de um cliente consolidado. Marcando território, a mesma atitude de um cachorro mijando em uma árvore (e não me surpreenderia se os visse fazendo isso no bar também).

O resto das mesas está tomado por grupos de homens e mulheres mais velhos. Eles se debruçam sobre suas bebidas como animais que protegem suas presas. Os homens ostentam anéis de sinete e estão com as mangas da camisa enroladas, revelando tatuagens cinzentas borradas. As mulheres têm mechas douradas e braços enrugados, que saem de suas blusas sem manga de mau gosto.

Conheço pubs como este, e não apenas da minha infância. Eles podiam ser em cidades maiores, fingirem um pouco mais de sofisticação, mas a clientela e a atmosfera são as mesmas. Não são pubs para reuniões de família ou uma boa taça de Chardonnay gelado com as amigas. São pubs dos clientes habituais, pubs dos beberrões e, em alguns casos, pubs dos jogadores.

Caminho em direção ao bar, tentando não parecer tão deslocado quanto me sinto. Embora conheça todos os tipos de pubs, neste ainda sou um estranho, apesar de ter crescido aqui. Não é bem aquele momento portas-vaivém--se-abrem-e-o-pianista-para-de-tocar, mas sou capaz de jurar que, por um momento, o burburinho das conversas é interrompido e todos os olhares se voltam para mim enquanto me dirijo ao bar.

A Senhorita Assustadora não está trabalhando hoje à noite. No lugar dela, um careca com bolsas pretas como tinta sob os olhos e vários dentes faltando me olha com desconfiança.

— O que cê quer?
— Um copo de Guinness, por favor.

Ele começa a servir a cerveja em silêncio. Agradeço, pago e, enquanto a espuma da cerveja abaixa, examino de novo o ambiente. Vejo uma mesa livre em um canto afastado. Depois que ele completa o copo, caminho até a mesa e me sento. Os cadernos dos alunos estão comigo, então os tiro da bolsa e faço algumas correções enquanto bebo minha Guinness. Apesar dos funcionários, da iluminação, do cheiro e da decoração, a cerveja é boa. Desce mais depressa do que eu pretendia.

Volto para o bar. O barman está do outro lado. É evidente que ele passou por uma milagrosa transformação de personalidade e está sorrindo e dando risada com o grupo de homens nos quais reparei quando entrei. Na verdade, ele parece tão sociável que por um momento até me pergunto se ele tem um irmão gêmeo idêntico.

Espero. Um dos jovens olha para mim e diz alguma coisa. O barman ri mais alto e continua a falar. Espero mais um pouco, tentando parecer tranquilo, tentando não me irritar. Ele não para de falar. Dou um pigarro alto. Ele olha, o sorriso desaparece e, de má vontade, atravessa o bar na minha direção. Como se atraídos por uma força magnética invisível, dois dos rapazes o seguem.

Ergo meu copo vazio.

— Obrigado — *por finalmente fazer seu trabalho.* — Outra Guinness, por favor.

Ele pega um copo e o enfia embaixo da torneira.

Estou ciente de que os dois jovens estão inconvenientemente próximos de mim. Um é baixo e atarracado, tem a cabeça raspada e o braço coberto de tatuagens. O outro é mais alto e magro, tem a pele ruim e usa o cabelo em um penteado estranho e cheio de gel, que eu diria que combina com meias brancas e calças curtas demais. Eles não estão invadindo meu espaço pessoal, pelo menos não ainda. Apenas se aproximam do limite. Posso sentir o desagradável cheiro azedo de suor mais ou menos mascarado por um desodorante barato. Alguma coisa nessa dupla me parece estranhamente familiar, ou talvez seja apenas a ameaça de confronto com a qual estou habituado.

Enquanto espero, observo a Guinness subir pouco a pouco no copo. E então ouço o mais baixo e robusto dos dois dizer:

— Nunca vi você aqui antes, companheiro.

Se há uma coisa que detesto mais do que ser chamado de "cara", é ser chamado de "companheiro" por alguém que não o é e nunca o será.

Eu me viro e sorrio.

— Mudei há pouco para cá.

— Você é o novo professor — diz Cabelo Esquisito.

— Isso mesmo.

Adoro quando as pessoas me dizem coisas que já sei.

— Joe Thorne. — Estendo a mão. Nenhum dos dois retribui o gesto.

— Está morando no antigo chalé dos Morton?

De novo. O chalé dos Morton. Tragédias — em especial tragédias sangrentas e violentas — deixam uma marca em tudo ao redor.

— Isso mesmo — repito.

— É estranho pra caralho, não? — Cabelo Esquisito aproximou-se ainda mais.

— O que quer dizer com isso?

— Você sabe o que aconteceu lá, não sabe? — pergunta Atarracado.

— Sei.

— A maioria das pessoas não gostaria de morar em um lugar onde um garoto morreu daquele jeito.

— A não ser que seja uma pessoa bem estranha — acrescenta Cabelo Esquisito, para o caso de eu não ter entendido as sutis entrelinhas.

— Acho que devo ser bem estranho, então.

— Está fazendo graça, companheiro?

— Acho que não.

Ele se aproxima ainda mais.

— Não gosto de você.

— E eu ia agora mesmo pedir o número do seu telefone.

Vejo-o cerrar o punho. Pego o copo vazio, pronto para quebrá-lo no balcão do bar, se necessário — e isso já foi necessário pelo menos uma vez antes.

E então, quando a violência parece inevitável, ouço uma voz familiar dizer:

— Tudo bem, rapazes. Não há nada de errado por aqui, não é mesmo?

Os Irmãos Cara de Pau se viram e desaparecem. Um vulto alto e corpulento caminha até o bar. *Talvez eu acredite mesmo em fantasmas*, penso. Maus fantasmas que nem tempo, distância ou água benta conseguirão exorcizar.

— Joe Thorne — ele diz. — Há quanto tempo.

Olho para Stephen Hurst.

— Sim. Há quanto tempo.

dez

Se algumas crianças nascem vítimas, outras nascem agressoras?

Não sei a resposta. O que sei é que hoje não é aceitável dizer isso. Não é a forma correta de sugerir que algumas crianças, algumas famílias, são simplesmente más. Isso não tem nada a ver com classe social, dinheiro ou necessidade. Elas apenas são assim. Está nos seus genes.

Stephen Hurst veio de uma longa linhagem de valentões. O prazer de importunar os mais fracos foi algo que atravessou gerações, como uma herança de família, ou hemofilia.

Seu pai, Dennis, era capataz e trabalhava na mina. Os mineiros o detestavam, tinham medo dele e o detestavam um pouco mais. Ele exercia o poder como se empunhasse uma picareta, aniquilando quem se opunha a ele, impondo aos seus inimigos os turnos mais puxados, sentindo um enorme prazer em negar uma licença a quem pedisse para passar alguns dias com um filho recém-nascido ou familiares doentes.

Durante a greve, ele podia ser visto na linha de frente dos piquetes, cartaz na mão, insultando os mineiros que ainda trabalhavam e atirando pedras e garrafas na polícia. Não estou dizendo que todos os piqueteiros estavam errados, e também nunca julgaria os que continuavam trabalhando, como meu pai. Os dois lados acreditavam estar fazendo o melhor para suas famílias, para garantir seu sustento. Mas Hurst não participava dos piquetes por suas convicções políticas ou crenças; ele estava lá porque gostava de ver a situação piorar, amava o confronto, o pavor e, acima de tudo, a violência.

Ninguém falou sobre isso na época, mas, parando para pensar, dei-me conta de que era provável que Dennis estivesse por trás das pichações, da intimidação, do tijolo que atravessou nossa janela. Era o estilo dele. Atingir o alvo mais vulnerável. Em vez de atacar papai diretamente, ele atacava sua família.

A mãe de Stephen muitas vezes era vista com o olho roxo ou o lábio cortado. Uma vez, ela apareceu com um gesso que cobria por inteiro um de seus braços magros. A maioria das pessoas sabia que os machucados não aconteciam porque ela era "um pouco desajeitada", mas porque Dennis dava um pouco de liberdade demais aos seus punhos depois de um copo ou de dez. Mas ninguém falava nada. Naquela época, em um lugar pequeno como Arnhill, esse tipo de coisa ficava entre marido e mulher. E o filho deles.

Stephen era alto como o pai, mas tinha as feições delicadas e os olhos azuis da mãe. Tão charmoso que chegava a parecer um garoto-propaganda. Era bonito, até. Quando queria, conseguia ser simpático e divertido também. Mas todos sabiam que era só fachada. Stephen era um Hurst da cabeça aos pés.

Claro, havia uma grande diferença entre ele e o pai: Dennis era um bandido incompetente, já o filho não era burro. Era esperto e manipulador, além de violento, cruel e sádico.

Eu o vira enfiar a cabeça de um menino em uma privada cheia de urina, fazer outro comer vermes, e também bater, humilhar, torturar... mental e fisicamente. Às vezes eu o odiava. Às vezes o temia. Houve uma época em que eu o teria matado sem o menor remorso.

E nunca fui uma de suas vítimas. Eu era um de seus amigos.

O cabelo loiro está mais esparso, as feições antes muito marcadas agora estão mais suaves, preenchidas pela idade e pela boa vida. Ele veste uma camisa polo, jeans azul-escuro e tênis brancos demais. Como muitos homens de meia-idade, ele transforma "roupas informais" em um paradoxo.

Parece desconfortável, provavelmente acostumado a estar sempre de terno e gravata. Também parece exausto. O bronzeado de duas férias por ano não consegue disfarçar as olheiras sob os olhos azuis nem esconder a flacidez de sua pele, como se a preocupação o estivesse sugando.

Fico surpreso que isso não faça com que me sinta melhor. Ao longo dos anos, desejei muitas coisas terríveis para Stephen Hurst. Agora sua esposa está morrendo e não sinto nenhum prazer. Isso pode significar que sou um homem melhor do que me julgo. Ou talvez seja exatamente o contrário. Talvez isso ainda não seja terrível o suficiente. Talvez signifique, como sempre, que a vida é injusta. Não era Marie quem devia estar sendo consumida aos poucos por um câncer. Era Hurst. Até diria que aquilo era a prova de que o diabo de fato cuida dos seus, se eu não suspeitasse que Hurst é o próprio diabo.

Sentamo-nos em lados opostos da mesa pequena e frágil e avaliamos um ao outro com o olhar. Minha Guinness está pela metade. Ele mal tocou em seu bourbon.

— Então, o que o traz de volta a Arnhill? — pergunta.
— Um emprego.
— Simples assim, é?
— Tipo isso.
— Devo dizer que você é a última pessoa que pensei que voltaria.
— Bem, as coisas nunca funcionam exatamente como imaginamos na infância, não acha?

Ele olha para baixo.
— Como está sua perna?

Típico de Hurst. Direto no ponto fraco.
— Às vezes me incomoda — respondo. — Como tantas outras coisas.

Ele me observa com ar perspicaz. Apesar da aparente amabilidade, ainda consigo perceber a frieza daqueles olhos.
— Falando sério, por que voltou?
— Já lhe disse, apareceu um emprego.
— Tenho certeza de que empregos aparecem em todos os lugares, o tempo inteiro.
— Este me pareceu atrativo.
— Você é especialista em fazer escolhas ruins.
— Tenho que ser bom em alguma coisa.

Ele sorri. Um sorriso amplo demais. Completamente falso.
— Se Harry tivesse me dito o nome de quem ele estava entrevistando, você não teria conseguido o emprego. Arnhill é um vilarejo. As pessoas aqui cuidam das próprias coisas. Não gostam quando pessoas de fora aparecem, causam problemas.
— Em primeiro lugar, não sou uma pessoa de fora e, em segundo, não sei bem qual problema causei.
— O simples fato de você estar aqui já é um problema.
— Consciência pesada? Não, claro, pois isso significaria que você *tem* uma consciência.

Percebo que ele se movimenta. Mas não muito. Um reflexo. Ele gostaria de me dar um soco na cara, mas se controla. Por pouco.

— O que aconteceu foi há muito tempo. Será que não é hora de deixar para trás?

Deixar para trás. Como se aquilo fosse uma brincadeira de adolescente ou sua primeira paixão. Sinto minha raiva entrar em ebulição.

— E se estiver acontecendo de novo?

Seu rosto não deixa transparecer nada. Talvez ele consiga blefar melhor do que eu.

— Não sei do que está falando.

— Estou falando de Benjamin Morton.

— A mãe dele estava deprimida, teve um colapso nervoso. É preocupante o tipo de gente que se torna professor, não acha?

Não me intimido.

— Ouvi dizer que Ben sumiu pouco antes de ser morto.

— As crianças fogem às vezes.

— Por vinte e quatro horas? Como você disse, Arnhill não é um vilarejo grande. Onde ele estava?

— Não faço ideia.

— As crianças ainda brincam ali perto da antiga mina de carvão?

Seus olhos faíscam. Ele se inclina para a frente.

— Sei o que está insinuando. Mas está enganado. Não é nada como... — Ele interrompe a frase quando um homem mais velho, de cabelo grisalho e calça marrom, passa e levanta a mão: — Tudo bem, Steve?

— Vou levando. Você vai estar aqui amanhã à noite para o desafio de perguntas e respostas?

— Bem, alguém precisa dar um bom chute no seu traseiro de novo.

Ambos riem. O homem se afasta e vai para outra mesa. Stephen vira-se para mim. O sorriso desaparece como se alguém tivesse acionado um interruptor.

— Tenho certeza de que um homem com suas qualificações pode encontrar emprego como professor em algum lugar melhor do que esta merda. Facilite as coisas para você. Vá embora, antes que haja mais aborrecimentos.

— *Mais* aborrecimentos?

Então ele sabe do vandalismo.

— Diga-me uma coisa. Seu filho tem uma motocicleta? — pergunto.

— Deixe meu filho fora disso.

— Bem, eu deixaria, mas parece que ele tem o *desagradável* hábito de jogar tijolos na minha janela.

— Isso está me parecendo calúnia.

— Pensei que fosse dano criminal.

— É melhor encerrarmos por aqui. — Ele começa a empurrar a cadeira para trás.

— Sinto muito por Marie.

Algo muda em seu rosto. Seus lábios tremem. Uma pálpebra se fecha. Por um momento, ele parece muito velho. E, por apenas uma fração de segundo, quase sinto pena dele.

— Deve estar sendo difícil. Vocês estão casados há bastante tempo.

— Está com ciúmes?

— Estou decepcionado, na verdade. Sempre imaginei que Marie deixaria este lugar. Ela tinha sonhos.

— Ela tinha a *mim*.

De alguma forma, ele faz com que isso soe mais como um peso do que como um motivo.

— E foi só isso?

— O que mais poderia ser? Estávamos apaixonados. Acabamos nos casando.

— Felizes para sempre.

— *Somos* felizes. Deve ser difícil você entender isso. Nossa vida é boa aqui. Temos Jeremy. Temos uma casa grande, dois carros, uma casa de campo em Portugal.

— Parece bom.

— Pra caralho. E ninguém, muito menos um professor de quinta categoria de uma escola de merda, destruirá o que conquistamos.

— Pensei que o câncer já tivesse feito isso.

— Marie é uma lutadora.

— Minha mãe também foi. Até o fim.

Mas não é verdade. No fim, ela não lutou. Apenas gritou. O câncer que começou nos pulmões — alimentado por um vício de vinte cigarros por dia — havia se alastrado pelo fígado, rins, ossos, tomado conta de tudo. Nem morfina conseguia aliviar a dor, pelo menos não o tempo inteiro. Ela gritava porque sofria muito, e depois, nos brevíssimos momentos de alívio, gritava porque estava aterrorizada de sucumbir à única coisa que podia acabar com a dor para sempre.

— Sim, bem, este caso é diferente. Marie vencerá o câncer. E os médicos do serviço público, aqueles caras mal chegaram à idade de ter barba, e não são os donos da verdade.

Ele me encara com seus olhos azuis faiscando, o rosto vermelho, saliva se acumulando no canto dos lábios.

— Eles disseram que ela está morrendo, não é?

— *Não!* — Ele espalma a mão na mesa com violência. As bebidas saltam. Eu salto. — Marie *não* vai morrer. *Não* vou deixar isso acontecer.

Desta vez, os frequentadores do pub realmente hesitam e se calam; até o ar parece ter parado. Todos os olhos estão sobre nós. Hurst deve perceber isso também. Depois de um momento, um momento muito longo, durante o qual quase espero ouvi-lo rugir, inclinar-se sobre a mesa e me segurar pelo pescoço, ele olha ao redor, se recompõe e fica em pé.

— Obrigado pela preocupação, mas, assim como sua presença aqui, ela é desnecessária.

Observo-o enquanto ele se afasta. E é então que sinto algo estranho. Uma súbita onda de medo, uma espécie de vertigem, que parece me esvaziar por dentro e tirar a força dos meus ossos.

Não vou deixar isso acontecer.

Está acontecendo de novo.

Depois que Hurst vai embora, acabo minha cerveja — mais para não dar o braço a torcer do que por uma vontade real de continuar a beber ou permanecer no pub — e depois caminho de volta para casa. Minha perna não está muito contente. Ela me chama de sádico, diz que sou um idiota, um imbecil, e que seria melhor se eu simplesmente engolisse meu orgulho e usasse a maldita bengala. Ela tem razão. No meio do caminho, faço uma pausa, respiro fundo e massageio a perna dolorida.

São quase nove da noite e a claridade do dia já desapareceu. O céu está cinzento; a lua é uma sombra pálida por trás de cortinas de nuvens inconstantes.

Acabei parando ao lado da antiga mina de carvão. O que restou dela ergue-se atrás de mim, e as pilhas de entulho velho acumulado lembram dragões adormecidos.

O lugar é enorme. Quase oito quilômetros quadrados. Construíram novas cercas deste lado, além de um portão reforçado, com cadeado. Uma placa fixada nele diz: PARQUE RURAL DE ARNHILL. ABERTURA EM JUNHO.

Considerando que estamos em setembro, eu diria que esse prazo é, no mínimo, otimista. Havia planos para a reestruturação da área desde que eu era criança. Todos os antigos túneis e poços deviam ter sido inteiramente preenchidos quando a mina fechou, mas circularam boatos de que isso foi feito depressa demais. Economia. Projetos que não foram cem por cento respeitados. Problemas com subsidência. Buracos que se abriam de repente. Lembro que um passeador de cachorros quase foi engolido por um deles.

Esta noite a área parece mais deserta do que nunca. Um lugar morto, desolado. Uma escavadeira solitária está a meio caminho de uma das encostas, sem ninguém dentro, aparentemente abandonada. A visão da máquina ainda faz garras geladas percorrerem minha espinha. *Cavando a terra, mexendo nas coisas.*

Afasto-me e retomo minha caminhada lenta e irregular. Ouço um barulho atrás de mim. Um carro se aproxima. Não muito depressa, estranhamente. Na verdade, ele quase se arrasta. Viro-me. Faróis me cegam. São faróis altos. Levanto a mão para proteger os olhos. Que merda é essa?

Então compreendo. O carro para e uma voz pergunta:

— Tudo bem, companheiro?

Cabelo Esquisito está sentado no Ford Cortina caindo aos pedaços ao lado do parceiro atarracado, que está na direção. A estrada estreita está deserta. Nenhum carro. Nenhuma casa por perto. O chalé ainda está a uns bons quatrocentos metros de distância. Há dois homens em um carro e não tenho nada que possa usar como arma, nem mesmo uma bengala.

Tento manter um tom de voz neutro.

— Tudo bem. Obrigado.

— Quer uma carona?

— Não, estou bem.

Sigo em frente com passo instável. Ouço um ruído de engrenagem e o carro se arrasta ao meu lado.

— Sua perna está bem ruim, companheiro. É melhor entrar no carro.

— Eu disse que não, obrigado.

— E eu disse entre.

— Não acho que consiga ir mais depressa que eu.

O carro chia e para de repente. *Você é um idiota, Joe. Um verdadeiro idiota.* Às vezes é como se minha boca se abrisse só para procurar briga. Ou talvez ela esteja apenas tentando acelerar o que já aconteceria de qualquer maneira.

As portas se abrem e os dois saem. Eu poderia tentar fugir, mas seria inútil e patético. No entanto, não me oponho a uma tentativa, pelo menos:

— Escute, foi uma brincadeira, companheiro. A única coisa que quero é chegar em casa.

Cabelo Esquisito dá um passo na minha direção.

— Aqui não é a sua casa. Você não é bem-vindo neste lugar.

— Certo. Entendi o recado.

— Não, não entendeu. Por isso ele nos mandou procurar você.

Algumas coisas na vida são inevitáveis. Como digo, não é exatamente o destino, mas uma sequência de fatos que não podemos impedir. No momento anterior ao primeiro golpe que atinge meu rosto, percebo como fui idiota. *Ele nos mandou procurar você.* Estes dois são paus-mandados de Hurst. Foi por isso que se afastaram de mansinho, como filhotes obedientes, quando ele entrou no pub. Depois, como não me intimidei, ele mandou que viessem atrás de mim. Igual — penso, no instante em que outro golpe me faz cair de joelhos — ao que sempre foi.

Eu me encolho no chão e recebo um chute nas costelas. A dor é lancinante. Protejo a cabeça com os braços. Infelizmente, não é a primeira vez que me encontro em uma posição como essa. Se eu conseguisse falar — o que não é possível, já que estou tentando continuar com todos os meus dentes —, diria a esses bandidos que já fui espancado por capangas melhores do que eles. Que, na liga de espancadores, eles não passam de amadores. Um chute atinge minhas costas. É como se uma chama estivesse percorrendo minha espinha. Dou um grito. Por outro lado, até os amadores têm sorte. Duvido que Hurst os tenha mandado me matar, mas é uma linha tênue. Não tenho certeza se esses idiotas são capazes de entender suas sutilezas.

Uma bota alcança a lateral da minha cabeça. Meu crânio explode e minha visão enfraquece. E então ouço alguma coisa ao longe. Um grito? Resquícios vagos de palavrões abafados, um grito de dor que não é meu, pelo menos desta vez. Em seguida, para minha surpresa, escuto o som de portas se fechando e um carro partindo em disparada. Gostaria de me sentir aliviado, mas a dor é muito grande e mal consigo manter a consciência.

Permaneço deitado no chão frio e duro; meu corpo é uma massa latejante de agonia. Quase não consigo respirar, quanto mais me mexer. Sinto a cabeça entorpecida de forma preocupante. Também tenho uma vaga sensação de que não estou sozinho.

Percebo um movimento ao meu lado. Direito ou esquerdo, já não sei mais qual. Sinto alguém tocar meu braço. Tento me concentrar no rosto inclinado sobre o meu, que continua surgindo e desaparecendo do meu campo de visão. Cabelo loiro. Lábios vermelhos. Meu último pensamento, antes que a escuridão enfim me envolva, é que espero estar morrendo.

Porque a alternativa é muito pior.

Onze

O rangido de sapatos de sola emborrachada em linóleo polido. O cheiro de repolho, desinfetante e algo mais que o desinfetante não consegue mascarar: fezes e morte.

Se isso é o céu, ele fede. Pisco e abro os olhos.

— Ah, você está de volta à terra dos vivos.

Uma visão entra em foco na minha frente. Uma mulher com jaleco. Alta e magra, cabelo loiro curto e rosto marcante.

— Sabe onde está?

Assimilo a cortina azul fina que rodeia uma parte da cama estreita, as enfermeiras com ar preocupado que correm de um lado para o outro, os gritos e gemidos próximos. Arrisco uma resposta:

— Hospital?

— Isso mesmo.

Ela se aproxima e aponta uma luz forte para os meus olhos. Pisco e tento recuar quando uma nova pontada de dor surge em um canto do meu cérebro dolorido.

— Muito bem. — Sinto seu hálito. Café e menta. Ela segura minha cabeça com cuidado, move-a para um lado e para o outro. — E consegue me dizer seu nome?

— Joe Thorne.

— E a data de hoje, Joe?

— Hã... Seis de setembro de 2017.

— Muito bem. E a *sua* data de nascimento?

— Treze de abril de 1977.
— Ótimo.
Ela recua de novo. Sorri. É obvio que seu sorriso não é espontâneo. Ela aparenta ser uma pessoa que passa grande parte do tempo sendo eficiente e o resto dormindo. Mas não o bastante.
— Lembra-se do que aconteceu?
— Eu... — Meu cérebro ainda está confuso e sensível. Se me forço a pensar, ele dói. — Eu estava a caminho de casa depois do pub e...
O carro. Os capangas de Hurst. E havia mais alguma coisa. Faço uma pausa.
— Não lembro bem.
— Você bebeu?
— Dois copos de cerveja. — Digo a verdade, pelo menos uma vez. — Tudo aconteceu muito depressa.
— Entendo. Bem, é óbvio que você foi agredido, então a polícia precisará de seu depoimento.
Ótimo.
— Estou bem?
— Está com algumas costelas bem machucadas e contusões mais profundas na parte inferior do tronco.
— Certo.
— Também teve algumas escoriações sérias e está com dois galos grandes na cabeça, mas, por algum milagre, não houve fratura. Embora não apresente indícios de uma concussão, gostaríamos de mantê-lo internado esta noite, apenas para observação.
Ela continua a falar, mas não a escuto. De repente, tudo volta à tona. O vulto debruçado sobre mim.
— Como vim parar aqui?
— Uma boa samaritana o encontrou. Uma mulher que passava de carro. Ela o viu na calçada, parou e o trouxe para cá. Você teve muita sorte.
— Como ela era?
— Pequena, loira. Por quê?
— Ela ainda está no hospital?
— Sim. Na sala de espera.
Jogo as pernas para fora da cama.
— Preciso sair daqui.
— Sr. Thorne, realmente não acho que seria sensato...

— Não me interessa se acha que é sensato ou não.

Um pequeno rubor aparece em suas bochechas pálidas. Em seguida, ela faz um leve movimento com a cabeça. Depois abre a cortina e fica ao lado da cama.

— Então está certo.

— Desculpe... eu...

— Não. A decisão é sua.

— Não vai me impedir?

Um sorriso cansado.

— Se acha que está bem e pronto para ir embora, não há muito que eu possa fazer.

— Prometo que tentarei não cair morto.

Ela dá de ombros.

— Cá entre nós, talvez nem seja tão ruim. Temos mesmo mais camas no necrotério.

Uso o banheiro e jogo um pouco de água no rosto. Não ajuda muito a limpar o sangue seco, mas me faz sentir um pouco mais humano. Depois, volto devagar para o corredor, mancando. É um hospital grande, muitas entradas e saídas. Afasto-me das placas que me direcionam para a Saída Principal e vou para o lado oposto, entrando no labirinto de corredores cinza-azulados. Por fim, vejo outra placa, a da Saída Norte. Essa serve.

Levo algum tempo para chegar até lá. Minhas costelas reclamam cada vez que respiro. As costas doem como se alguém tivesse enfiado um espeto quente na base da minha coluna, e sinto uma dor constante na cabeça. Ainda assim, poderia ter sido pior. Ela poderia ter me encontrado.

Chego à Saída Norte e abro as portas. O ar noturno me cumprimenta com uma bofetada gelada no rosto. Depois do calor sufocante do hospital, ele leva meu corpo a uma sequência de arrepios. Paro por um instante, tentando contê-los, inspirando o ar gelado. Então, com as mãos trêmulas, tiro o celular do bolso. Preciso chamar um táxi. Preciso voltar para o chalé antes que...

E é nesse momento que a verdade me atinge com um baque surdo e abafado.

Se ela estiver *aqui*, se tiver passado pela estrada de Arnhill esta noite, já sabe onde moro.

Abaixo o telefone assim que ouço o ruído de um motor. E sei que é ela, mesmo antes de a Mercedes prateada e brilhante parar na minha frente e a janela deslizar devagar.

Gloria sorri para mim do banco do motorista.

— Joe, querido. Você está com uma cara horrível. Entre. Vou levá-lo para casa.

Há um momento. A maioria dos viciados sabe. Quando você percebe que seu vício — seja álcool, drogas ou, no meu caso, jogo — tornou-se um problema real. Meu momento de esclarecimento surgiu quando conheci Gloria. Na verdade, posso dizer que Gloria me salvou de mim mesmo.

Até então, eu conseguira fingir que tudo não passava de um hobby, uma brincadeira, uma distração. Apesar de perder meu emprego, meus amigos, minhas economias, meu carro e praticamente todas as minhas noites para o chamariz do feltro verde e do sedutor e animado embaralhar das cartas, eu mantinha a situação sob controle.

É engraçado como os maiores blefes são os que lançamos para nós mesmos.

Meus avós me ensinaram a jogar cartas. Gin Rummy, Pontoon, Newmarket, Sevens e, por fim, pôquer. Jogávamos pelos centavos que eles guardavam em um pote grande de vidro. Aos oito anos eu já achava aquilo tudo fascinante e viciante. Adorava o padrão vermelho desbotado no verso das cartas, os diferentes naipes, o Ás de duas caras, os imperiosos Reis e Damas e os Valetes, ligeiramente sinistros, com ar de patifes.

Eu adorava observar meu avô jogar, embaralhando as cartas com movimentos tão rápidos quanto um raio com seus dedos amarelos e calejados. Dedos que pareciam ásperos e desajeitados e, ainda assim, conseguiam ser muito ágeis e leves ao manusear um baralho de cartas.

Eu tentava copiar seu jeito de embaralhar, seus cortes, suas artimanhas. Alguns dos momentos mais felizes da minha infância foram os que passei na mesa de fórmica lascada na minúscula cozinha manchada de graxa de meus avós, com um copo de Coca-Cola na minha frente, cerveja preta para meu avô e uma clara com limão para minha avó, com os olhos fixos em nossas cartas enquanto os cigarros, esquecidos no cinzeiro, queimavam até o filtro.

Ensinei alguns dos jogos para Annie. Meus pais nunca tinham tempo para jogar, por isso não era a mesma coisa. Em geral são necessárias pelo menos três pessoas, mas ainda assim passamos muitas tardes chuvosas jogando Snap ou Paciência.

Depois do acidente, parei de jogar. Foquei nos estudos. Decidi entrar para a faculdade, ser professor. Eu gostava de inglês, o trabalho parecia digno (e poderia até deixar minha mãe orgulhosa) e talvez uma parte de mim achasse que seria uma forma de fazer algo bom. De ajudar as crianças e compensar todas as coisas erradas que fiz quando era jovem.

Para minha surpresa, acabei me tornando um bom professor. Houve até uma conversa, em uma escola, sobre promoção: professor titular, cargo de vice-diretor. Eu devia ter ficado feliz; satisfeito, pelo menos. Mas não fiquei. Faltava alguma coisa. Havia um vazio dentro de mim que nada — nem trabalho, amigos ou namoradas — conseguia preencher. Havia dias em que minha vida inteira parecia irreal.

Como se a realidade tivesse acabado quando Annie morreu e desde então tudo tivesse sido apenas uma cópia barata.

Em algum momento ao longo do caminho, voltei a me interessar pelas cartas. Eu costumava encontrar alguns conhecidos que também gostavam de um baralho e, depois do trabalho, jogava com eles algumas rodadas no pub. Assim como acontece com quem gosta de beber, jogadores acabam atraindo outros jogadores. Mas logo os jogos amistosos, com apostas de poucas libras, deixaram de ser suficientes.

Conheci um homem. Há sempre um homem. Um divisor de águas. Um demônio que aparece na sua frente. Eu estava me preparando para ir embora uma noite, já cansado, quando um dos jogadores habituais — um indivíduo magro e pálido cujo nome eu nunca soube e também não perguntei — acenou para mim e sussurrou:

— Tem interesse em jogar para valer?

Eu devia ter dito que não. Devia ter sorrido, argumentado que já era tarde e que tinha de dar aula em poucas horas, sem falar nas pilhas de deveres de casa atrasados para corrigir. Devia ter lembrado a mim mesmo que eu era professor, não um profissional das cartas. Eu tinha um Toyota, comprava meu café em uma daquelas redes de cafeteria e meus sanduíches em lojas de departamentos gigantes que vendem um pouco de tudo. Esse era o meu mundo. Eu devia ter saído, pegado um táxi para casa e seguido minha vida.

Isso era o que eu devia ter feito. Mas não fiz.

— Onde? — perguntei.

Mais tarde, muito mais tarde, quando percebi que havia perdido o controle, quando as dívidas já tinham começado a se acumular aos meus pés como granadas esperando para serem detonadas, quando já tinha vendido o Toyota, largado o emprego, tido todos os pedidos de empréstimo recusados; quando fui arrastado uma noite para o banco de trás de uma van e dei de cara com

Gloria, com seu sorriso que mais parecia um encontro de líder de torcida com Psicopata Americano... Foi então que implorei:

— Não. *Por favor, não!*

Eu não manco por causa de um acidente de carro ocorrido vinte e cinco anos atrás, embora tenha caminhado com dificuldade durante um tempo. O problema na perna tinha sumido, e os ferimentos estavam curados havia anos quando Gloria colocou um dedo de unha cor-de-rosa sobre os meus lábios e sussurrou com voz doce:

— Não implore, Joe. Não suporto homem que implora.

Parei de implorar. E comecei a gritar.

Ela tamborila no volante — esta noite as unhas estão pintadas de vermelho brilhante. Uma música do Human League toma conta do carro.

Todos os meus átomos se encolhem de pavor. Outra coisa de que Gloria gosta, além de machucar as pessoas, é música dos anos oitenta. Não consigo ouvir Cyndi Lauper sem correr para o banheiro para vomitar.

— Como me encontrou?

— Tenho meus meios.

Meu coração para.

— E Brendan?

— Ah, não. Brendan está bem. — Ela me olha com expressão de censura. — Não saio por aí machucando as pessoas sem razão. Nem mesmo você.

Sinto alívio e, ainda que soe ridículo, gratidão. Então algo me vem à mente.

— E os outros dois? Os que me atacaram?

— Ah, Debi e Lóide. Ombro deslocado e nariz quebrado. Peguei leve. Não demorou muito para eles fugirem.

Não, eu penso. Aposto que não. Gloria pode até parecer uma delicada boneca de porcelana. No entanto, o único boneco com quem ela tem algo em comum é Chucky. Dizem que ela era ginasta quando criança, mas trocou de especialidade e passou a praticar artes marciais — foi banida das competições depois de deixar uma adversária em coma. Ela é rápida, forte e conhece todos os pontos vulneráveis do corpo humano. Inclusive alguns que nem os anatomistas descobriram ainda.

Ela olha para mim.

— Eles o teriam matado se eu não tivesse aparecido.

— E lhe poupado um trabalho.

Ela bufa.

— Você não é útil para mim morto. Mortos não pagam dívidas.

— Animador.

— E o Gordo ainda quer o dinheiro dele de volta.

— As pessoas realmente o chamam assim, ou esse é apenas um nome que ele tirou de uma revista em quadrinhos?

Ela dá uma risada rouca.

— Veja bem, esse é exatamente o tipo de comentário que o faz contratar pessoas como *eu* para dar um jeito em você.

— Sujeito legal. Preciso conhecê-lo um dia.

— Eu não recomendaria.

— Estou trabalhando para juntar o dinheiro. Consegui um novo emprego.

— Joe, desculpe minha franqueza, mas algumas libras aqui e ali não resolverão nada. Trinta mil. É isso que o Gordo quer.

— *Trinta?* Mas é muito mais...

— No próximo mês, ele pedirá quarenta. Você sabe como funciona.

Sei muito bem. Concordo com a cabeça.

— Tenho um plano.

— Estou ouvindo.

— Há um homem aqui que quer que eu saia do vilarejo. Ele quer muito me ver longe.

— Não seria o mesmo homem que mandou aqueles bandidos baterem em você essa noite?

— Sim.

— E agora ele lhe dará uma montanha de dinheiro?

— Sim.

— E por que ele mudaria de estratégia?

Por causa do que aconteceu. *Por causa do que ele fez.* Porque, nas palavras dele, tem uma vida boa aqui, e eu poderia estragar tudo. Simples assim.

— Ele está em dívida comigo — respondo. — E não quer de modo algum que eu lhe cause problemas.

— Interessante. Quem é esse homem?

— Um membro do conselho local e empresário de sucesso.

Ela sinaliza que vai virar para entrar no vilarejo.

— Gosto de uma figura pública. Existem tantas maneiras de acabar com a vida deles, né?

— Nunca pensei muito nisso.
— Ah, mas deveria. Eles são os mais fáceis de atingir. Os que têm mais a perder.
— Se fosse assim, eu devia ser indestrutível.
— Bem, ninguém é. Mas a dor física é a mais fácil de curar.

Nesse momento, cada parte do meu corpo adoraria discordar dessa afirmação, mas não respondo. Falar de dor com Gloria não é uma boa ideia. É como levar um caçador a um safári.

Seguimos em silêncio por um tempo. Ela suspira.
— Gosto de você, Joe...
—Você tem um jeito estranho de demonstrar isso.
— Percebo uma pitada de sarcasmo.
—Você me aleijou.
— Na verdade, evitei que ficasse aleijado. — Ela para na frente do chalé e puxa o freio de mão. — O Gordo queria que eu destruísse sua perna *boa*.

Ela se vira e repousa de leve a mão na minha coxa.
— Felizmente para você, por eu ser uma menina boba de Manchester, me confundi um pouco.

Olho para ela.
— Quer que eu lhe agradeça?

Ela sorri de novo. Seria um sorriso bonito, se de fato chegasse a seus olhos azuis mortos. Se os olhos são as janelas para a alma, os de Gloria não revelam nada além de quartos vazios cobertos por lençóis salpicados de sangue.

Ela desliza a mão pela minha coxa até o joelho. E então o aperta com força. Para uma mulher pequena, ela tem a mão muito firme. Em outras circunstâncias, o gesto poderia ser uma coisa boa. Neste instante, toda a minha respiração é sugada do meu diafragma. Sinto uma dor forte demais até para gritar. Na hora em que penso que vou desmaiar, ela me libera. Respiro com dificuldade e me jogo para trás no banco.

— Não quero que me agradeça. Quero que me pague os trinta mil, porque da próxima vez não serei tão benevolente.

doze

— Deixe eu adivinhar — diz Beth. — Um rolo compressor passou por cima de você?

Tento erguer a sobrancelha. Sinto muita dor. Quase tudo dói agora de manhã. O único consolo é que, em comparação, a dor na perna passa a ser suportável.

— Muito engraçado. — Sento-me ao lado dela à mesa da cantina. — Desculpe por não rir, só estou evitando arrebentar mais alguma parte do corpo.

Ela me olha com um pouco mais de compaixão. É isso ou ela está com alguma coisa presa na garganta.

— O que aconteceu?

— Caí da escada.

— Caiu mesmo?

— Os degraus são muito íngremes.

— Certo.

— É fácil tropeçar.

— Aham.

— Parece que não acredita em mim.

Ela dá de ombros.

— Só fiquei imaginando a que ponto você teria conseguido irritar alguém.

— Você tem uma opinião muito ruim a meu respeito.

— Não. Apenas tenho uma opinião muito boa sobre sua capacidade de irritar as pessoas.

Dou uma risada. Como já previa, sinto dor.

— Bem — ela diz —, pelo menos você consegue rir da situação.
— Por pouco.

Seu rosto se suaviza.

— Falando sério, você está bem? Se quiser conversar...

Antes que eu tenha tempo para responder, sinto um bafo fedorento misturado com loção pós-barba ruim. Tusso e empurro meu sanduíche para o lado. Para falar a verdade, eu nem estava com muita fome.

— Joey, meu camarada.

Pensei que não conseguiria odiá-lo mais do que já odiava, mas a adição de um "y" no meu nome tornou isso possível.

Simon arrasta uma cadeira e se senta. Hoje está com uma camiseta de *Magic Roundabout* e uma calça de veludo marrom. *Marrom.*

— Uau! O que houve com seu rosto, cara? Ou eu devia ver como ficou o outro cara?

— Ele de fato está com os nós dos dedos bem machucados — Beth brinca.

Simon dá uma risada sem graça. Percebo que ele não gosta de mulheres inteligentes ou engraçadas. Fazem com que ele se sinta inferior — com razão. E, na verdade, meu rosto escapou quase ileso. Só com um olho roxo e o lábio cortado.

— Caí da escada — minto.

— É mesmo? — Ele balança a cabeça. — Pensei que pudesse ter algo a ver com Stephen Hurst.

Olho para ele.

— Por quê?

— Vi vocês conversando no pub ontem à noite.

— Você estava lá?

— Tomando uma cerveja, apenas.

E me espionando. A ideia surge na minha cabeça de repente. Paranoia minha. Talvez. Mas por que não me cumprimentou?

— Não quis interromper — diz. Uma mentira ensaiada.

— Por que conversar com Stephen Hurst tem a ver com alguma coisa? — pergunto com ar inocente. Se vamos começar a dar uma de Pretty Little Liars por aqui, aposto que consigo vencer.

Simon sorri. Gostaria muito que ele continuasse sério.

— Bem, cá entre nós, Stephen Hurst pode dar a impressão de ser um conselheiro respeitável, mas dizem por aí que ele não é avesso a usar métodos pouco profissionais quando alguém o incomoda.

— O que isso significa?

— Significa — Beth responde — que Jeremy Hurst se desentendeu com nosso último professor de educação física. Uma noite, quando estava a caminho de casa, antes de se demitir, o sujeito acabou esbarrando nos punhos de alguém.

Ela olha para mim e entendo de cara: ela sabe. Soube desde o minuto em que eu me sentei, cheio de dor.

— Bem, você não devia dar ouvidos ao que dizem por aí — argumento com a voz tranquila.

— Você tem razão — concorda Simon, abrindo com muito barulho a embalagem do seu sanduíche de frango e dando uma mordida bem ruidosa.

Aposto que até para dormir ele é barulhento.

— Mas isso me faz recordar outra coisa — ele murmura. — Você se lembra de Carol Webster?

— Como?

— Do Instituto Stockford. Era a vice-diretora.

Tento manter uma expressão neutra no rosto, mesmo com o coração cada vez mais acelerado, como o de um corredor que já vê a linha de chegada à frente. Exceto que não estou tão feliz com o lugar aonde esta conversa quer chegar.

— Acho que não.

Na verdade, eu me lembro. Era uma mulher imensamente gorda, com uma enorme camada de cabelo escuro encaracolado e um rosto que parecia sempre desapontado, mas se era com ela mesma, com a escola ou com o mundo em geral, eu nunca soube ao certo.

— Bem, ela e eu mantemos contato pelo Facebook.

Claro que sim, penso. O Facebook é o lugar onde as pessoas sem amigos na vida real mantêm contato com pessoas das quais jamais gostariam de ser amigas na vida real.

— Isso é ótimo.

— Ela se lembra de você, ou melhor, ela se lembra da sua saída.

— Ah, é?

— Foi mais ou menos na mesma época em que todo o dinheiro do cofre da escola sumiu.

Encaro-o com expressão dura.

— Acho que você perdeu alguma coisa. Ouvi dizer que o dinheiro havia sido devolvido.

Ele finge acariciar o queixo.

— Ah, sim. Suponho que seja por isso que a polícia nunca se envolveu. Meio que abafou o caso.

Beth olha para Simon.

— Está acusando o Sr. Thorne de alguma coisa? Porque está sendo tão sutil quanto um maldito tanque de guerra.

Ele levanta as mãos numa falsa rendição.

— Claro que não. De modo algum. Só estou dizendo que é por isso que ela se lembra dele. Sincronia. A propósito — ele consulta o relógio —, preciso ver um garoto a respeito de uma detenção. — Ele se levanta, segurando o sanduíche. — Nos vemos mais tarde.

— Sim — respondo. — Nos vemos mais tarde.

— Não se formos imunizados contra você primeiro — murmura Beth, com um sorriso amável.

Observo Simon se afastar e desejo que uma cratera se abra de repente sob seus pés, ou que o teto desabe, ou até que aconteça um caso de combustão humana espontânea.

— Não deixe que ele o atinja — diz Beth.

— Não me atingiu.

— Sei... Simon é um péssimo professor, mas se tem uma coisa em que ele se sobressai é em sua capacidade de irritar os outros. Se alguém tiver um calcanhar de aquiles, ele o encontrará e se prenderá nele como um terrier faminto.

— Obrigado pela imagem.

— De nada. — Ela enfia uma garfada de macarrão na boca. — Não é verdade, certo?

— O quê?

— Você não roubou mesmo todo o dinheiro da sua última escola, né?

— Não.

Eu pretendia. Tinha realmente chegado ao fundo do poço. Mas na hora H não consegui.

Porque alguém chegara antes de mim.

— Desculpe — diz Beth. — Não devia nem ter perguntado.

— Não tem problema.

— Sei que Harry estava desesperado por um novo professor de inglês, porque, sejamos francos, o cargo pode frustrar todas as expectativas...

— Como eu disse, esqueça isso.

— Mas nem Harry iria...

— *Esqueça isso.*

Perdi a linha. Ela olha para mim. Não quero irritar a única aliada que tenho.

— Desculpe — digo. — É que estou com um pouco de dor e...

— Não se preocupe, está tudo bem. — Ela balança a cabeça. Brincos prateados brilham em suas orelhas. — Às vezes não sei a hora de calar a boca.

— Não é isso...

O telefone toca no meu bolso. Eu gostaria de ignorá-lo. Mas aí percebo que pode ser Gloria. Ela deixou bem claro ontem à noite que não está disposta a ser ignorada.

— Desculpe — repito. — Preciso...

—Vá em frente.

Tiro o telefone do bolso e olho para a tela. Não é Gloria. Leio a mensagem de texto. Sinto um milhão de minúsculos estiletes gelados ferirem minha pele.

— Algo de errado?

Sim.

— Não. — Coloco o telefone de volta no bolso. — Mas acabo de lembrar que tenho um compromisso em outro lugar.

— Agora?

— Neste instante.

—Você tem uma aula daqui a trinta minutos.

—Vou estar de volta.

— É bom saber.

Visto o casaco e estremeço.

— Nos vemos mais tarde.

— Olhe onde pisa.

Franzo a testa.

— Por quê?

Ela ergue uma sobrancelha.

—Você não quer cair de mais nenhuma escada, certo?

treze

St. Jude é uma construção pequena, incrustada de fuligem, que mais parece uma cabana de escoteiros abandonada do que uma igreja de vilarejo. Não há torre, apenas um telhado irregular, com telhas faltando e alguns buracos. Tem grades nas janelas e tampos de madeira na porta. As únicas congregações que enchem os bancos e entoam louvores são os corvos e os pombos que ali constroem seus ninhos.

Abro o portão e entro pelo caminho esburacado. O cemitério está igualmente abandonado. Há muito tempo não é usado para sepultamentos. Minha irmã e meus pais foram cremados no grande crematório de Mansfield.

As lápides aqui estão lascadas ou quebradas, as inscrições desgastadas pelo tempo e pelo passar dos anos, algumas já sumiram. Raízes de árvores abalaram algumas das sepulturas mais antigas, jogando-as para serem devoradas por grama e erva daninha.

Tentamos com tanto empenho, penso, marcar nosso lugar na terra. Deixar alguma assinatura nossa. Mas, no final, até esses marcos são transitórios, fluídos. Não podemos lutar contra o tempo. É como tentar subir uma escada rolante que desce cada vez mais depressa. O tempo está sempre em movimento, sempre frenético, sempre varrendo tudo por onde passa, removendo os detritos do velho e trazendo o que é novo.

Contorno devagar a igreja até chegar aos fundos. Há uma ligeira elevação no terreno; há menos lápides. Paro e olho ao redor. Por um momento, não consigo vê-lo. Talvez não exista mais.

Talvez o texto fosse apenas algum... e então o vejo, espiando no fim do cemitério. Um pouco escondido, coberto de hera e trepadeiras.

O Anjo. Não é um memorial nem uma lápide. Ao que parece, fora colocado ali ainda na era vitoriana pelos proprietários do jazigo. Alguns dizem que foi depois que as filhas gêmeas da família morreram ainda bebês, mas o túmulo foi exumado (a igreja se incomodou com a falta de identificação no túmulo, ou coisa parecida) e nenhum resto humano foi encontrado.

Ninguém sabe ao certo de onde ele veio ou com qual propósito. Hoje já nem parece mais um anjo. As mãos estão quebradas e a cabeça sumiu. Está um pouco inclinado, instável nos pés quadrados de pedra. O manto, que antes fluía com delicadeza, está lascado e quebrado, coberto de musgo, como se a natureza tivesse envolvido o Anjo com uma proteção extra para manter seus ossos de pedra aquecidos.

Eu me abaixo... uma nova explosão de dor me faz lembrar que preciso tomar mais analgésicos logo... e retiro musgo e grama da base. A inscrição está um pouco desbotada, porém ainda legível.

Então disse Jesus: "Deixem vir a mim as crianças; não as impeçam, pois o Reino de Deus pertence aos que são semelhantes a elas."

Leio de novo a mensagem no celular:

Sufoquem as crianças. Elas que se danem. Descansem em pedaços.

Muito tempo atrás, uma gangue de adolescentes pichou o Anjo inteiro. Os mesmos que trouxeram uma pá e arrancaram cabeça e mãos, deixando-o decapitado e mutilado. Não havia nenhum motivo para o ataque. Puro vandalismo irracional, estimulado por sidra barata e arrogância adolescente.

A destruição e as latas de spray tinham sido ideia de Hurst. Mas as palavras, tenho até vergonha de confessar, foram minhas. Naquela época, com a bexiga cheia de bebida e o incentivo debochado do resto da turma, eu me sentira muito satisfeito comigo mesmo.

Mais tarde, de ressaca, vomitando bile e vergonha no banheiro, me senti péssimo. Eu não era religioso, ninguém da minha família era, mas ainda assim sabia que havíamos feito uma coisa errada. Mesmo passados vinte e cinco anos, a lembrança ainda me causa desconforto. É engraçado como as boas recordações voam feito borboletas: fugazes e frágeis, impossível capturá-las sem esmagá-las. Só que as más... a culpa, a vergonha... agarram-se a nós feito parasitas. Nos corroem por dentro em silêncio.

Éramos quatro no cemitério naquele dia. Hurst, eu, Fletch e Chris. Marie não estava. Ela andava cada vez mais com nossa turma... para irritação de Fletch, que detestava ter uma garota na nossa cola... mas Marie não andava com a gente o tempo inteiro. É provável, no entanto, que Hurst tenha contado para ela o que fizemos. E numa escola todo mundo fica sabendo; os boatos se espalham. Só porque éramos os únicos no cemitério naquele dia não significa que ninguém mais soubesse.

De todo modo, significa *sim* que quem me mandou a mensagem de texto devia ser da nossa escola naquela época. Será que é a mesma pessoa que enviou o e-mail? Tentei ligar para o número. Caiu na caixa postal. Mandei uma mensagem. Não espero receber resposta. Duvido que o remetente quisesse conversar. Queria que eu viesse aqui. Mas por quê?

Levanto os ombros e olho para o anjo decapitado. Decidido, ele se recusa a me oferecer qualquer iluminação divina. Pergunto a mim mesmo o que teria acontecido com suas mãos e cabeça. É provável que a igreja tenha guardado, ou talvez algum maluco tenha levado de lembrança, e escondido embaixo do piso. Melhor do que se fosse uma cabeça de verdade, imagino.

Estou sentindo falta de alguma coisa. Alguma coisa óbvia. Observo a postura estranhamente inclinada do Anjo. E então me dou conta. Dou a volta na estátua e me agacho de novo.

Há um buraco no ponto onde as raízes das trepadeiras começaram a empurrar o Anjo para cima. Uma depressão na terra úmida. Alguma coisa parece ter sido colocada ali embaixo. Enfio a mão, fazendo uma careta ao sentir o solo frio e úmido. Apalpo um pacote não sei de que tipo, envolto em plástico. Tenho que dar alguns puxões para conseguir tirá-lo do buraco. Removo a terra e espanto algumas lesmas e minhocas. Reviro o pacote, observando: vinte centímetros por trinta, talvez, com cerca de metade da grossura de um livro médio. Foi embrulhado em um saco de lixo e lacrado com fita isolante. Preciso de uma tesoura para abri-lo. O que significa que terei que voltar para a escola.

Enfio o pacote na bolsa (junto com meus cadernos e algumas redações que provavelmente eu deveria estar corrigindo agora). Fecho a bolsa, levanto-me e volto para a igreja às pressas. Estou quase no portão quando percebo que não estou sozinho. Há um vulto sentado no único banco fora da igreja, embaixo de uma figueira antiga. Um vulto familiar, magro e curvado. Sinto um aperto no coração. Agora não. Preciso voltar para a escola. Preciso abrir o pacote. Não preciso bancar o professor preocupado nem a droga do bom samaritano.

Mas então outra parte de mim, a parte irritante... a que se importa com os alunos e que, para começar, me fez ser professor... leva a melhor.

Vou até o banco.

— Marcus?

Ele se assusta e ergue os olhos, encolhendo-se um pouco. A reação de alguém que nunca espera nada além de um insulto ou um golpe.

— O que está fazendo aqui? — pergunto.

Ele se mexe, constrangido, com o rosto vermelho.

— Nada.

— Tudo bem.

Espero. Porque é isso que devemos fazer às vezes. Não se pode pressionar as crianças para que nos contem coisas. O melhor é recuar e deixar que elas baixem a guarda por vontade própria.

Ele suspira.

—Venho aqui para comer meu lanche.

Quero saber por quê, e a pergunta está na ponta da língua, mas seria burrice. Por que Ruth Moore comia no estacionamento de ônibus perto da escola todos os dias? Porque era mais seguro. Um lugar para ficar a salvo dos implicantes. É melhor um estacionamento fedendo a urina ou um banco úmido em um cemitério frio do que a costumeira humilhação na cantina e no pátio.

—Vai me dar uma bronca por eu estar fora da escola? — pergunta Marcus.

Eu me sento ao seu lado, tentando não demonstrar a pontada nas costas.

— Não. Embora eu esteja curioso para saber como você conseguiu passar pelos portões de segurança.

— Até parece que eu contaria.

—Verdade. — Olho em volta. — Não há um lugar melhor para ir?

— Não em Arnhill.

Outra verdade.

— Está aqui para evitar Hurst?

— O que acha?

— Escute...

— Se pretende me dar um sermão dizendo que devo enfrentar Hurst porque os valentões respeitam quem bate de frente, pode pegar essa merda de discurso e enfiar na sua bolsa idiota, junto com seu exemplar do *Guardian*.

Ele me encara com ar desafiador. E tem razão. Valentões não respeitam quem revida. Apenas batem com mais força. Porque estão sempre em um grupo maior. Uma simples equação numérica.

Tento de novo.

— Não vou dar sermão nenhum, Marcus. Porque isso é uma merda. O melhor a fazer é manter a cabeça baixa, ficar longe de Hurst e ir levando como puder. Você não vai ficar na escola para sempre, mesmo que agora pareça que sim. Mas você *pode* me procurar. Darei um jeito em Hurst. Pode ter certeza.

Marcus olha para mim por um momento como se tentasse decifrar se só estou tentando enrolá-lo ou se ele pode mesmo confiar em mim. Poderia ser uma coisa ou outra. Então ele balança a cabeça discretamente.

— Não sou só eu. Hurst implica com um monte de gente. Todo mundo morre de medo dele... até os outros professores.

Penso no que Beth disse no pub. A respeito de Hurst ter sido da turma anterior de Julia Morton. A respeito do sumiço de Ben.

— E a Sra. Morton? Ela foi professora dele no ano passado, não foi?

— Sim, mas ela não tinha medo dele. Ela era mais... como você.

Considerando que ela matou o filho e explodiu a própria cabeça, não sei se devo tomar isso como um elogio.

— Você conhecia Ben Morton? — pergunto.

— Só de vista. Ele ainda estava no primeiro ano.

— E Hurst? Costumava fazer bullying com Ben?

Ele balança a cabeça.

— Hurst não se metia com Ben. Ben era popular. Tinha muitos colegas...
— Hesita.

— Mas aconteceu alguma coisa?

Ele me olha de canto de olho.

— Muitos dos meninos menores querem impressionar Hurst. Bajular. Fazer parte da gangue dele.

— E?

— Hurst os obrigava a fazer coisas... para provar do que eram capazes.

— Como uma iniciação?

Ele assente.

— Que tipo de coisa?

— Desafios idiotas, coisas assim. Patético, na verdade.

— Nas dependências da escola?

— Não. Um lugar que Hurst conhece... onde ficava a antiga mina de carvão.

Meu sangue gela.

— Na antiga mina de carvão? Ou *embaixo*? Ele encontrou alguma coisa lá... túneis, cavernas?

Minha voz está mais alta. Ele olha para mim.

— Não sei, tá bom? Nunca quis fazer parte da maldita gangue de Hurst.

Forcei a barra. E ele *sabe*, sim. Só que ainda não está pronto para falar. De qualquer maneira, já tenho um bom palpite. Por enquanto, deixo como está. Podemos voltar ao assunto outra hora. Com garotos como Marcus, sei que haverá outra oportunidade. Hurst pode fazer bullying indiscriminadamente, mas, como qualquer pai ou mãe, todo valentão tem um favorito, mesmo que não admita.

Olho ao redor do cemitério de novo.

— Sabe, quando eu era criança, gostávamos de vir para cá às vezes.

— Gostavam?

— Sim, nós... *destruíamos anjos...* bebíamos, fumávamos e fazíamos outras coisas. Acho que eu não deveria estar contando isso para você.

— Gosto de olhar as sepulturas antigas. Os nomes das pessoas. Gosto de imaginar como era a vida delas.

Curta, sofrida e miserável, penso. Era assim a vida da maioria das pessoas no século XIX. Costumamos romantizar o passado com nossos dramas de época e adaptações cinematográficas fantásticas. Um pouco como fazemos com a natureza. A natureza não é bonita. A natureza é violenta, imprevisível e implacável. É matar ou morrer. Isso é a natureza. A despeito de Attenborough e Coldplay, é assim que as coisas são.

— A vida das pessoas costumava ser muito difícil naquela época — explico a Marcus.

Ele assente, de repente entusiasmado.

— Entendo. Sabe até que idade em média as pessoas viviam no século XIX?

Ergo as mãos.

— Sou professor de inglês, não de história.

— Quarenta e seis, se tivessem sorte. E Arnhill era um vilarejo industrial. Trabalhadores de classe baixa morriam mais jovens. Infecções pulmonares, acidentes na mina e, claro, todas as doenças comuns... varíola, febre tifoide etc.

— Não era a melhor época para se nascer.

Seus olhos se iluminam. Sinto que encontramos seu assunto favorito.

— Essa é a outra questão. No século XIX, as mulheres tinham em média de oito a dez filhos. Mas muitos morriam na infância ou antes de chegar à adolescência. — Ele faz uma pausa para que a informação seja assimilada. — Já reparou alguma coisa estranha neste lugar?

Olho ao redor.

— Fora todas as pessoas mortas, você quer dizer?

Ele fica emburrado de novo. Acha que estou caçoando.

— Desculpe. Bobagem. Um mau hábito meu. Fale, por favor.

— O que falta neste cemitério?

Olho de novo para o lugar. Falta alguma coisa, *sim*. Alguma coisa óbvia. Alguma coisa que eu deveria ter percebido antes. A sensação é que, lá no fundo, sei o que é, mas não consigo captar.

Balanço a cabeça.

— Continue...

— Não tem nenhuma criança ou bebê enterrado aqui. — Ele olha para mim, triunfante. — Onde eles estão?

quatorze

Quando tinha mais ou menos três anos, Annie me perguntou:
— Onde estão todos os bonecos de neve?
Não foi uma pergunta tão sem sentido. Era novembro e nevara muito uns dias antes. Todas as crianças do vilarejo tinham corrido para o quintal; fizeram bolas de neve e as agruparam em montes disformes que em nada lembravam os bonecos de neve de filmes ou cartões de Natal. Bonecos de neve de verdade nunca são assim. Eles em geral não são nem um pouco redondos e a neve nunca é branca, misturada com lama, grama e, às vezes, até merda de cachorro.
Ainda assim, naquele fim de semana havia muitos desses bonecos de neve de formatos estranhos, feios e tortos espalhados por parques, jardins e quintais. Da janela de Annie podíamos ver vários no jardim dos vizinhos. Fizemos um para nós, claro, e embora fosse pequeno, não ficou tão ruim. Os olhos e a boca foram feitos de carvão, e colocamos na cabeça um chapéu velho meu, de lã. Os braços, fiz com duas réguas, já que não havia árvores nem galhos perto da nossa rua.
Annie adorava nosso boneco de neve; de manhã, levantava-se toda animada e ia espiar pela janela se ele continuava lá. Então, no terceiro dia, a temperatura subiu, começou a chover e, da noite para o dia, a neve e todos os bonecos de neve sumiram.
Annie correu para olhar pela janela e fez cara de choro ao ver apenas pedaços de carvão, chapéus encharcados e membros improvisados espalhados pelo chão.
— Onde estão todos os bonecos de neve?
— Bem, a neve derreteu — respondi.

Ela me olhou, impaciente.

— Sim, mas onde estão todos os *bonecos de neve*? Para onde *eles* foram?

Ela não conseguia entender que, quando a neve derretia, os bonecos de neve derretiam também. Para ela, eram coisas diferentes. Os bonecos eram reais, sólidos e substanciais. Afinal, eram bonecos. Uma vez criados, não podiam simplesmente desaparecer. Tinham que estar em *algum lugar*.

Tentei explicar. Falei que faríamos outro boneco quando voltasse a nevar. Mas ela apenas respondeu:

— Não vai ser o mesmo. Não vai ser o *meu* boneco de neve.

Ela tinha razão. Algumas coisas são assim... únicas, transitórias. Podemos copiar, recriar, mas nunca trazê-las de volta. Não as mesmas.

Eu só queria que Annie não precisasse ter morrido para eu perceber isso.

Eu me sento no sofá ainda de casaco, com o pacote misterioso na mesa de centro à minha frente. Não tive oportunidade de abri-lo na escola. Quando cheguei, já estava atrasado para a aula seguinte. Precisei usar o intervalo para terminar de corrigir os trabalhos e, quando o último tempo acabou, a única coisa que eu queria era sair do prédio.

Até recusei o convite para uma bebida na sexta no Fox com Beth, Susan e James. E agora me arrependo. Boa companhia e uma cerveja gelada num pub quentinho, ainda que seja o Fox, de repente me parece uma opção muito melhor do que um chalé frio e sem televisão, tendo como única companhia meus parceiros repugnantes no banheiro.

Olho para o pacote. Pego então a tesoura que encontrei no armário da cozinha e abro com cuidado o saco plástico. Dentro há uma pasta abarrotada de papéis e fechada por dois elásticos.

Na frente, rabiscada com caneta esferográfica preta, apenas uma palavra: "Arnhill".

Pego minha bebida e dou um grande gole.

Todo lugar, seja ele grande, médio ou pequeno, tem uma história. Muitas vezes mais de uma. Há a história oficial. A versão enxuta registrada em livros didáticos e relatórios do censo, repetida palavra por palavra na sala de aula.

E há a história que é passada de geração em geração. As histórias contadas nos pubs; entre xícaras de chá e bebês esperneando no carrinho; na cantina do trabalho e nas áreas de recreação.

A história secreta.

Em 1949, um desmoronamento na mina de carvão de Arnhill deixou dezoito mineiros soterrados por várias toneladas de entulho e poeira sufocante. O episódio ficou conhecido como *O desastre da mina de carvão de Arnhill*. Apenas quinze corpos foram resgatados.

Os moradores nunca esqueceram o rugido do tremor que abalou todo o vilarejo. No início, pensaram que se tratava de um terremoto. Em pânico, as pessoas saíram às pressas de suas casas. Os professores conduziram rapidamente os alunos para fora de sala. Só os moradores mais velhos não correram. Ficaram onde estavam, bebendo suas cervejas e trocando olhares preocupados. Sabiam que era a mina. E que quando a mina rugia daquele jeito, era provável que já fosse tarde demais.

Depois do rugido veio a poeira: enormes nuvens negras e densas que cobriram o céu e eclipsaram o sol. O lamento estridente do alarme da mina gritou para o céu escuro, seguido pelas sirenes: ambulância, bombeiros e polícia.

Houve relatórios e investigações. Mas ninguém jamais foi responsabilizado pelo acidente. E três mineiros continuaram soterrados muito abaixo da superfície.

Oficialmente.

Extraoficialmente — porque quem pensaria em algum dia contar tudo isso para um estranho ou para um jornal? — muitos garantiam, inclusive meu avô (ainda mais depois de algumas cervejas), que tinham visto os homens desaparecidos nas instalações da mina, de noite. Uma lenda urbana, recontada e enriquecida a cada vez com novos detalhes, dizia que alguns dos sobreviventes estavam bebendo no Bull certa noite, já muito tarde, quando a porta se abriu e Kenneth Dunn, o mais jovem dos soterrados naquele dia, com apenas dezesseis anos, entrou no bar. Destemido como o dia e preto como a noite, sujo de pó de carvão.

Pelo que contam, o barman largou o copo que estava secando, observou o rapaz morto de cima a baixo e disse:

— Saia daqui, Kenneth. Você é menor de idade.

Uma boa história de fantasma, e todo vilarejo tem muitas dessa. É claro que nenhum mineiro admitiu ter estado no pub naquela noite. E, quando indagado sobre o caso, o barman (a essa altura já aposentado havia muito tempo) apenas tamborilava o nariz cheio de veias vermelhas e respondia:

—Você teria que me pagar muitas cervejas para me fazer soltar essa história.

Nunca ninguém conseguiu pagar tantas bebidas assim para ele. Embora muitos tenham tentado.

Logo depois da rua principal ficava o pub Miner's Welfare. Não o prédio original. Esse foi demolido na década de 1960, quando um afundamento no solo fez ruir uma parede, esmagando vários mineiros e suas famílias. Duas mulheres e uma criança morreram. As pessoas juram que o menino ainda vaga pelo prédio novo e que às vezes pode ser encontrado no corredor comprido e escuro entre o bar principal e os banheiros.

Quando eu era criança e conseguia permissão para tomar refrigerante enquanto meu pai bebia cerveja e mamãe se deliciava com meio copo de lager com limão ao mesmo tempo que ninava Annie no carrinho (porque às sextas havia a Noite Social da Família no Welfare), eu me segurava para só esvaziar a bexiga quando chegasse em casa. Se não aguentasse esperar, eu disparava pelo corredor sinistro que levava aos banheiros e voltava rápido também, com medo de que, em alguma dessas noites, eu sentisse um toque frio no pulso e, ao me virar, desse de cara com um garotinho sujo de pó preto, roupas esfarrapadas e manchadas, além de um terrível buraco ensanguentado na cabeça.

Em 1857, um homem chamado Edgar Horne foi pendurado em um poste e linchado depois de matar a esposa a facadas, e teve seu corpo deixado em uma cova rasa em terreno não consagrado. Segundo a crença popular, ele ainda estava vivo quando foi enterrado. Ele teria escapado, cavando a terra com as próprias mãos, e às vezes ainda era avistado, cabelo e roupas sujos de terra, sentado ao lado da lápide da esposa. Na Noite da Fogueira, em vez de um boneco qualquer, como durante anos havia sido tradição em Arnhill, os moradores queimavam uma efígie de Edgar Horne. Para garantir que, dessa vez, ele morresse mesmo.

Meu pai sempre zombava de coisas desse tipo. Quando ouvia meu avô contar a história de Kenneth Dunn, seu rosto ficava sombrio e ele dizia:

— Deixe isso para lá, Frank. Sai mais vapor quente da sua boca do que das cavernas da mina.

Às vezes, no entanto, sua maneira de dizer isso me fazia pensar que ele não estava zangado, mas com medo. As palavras não eram de irritação, mas de defesa contra coisas nas quais ele preferia não pensar.

Nem meu pai podia negar que Arnhill era um lugar atormentado pela desgraça. Nunca mais houve acidentes fatais na mina, porém vários outros menores tinham custado tempo, dinheiro e, em um caso, as pernas de um mineiro. A mina ganhou a reputação de ser amaldiçoada. Alguns mineiros relutavam em mandar seus filhos entrar lá. Apesar de ainda ser rentável, com toneladas de carvão abaixo da superfície, em 1988 decidiu-se fechar a mina de carvão de Arnhill para sempre.

O que quer que restasse embaixo daquela terra lá seria deixado, abandonado e intocado.

Folheio página após página da pasta. O resultado é uma leitura morbidamente fascinante. Parte do que leio já conheço, ou pensava que conhecia. Há detalhes novos. Fatos esquecidos de cada nova versão. Sempre imaginei que Edgar Horne fosse um monstro abominável. Na verdade, era um médico respeitado pela comunidade. Até a noite quente de verão em que foi à igreja, voltou para casa, jantou uma sopa de batata e cortou a garganta da esposa com um bisturi enquanto ela dormia.

Surpreendentemente, nenhum morador foi responsabilizado por seu linchamento. Um acobertava o outro. Eu me pergunto quantos de seus descendentes ainda moram em Arnhill e quantos sabem, ou se importam, com o sangue que mancha as mãos de seus ancestrais.

Num passado bem distante, a história de Arnhill torna-se mais vaga: há relatos habituais de pobreza, doenças e mortes prematuras. Muitas mortes. Algumas páginas estão em destaque. Tiro uma delas da pasta:

SALEM DE NOTTINGHAMSHIRE

No decorrer do século XVI, a caça às bruxas espalhou-se por toda a Europa. Os julgamentos em Arnhill começaram quando um jovem chamado Thomas Darling acusou a tia de fazer um pacto com demônios para trazer bebês de volta do mundo dos mortos. De acordo com Darling, Mary Walkenden levava bebês doentes para cavernas nas montanhas e trocava suas almas pela vida eterna.

O nome Darling não me soa familiar, mas eu me lembro de um Jamie Walkenden na escola. *As coisas realmente nunca mudam*, penso. Geração após geração. Todos nascem, vivem, morrem aqui.

Deixo a folha de lado e pego outra.

EZEKERIAH HYRST — MILAGREIRO (1794-1867)

Hyrst foi um renomado curandeiro da fé espiritual, que alegava ter realizado muitos milagres. Testemunhas afirmam que Hyrst curou um menino com paralisia nas pernas, expulsou o demônio do corpo de uma mulher e fez um bebê natimorto voltar a respirar. A maioria desses fatos ocorreu no condado de Nottinghamshire, em um vilarejo chamado Arnhill.

Hyrst? Hurst? Não é mera coincidência, com certeza. E um curandeiro charlatão parece se encaixar na tradição da família. Milagres e tragédias. Tragédias e milagres. Não se pode ter um sem o outro.
Passo para a página seguinte. O ar parece ter sido sugado de meus pulmões.

BUSCA POR CRIANÇA DE OITO ANOS DESAPARECIDA CONTINUA

O rosto de Annie sorri para mim. Sorriso grande e com um vão entre os dentes, um rabo de cavalo no alto da cabeça. Mamãe sempre tentava fazer trança, mas Annie não parava quieta. Sempre queria fazer outra coisa. Sempre à procura de aventura. Sempre atrás de mim. Não preciso ler esta história. Eu vivi esta história. Empurro a pasta, pego minha bebida e percebo que o copo está vazio. É estranho como isso acontece. Levanto-me. E logo paro. Pensei ter ouvido alguma coisa. Um rangido no corredor. Uma tábua do piso? *Que merda.* Gloria?
Eu me viro, e minhas pernas fraquejam. Não é Gloria.
— E aí, Joe?

quinze

A vida não é generosa. Para nenhum de nós, no final.

Ela coloca peso nos nossos ombros, dificulta nossos passos. Destrói as coisas que nos são caras e endurece nossas almas com arrependimento.

Não há vencedores na vida. A vida se trata, em última instância, de perda: da juventude, da beleza. Acima de tudo, porém, das pessoas que você ama. Às vezes acho que não é a passagem dos anos que de fato nos envelhece, mas a passagem de coisas e pessoas queridas. Esse tipo de envelhecimento não pode ser suavizado com agulhas nem disfarçado com preenchimentos. A dor transparece nos olhos. Olhos que viram demais sempre denunciarão os sentimentos.

Como os meus. Como os de Marie.

Ela está sentada pouco à vontade no sofá velho. Joelhos unidos, mãos bem fechadas apoiadas neles. Está mais magra, muito mais magra, do que a adolescente cheia de vida da qual me lembro. Naquela época, seu rosto era redondo e formava covinhas profundas quando ela sorria. Tinha braços e pernas compridos e ágeis, protegidos pela carne firme da juventude.

Agora, as pernas enfiadas em jeans skinny são finas como gravetos. O rosto está encovado. O cabelo continua cheio, escuro e brilhante. Levo um tempo para perceber que deve ser peruca, e que as sobrancelhas são linhas bem traçadas com lápis.

Hesito, também constrangido. Guardo na pasta os papéis que eu estava lendo, e a seguro embaixo do braço. Não sei o que Marie viu. Não sei quanto tempo ficou ali depois que entrou sem que eu a tivesse ouvido bater. Pelo menos, ela *disse* que bateu.

— Quer uma bebida? Chá, café, algo mais forte?

A pergunta me provoca um leve estremecimento. *Clichê*, anoto mentalmente com caneta vermelha.

Ela inclina a cabeça; o cabelo cai para um lado, como sempre acontecia.

— Forte tipo o quê?

— Cerveja, bourbon... Claro, você não experimentou meu café.

Ela esboça um leve sorriso.

— Cerveja, por favor.

Faço que sim e entro na cozinha. Meu coração bate forte. Sinto-me um pouco fraco. Deve ser só meu estômago vazio. Eu realmente deveria comer alguma coisa. Ou tomar um refrigerante. Mais álcool me deixará ainda pior.

Vou até a geladeira e pego duas cervejas.

Antes de voltar para a sala, abro o armário embaixo da pia e jogo a pasta dentro. Então volto e coloco uma latinha na mesa de centro para Marie. Abro a minha e tomo um bom gole. Eu estava enganado. A cerveja não me deixa pior. Também não me deixa melhor, mas aí é outra história.

Eu desabo na poltrona.

— Então, há quanto tempo — digo, como a máquina de disparar clichês em que me transformei esta noite.

— Pois é. Não vai dizer que não mudei nada?

Balanço a cabeça.

— Todos nós mudamos.

Ela concorda em silêncio e abre a cerveja.

— É verdade. Mas nem todos estão morrendo de câncer.

A franqueza de suas palavras me traz de volta à realidade. E então, enquanto ela toma a cerveja, eu me dou conta. Esta não é a sua primeira bebida do dia.

— Imagino que você saiba — diz ela. — Estamos em Arnhill, afinal de contas.

— Como vai o tratamento?

— Não está dando certo. O tumor continua se espalhando. Mais devagar. Mas está apenas retardando o inevitável.

— Sinto muito.

Que droga, um clichê atrás do outro. Depois do acidente, eu detestava que as pessoas me dissessem que sentiam muito. Por que isso? Foi você quem causou o acidente? Não? Então sente muito pelo quê, exatamente?

— O que os médicos disseram?

— Pouca coisa. Eles têm medo demais de Stephen para me dar uma resposta direta. Ele diz que os médicos não sabem tudo de qualquer modo. Pensa em me levar para um experimento clínico nos Estados Unidos. Na Clínica Bardon-Hope. Parece ser um novo tratamento milagroso.

Ezekeriah Hyrst — *Milagreiro*, penso, e logo depois: *Marie não vai morrer. Não vou deixar isso acontecer.*

— Ele disse qual é o tratamento?

— Não, mas eu tentaria qualquer coisa. — Ela fixa os olhos encovados nos meus. — Quero viver. Quero ver meu filho crescer.

Claro. Todos nós faríamos a mesma coisa. Embora não existam milagres. Não sem um preço.

Desvio o olhar. Bebemos nossa cerveja. É engraçado como quanto mais compartilhamos, menos temos a dizer.

— Você está dando aula no Instituto? — pergunta ela, por fim.

— Isso mesmo.

— Deve ser um pouco estranho, não?

— Sim, um pouco. Agora sou um dos guardas, não um dos prisioneiros.

— O que o fez voltar?

Um e-mail. Uma compulsão. Um negócio inacabado. Tudo isso e nada disso. No fundo, eu sempre soube que voltaria.

— Na verdade, não sei. O emprego surgiu e me pareceu uma boa oportunidade.

— Para quê?

— Como assim?

— Foi uma surpresa saber que você estava aqui de novo. Nunca pensei que voltaria a vê-lo.

— Bem, você me conhece... não sirvo para nada.

— Não diga isso. Você serve para muita coisa, Joe.

Sinto que meu rosto fica vermelho e de repente volto a ter quinze anos, satisfeito com sua aprovação.

— E você? — pergunto. — Nunca saiu daqui?

Ela dá de ombros, um gesto sutil e desanimado.

— Alguma coisa sempre parecia me impedir, e então Stephen me pediu em casamento.

— E você aceitou?

— Por que não aceitaria?

Penso em uma garota de quinze anos chorando no meu ombro. Um olho roxo. Uma promessa de que jamais deixaria isso acontecer de novo.

— Pensei que você tivesse planos.

— Bem, eles nem sempre dão certo, não é? Não consegui as notas que queria. Minha mãe foi demitida. Precisávamos de uma renda extra, então arrumei um emprego e depois me casei. Foi isso.

Não exatamente, digo para mim mesmo.

— E vocês têm um filho?

— Você sabe que sim.

— É... tal pai, tal filho. Aposto que o pai está orgulhoso.

Seu olhar é tão afiado que quase me fere.

— Ambos estamos orgulhosos de Jeremy.

— É mesmo?

— Você não tem filhos?

— Não.

— Então não pode julgar. — Ela amassa a lata. — Posso beber mais uma?

— Tem certeza?

— Bem, não vai me matar.

Vou à cozinha e pego mais duas latas. De repente paro. Marie deve ter vindo de carro. Eu a vi colocar as chaves na bolsa. Ela não deveria beber mais se for voltar para casa dirigindo.

De todo modo, não é problema meu. Vou em frente e lhe entrego a cerveja. Ela olha ao redor e sente um calafrio.

— Está frio aqui.

— Sim, o aquecedor não está funcionando muito bem.

Mas não é isso.

— Por que este lugar?

— Apareceu de repente.

— Como o trabalho.

— Sim.

— Você mente demais.

E aí está. O rancor que ela estava esperando para jogar na minha cara desde que chegou.

— Se voltou para começar a remexer no passado...

— Quê? Do que você tem medo? Do que Hurst tem medo?

Ela leva algum tempo para responder. Quando responde, a voz está mais suave.

— Você foi embora. Eu e todos os outros continuamos aqui. Só estou pedindo que deixe as coisas como estão. Não por Stephen. Por mim.

E entendo a mensagem.

— Ele mandou você aqui, não foi? Os capangas não deram conta, então ele imaginou que você conseguiria me comover, me persuadir, em nome dos velhos tempos?

Ela balança a cabeça.

— Se Stephen quisesse você fora daqui, não seria eu que ele mandaria. Seria alguém que terminasse o serviço que os meninos do Fletch começaram.

— Meninos do *Fletch*?

Claro. Atarracado e Cabelo Esquisito. Por isso eles eram familiares. Eu deveria ter imaginado. Fletch sempre foi o sujeito com muito músculo e pouco cérebro quando éramos pequenos. Agora, sua prole dá continuidade à tradição.

— Eu realmente deveria ter percebido a semelhança. O porte de um primata.

Ela fica vermelha. E sinto um aperto por dentro. Mas não é meu coração amolecendo. E sim a sensação angustiante de confirmar seus piores temores em relação a alguém.

—Você sabia então da recepção que tive?

O que explica ela não ter perguntado sobre meu rosto machucado quando chegou.

— Só soube depois. Sinto muito.

— Eu também.

Ela se levanta.

— Preciso ir. Foi ridículo eu ter vindo, uma perda de tempo.

— Nem tanto. Você pode aproveitar para dar um recado para Hurst.

— É melhor não.

— Diga que estou com algo que pertence a ele.

— Duvido que você tenha alguma coisa que Stephen queira.

— Chame de recordação. Da mina.

— Pelo amor de Deus... isso foi há vinte e cinco anos. Nós éramos apenas crianças.

— *Não*, minha irmã era apenas uma criança.

Talvez diga muito sobre mim a satisfação que senti ao ver o rosto fino e abatido dela se entristecer.

— Sinto muito por Annie — ela diz.
— E quanto a Chris?
— Foi escolha dele.
— Foi mesmo? Por que não pergunta mais alguma coisa para Hurst? Pergunte se Chris realmente se jogou.

dezesseis

1992

Chris encontrou. Era a sua especialidade. Encontrar coisas.

Como eu, ele não era um membro típico da turma de Hurst: alto e magricela, com cabelo loiro-claro eriçado feito palha eletrificada e uma gagueira que piorava sempre que ficava nervoso (e, como toda criança desajeitada e nerd, Chris passou a maior parte da sua vida escolar nervoso).

Ninguém entendia por que Hurst o acolheu sob suas asas. Mas eu, sim. Hurst não só era valentão, como também era esperto. Tinha um jeito especial de identificar quem descartar e quem manter. E Chris tinha utilidade. Acho que todos nós tínhamos.

Enquanto os parceiros ocasionais de Hurst eram a mistura habitual de impostores e brigões, seu círculo íntimo era um pouco diferente. Fletch era músculo puro. O brutamontes sem cérebro que ria das piadas de Hurst, lambia seu saco e metia a porrada. Chris era o cérebro. O excluído, o gênio incompreendido. Seu talento para a ciência nos ajudou a criar as melhores bombas de fedor caseiras, armadilhas engenhosas para vítimas inocentes e, uma vez, uma explosão química que fez a escola toda ser evacuada e um professor substituto de ciências, demitido.

Mas Chris tinha outra peculiaridade útil. Uma curiosidade obstinada. Um desejo de descobrir coisas, de encontrar coisas. Uma habilidade de ver o que mais ninguém via. Se um colega quisesse saber com antecedência as questões que cairiam na prova, Chris dava um jeito de descobrir. Um lugar para espiar os vestiários femininos? Chris calculava a melhor posição estratégica. Um modo de invadir a banca de jornal e roubar doces e fogos de artifício? Chris arquitetava um plano perfeito.

Se seu crânio não tivesse se espatifado no pátio da escola e seu cérebro brilhante se espalhado pelo chão de concreto sujo e cinzento, com certeza Chris teria se tornado um empresário bilionário... ou um gênio do crime. Foi o que sempre pensei.

Quando apareceu no parque naquela noite de sexta-feira, atrasado, para variar, porque Chris chegava sempre atrasado — não com elegância, mas com o rosto vermelho, a gravata torta, a camisa suja de comida e parecendo se desculpar por isso —, estava ainda mais corado e nervoso do que o normal. De cara, percebi que havia alguma coisa acontecendo.

— Tudo bem, Chris?

— A mina. E-e-e-encontrei. O ca-ca-caminho.

Quando Chris ficava nervoso, a gagueira piorava; era quase impossível entender uma palavra do que ele dizia.

Olhei para Hurst e Fletch. Marie não estava conosco naquela noite, porque precisava ajudar a mãe em algumas tarefas, por isso estávamos só nós três, à toa, falando besteira. Em certo sentido, era até bom. Porque eu gostava de Marie... Bem, era esse o problema. Eu *gostava* de Marie. Gostava demais. E quando ela estava conosco, estava com *Hurst*, ele ficava com o braço ao redor dos ombros dela de um jeito possessivo.

No mesmo instante ele jogou no chão o cigarro ainda pela metade, pulou do trepa-trepa onde estava apoiado e olhou fixamente para Chris no crepúsculo nebuloso.

— Tudo bem, cara. Fica calmo. Caralho, você parece estar brincando de soletrar.

Fletch deu uma gargalhada como se alguém tivesse acabado de encher seu cigarro com gás hilariante.

As bochechas de Chris ficaram ainda mais vermelhas, parecendo pegar fogo no rosto pálido. O cabelo estava despenteado e em tufos, como palha varrida pelo vento, e seu moletom, amassado e sujo de terra. Mas foram seus olhos que mais chamaram minha atenção. Sempre de um azul surpreendente, naquela noite faiscavam. Às vezes, embora eu não gostasse de admitir, porque me soava um pouco estranho e gay, Chris parecia uma espécie de anjo bonito e doido.

— Deixa ele em paz — falei.

Eu era o único que conseguia falar com Hurst daquele jeito sem me encrencar. Ele me escutava. Acho que era essa a minha serventia. Eu era a voz da razão para ele. Hurst confiava em mim. E se eu fizesse o dever de inglês para ele de vez em quando, que mal havia?

Joguei fora meu cigarro também. Na verdade, eu não gostava muito de fumar. Nem de beber cerveja. O gosto me dava vontade de cuspir e limpar a boca. Claro, fiquei mais velho, mais sábio e mais viciado desde então.

— Respire — pedi a Chris. — Fale devagar. Conte tudo.

Chris assentiu e tentou moderar a respiração desvairada. Apertou as mãos com força à sua frente, na tentativa de controlar seus nervos e a gagueira.

— Que retardado — resmungou Fletch, dando uma cuspida cheia de muco no chão.

Hurst me olhou de lado. Enfiei a mão no bolso, peguei um pacote de Wham — aquelas balas em formato de tirinhas compridas — com o conteúdo já um pouco derretido e dei para Chris, como se oferecesse um petisco para um cachorro.

— Pegue.

Ao contrário do que se diz hoje em dia, doce era a única coisa capaz de acalmar Chris. Talvez por isso ele quase sempre carregasse um estoque.

Chris aceitou a bala, deu uma mordida e, em seguida, ainda mastigando, disse:

— Estive... lá em cima... na antiga mina.

— Certo.

Todos nós, quando crianças, íamos de vez em quando à mina e gostávamos de brincar por lá. Antes de começarem a demolir as instalações antigas, entrávamos sem ser vistos e pegávamos coisas. Coisas inúteis. Pedaços de metal e peças de máquinas velhas. Só para provar que estivemos lá. Chris, no entanto, ia à mina com frequência. Sozinho, o que era estranho. Mas tudo que dizia respeito a Chris era estranho, tanto que, com o passar do tempo, isso acabou se tornando normal. Quando uma vez perguntei por que ele ia tanto àquele lugar, sua resposta foi:

— Preciso ver.

— O quê?

— Não sei ainda.

As conversas com Chris podiam ser frustrantes. Eu precisava controlar a irritação quando ele lutava para encadear as palavras sem despedaçá-las na língua.

— Encontrei uma coisa. No ch-ch-chão. Po-po-pode ser um caminho para entrar — disse, por fim.

— Um caminho para entrar onde?

— Na mina.

Olhei para ele e tive uma sensação estranha. Era como se eu já tivesse ouvido essas palavras antes. Ou estivesse esperando por isso. Um arrepio esquisito percorreu meu corpo, como acontece quando se toca em um objeto eletrizado e a mão formiga pela estática. *Na mina.*

Hurst se aproximou.

—Você encontrou um caminho para entrar nos poços da antiga mina?

—Você é um craque — acrescentou Fletch.

Balancei a cabeça.

— Não tem como entrar. Está tudo bloqueado e, de qualquer maneira, aqueles poços estão a... sei lá... centenas de metros abaixo da superfície.

Hurst olhou para mim e assentiu.

— Thorney está certo. Você tem certeza, Fofão?

Fofão era como Hurst chamava Chris por ser "fofo como um bolo".

Chris olhou para nós dois, impotente feito um coelho gigante captado por nossos faróis. Ele engoliu em seco e respondeu:

— N-n-não tenho certeza. Quero mostrar para vocês.

Foi só mais tarde, quando de fato pensei nessa conversa — e tive inúmeras oportunidades de pensar nela — que percebi que ele nunca respondeu à pergunta de Hurst.

— Um caminho para entrar nos poços da antiga mina?

Presumimos que fosse isso que ele queria dizer. Mas acho que não foi, mesmo naquela época. Ele queria dizer *O Poço*. Como se já soubesse o que era. E *O Poço* era mesmo uma coisa muito diferente.

A luz estava perdendo o controle sobre o dia quando chegamos lá em cima. Estávamos no fim de agosto, finzinho das férias de verão, e "as noites começavam a se desenhar mais cedo", como diria minha mãe (o que sempre me fazia pensar em alguém pegando um grande pedaço de carvão e rabiscando o dia).

Acho que todos nós tínhamos a sensação do fim de alguma coisa, a sensação, na infância, de quando as seis semanas de férias estão quase no fim. Acho que também sabíamos que aquele era nosso último verão sendo "crianças" de verdade. No ano seguinte teríamos os exames finais, e muitos de nossos colegas de sala, mesmo na década de 1990, saíam direto da escola para o trabalho, embora o trabalho não fosse na mina, como antigamente.

A essa altura, o local da antiga mina de carvão era apenas uma enorme cicatriz lamacenta na paisagem. Grama e arbustos baixos começavam a tomar conta da área, que, no entanto, continuava quase preta de pó de carvão e tomada por pedras, máquinas enferrujadas, fragmentos afiados de metal e pedaços de concreto.

Conseguimos entrar por uma abertura no ineficaz sistema de segurança que cercava o local, onde placas com alertas como PERIGO, ENTRADA PROIBIDA e NÃO ULTRAPASSE poderiam muito bem ser lidos como: BEM-VINDO, ENTRADA PERMITIDA e AVENTURE-SE.

Chris liderava o grupo. Bem, mais ou menos. Ele subia, escorregava, tropeçava, depois parava, olhava em volta e subia, escorregava e tropeçava de novo.

— Porra, Fofão. Tem certeza de que está no caminho certo? — perguntou Hurst, ofegante. — Os poços antigos ficam daquele lado.

Chris sacudiu a cabeça.

— Deste lado.

Hurst olhou para mim. Dei de ombros. Fletch girou o dedo ao lado da cabeça.

— Vamos dar esse voto de confiança — sugeri.

Retomamos nossa estranha jornada. No alto de uma encosta íngreme e cheia de lama, Chris parou e olhou em volta por um bom tempo, feito um cão enorme farejando o ar. De repente se jogou na encosta, rastejando e derrapando em cascalho e entulho.

— Porra — resmungou Fletch. — Não vou descer nesse buraco.

Admito que fiquei tentado a voltar, mas ao mesmo tempo senti uma empolgação estranha, como se estivesse na porta de um parque de diversões e não quisesse entrar porque os brinquedos eram assustadores, mas houvesse uma parte de mim que quisesse muito, desesperadamente.

Olhei para Fletch e não resisti:

— Medinho?

Ele me fuzilou com os olhos.

— Vai se foder!

Hurst sorria, mais feliz do que nunca, quando havia discórdia dentro do grupo.

— Bando de covardes! — xingou ele, e então, com um grito selvagem, desceu a encosta.

Fui atrás, com mais cautela. Fletch soltou mais um palavrão e veio atrás.

No fim da descida quase caí de bunda, mas na última hora consegui manter o equilíbrio. Senti cascalho entrar nos meus tênis e machucar a sola dos pés. Acima de nós, o céu parecia mais baixo, pesado pela escuridão iminente.

— Não vai dar para ver porra nenhuma agora — reclamou Fletch.
— Quanto falta? — perguntou Hurst.
— Estamos chegando! — gritou Chris e desapareceu.

Pisquei várias vezes, olhei em volta e vislumbrei alguma coisa cinzenta. Ele estava agachado diante de um buraco em uma saliência. Quem olhasse rápido nem perceberia ele ali. Nos arrastamos atrás de Chris. Grama e arbustos aqui e ali tentavam se agarrar ao solo ao redor, oferecendo uma camuflagem adicional. Havia várias pedras grandes espalhadas por perto. Chris afastou algumas, e percebi que as havia colocado ali de propósito, para marcar o local.

Ele cavou um pouco de terra e pedras menores com as mãos. Depois se sentou sobre os calcanhares e nos olhou, triunfante.

— O que é? — perguntou Fletch, com desprezo. — Não estou vendo nada.

Todos observamos o pedaço de terra descoberto. Talvez fosse um pouco mais irregular e tivesse uma coloração ligeiramente diferente da área ao redor, mas só isso.

—Você está de sacanagem, Fofão? — rosnou Hurst, agarrando Chris pela gola do moletom. — Porque se isso for enrolação...

Os olhos de Chris se arregalaram.

— Não é enrolação.

Eu pensaria mais tarde que, mesmo quase sufocado por Hurst, ele não gaguejou. Não naquele momento.

— Esperem — pedi.

Abaixei até bem perto do chão, removi mais terra, e meus dedos tocaram em algo frio. Metal. Recuei um pouco. E de repente eu vi.

Uma forma circular na terra, que a ferrugem quase deixava da mesma cor, mas não exatamente igual. Lembrava um pouco uma calota velha, porém, olhando de perto, dava para ver que era grande e grossa demais para ser uma calota. Havia pequenas saliências arredondadas na extremidade ao redor, como se fossem rebites. No centro havia outro círculo, ligeiramente em relevo, com pequenos sulcos.

— Olhem — falei. — Conseguem ver agora?

Apontei para o chão e me virei para os outros.

Hurst largou Chris.

— Que porra é essa?

— É só uma calota antiga — respondeu Fletch, em sintonia com meu primeiro pensamento.

— Grande demais — argumentou Hurst, no mesmo instante, de acordo com meu segundo pensamento. Voltou a olhar para Chris. — E então?

Chris apenas o encarou, como se a resposta fosse óbvia.

— É uma escotilha.

— Uma *o quê*?

— É como se fosse um portão — expliquei. — Para entrar em lugares subterrâneos.

O rosto de Hurst abriu-se em um enorme sorriso.

— Cara esperto. — Olhou de novo para a forma circular no chão. — E aí? É algum tipo de escape para as minas ou coisa parecida. Acho que já ouvi falar nisso.

Eu nunca tinha ouvido, e meu pai havia trabalhado no fundo de minas a vida inteira, mas eu sabia que as minas tinham escapes de ar para ventilação. No entanto, não via como isso nos ajudaria. Esses poços eram equivalentes a várias chaminés uma em cima da outra. Iam do fundo até a superfície. Uma queda livre de quase cem metros. Aquilo não era uma entrada. Era suicídio.

Eu estava prestes a chamar a atenção para isso quando Hurst voltou a se manifestar:

—Vá em frente, então — disse para Chris. — Abra.

Chris parecia aflito.

— Não consigo.

— Não consegue? — Hurst sacudiu a cabeça, contrariado. — Ah, pelo amor de Deus, Fofão.

Ele se curvou e tentou segurar as bordas metálicas, enfiando os dedos por baixo. Mas era tão grande e pesado que a sua dificuldade em deslocá-lo ficava estampada em seu rosto. Ele resmungou alguma coisa, soltou a peça e gritou:

— O que estão esperando? Venham me ajudar, bando de imbecis.

Embora apreensivo, obedeci, e Fletch também. Todos juntos, enfiamos os dedos na terra e tentamos segurar o objeto metálico pelas bordas, mas não conseguimos. Ele era espesso demais e estava muito enterrado. Devia fazer anos que ninguém encostava naquilo. Por mais que puxássemos, girássemos e pressionássemos, ele simplesmente não se mexia.

— Que se dane! — disse Hurst, ofegante, e então nos jogamos de costas no chão duro, agradecidos, os braços doendo e o peito arfando.

Olhei de novo para o estranho círculo de metal. Sim, estava muito fincado na terra, mas, se fosse um tipo de escotilha para fumaça ou escape, com certeza tinha uma maçaneta ou alavanca que permitiria levantá-la rapidamente se necessário. Era assim que as escotilhas funcionavam. Mas não havia nada, exceto aquele estranho segundo círculo, quase como se ela não tivesse sido colocada ali para ser aberta. Para não permitir a entrada nem a saída de ninguém.

— Certo — disse Hurst. — Precisamos arrumar as ferramentas certas para levantar isso.

— Agora? — perguntei.

A claridade tinha sumido tão depressa que eu mal conseguia distinguir os círculos fantasmagóricos de seus rostos.

— Qual é o problema? Está *amarelando*, Thorney?

Senti um arrepio.

— Não. Só estou dizendo que já é quase noite. Não teremos muito tempo. Se decidirmos entrar, precisamos estar preparados.

Não que eu tivesse alguma vontade de entrar, se de fato houvesse "onde" entrar, mas até então aquele me parecia o melhor argumento.

Pensei que ele me contestaria, mas não.

— Tem razão. Voltaremos amanhã. — Olhou para cada um de nós. — Precisaremos de lanternas. — Forçou um sorriso. — E de um pé de cabra.

Cobrimos precariamente a escotilha com terra e pedras e, em seguida, como um marco, Hurst jogou no chão a gravata do seu uniforme com o nó desfeito. Ninguém que por acaso passasse por ali entenderia. Gravatas, assim como tênis e meias, muitas vezes eram largadas pela antiga mina de carvão.

Então, quando o último traço de luz sumiu no céu, começamos nossa difícil volta para casa. Não tenho certeza, mas acho que olhei para trás uma vez, com um incômodo desconforto, uma espécie de arrepio na nuca. Eu não teria conseguido ver nada daquela distância, mas na minha mente eu ainda conseguia distinguir a estranha escotilha enferrujada.

Não gostei dela.

Um *pé de cabra*. Também não gostei disso.

dezessete

Depois que Marie vai embora não consigo ficar tranquilo. Minha perna está doendo de novo, e nem uma dose dupla de bourbon e dois comprimidos de codeína são capazes de relaxar meus nervos contraídos.

Quando sento, a perna dói mais. Se caminho, lateja. Xingo e esfrego com força. Tento me distrair com um livro, um pouco de música, depois vou até a porta dos fundos e fumo um cigarro. De novo.

Minha mente também está fazendo hora extra. *Sufoquem as crianças. Descansem em pedaços.* Está acontecendo de novo. O remetente da mensagem deve ser o mesmo que mandou o e-mail. E, se sabem do anjo, devem ter me conhecido daquela época, há tantos anos. Não é Hurst, nem Marie. *Fletch?* Não tenho certeza de que Fletch é capaz de enviar uma mensagem de texto coerente, não com a falta de polegares opositores. Então, quem mais poderia ser? E, mais especificamente, por quê, por quê, por quê?

Essa confusão atordoante que se apossou de mim não melhorou com a visita inesperada de Marie esta noite. Não sei se fiz a coisa certa. Não sei se entreguei meu jogo cedo demais. Um bom jogador sabe que jamais deve fazer isso. Não sem ter certeza das cartas que o outro jogador tem na mão.

Mas o caso é que não disponho de muito tempo. Pelo menos não tanto quanto pensei. Porque Gloria está aqui. À espera. Impaciente. Tamborilando suas unhas vermelhas cintilantes. Se eu não fizer logo o que ela quer, o jogo acaba. Porque estarei morto, possivelmente sem mãos. Nem pés. Ou sem qualquer coisa que possa ser usada para identificar meu corpo.

Jogo a guimba do cigarro na escuridão e observo a ponta vermelha incandescente enfraquecer e apagar. Então me viro, volto mancando para a cozinha e pego a pasta embaixo da pia. Porque, afinal, quem estou querendo enganar? Eu sempre soube que a leria. Sirvo mais bourbon, vou para a sala e coloco o copo na mesa de centro.

Os nervos contraídos da minha perna não são as únicas coisas inquietas esta noite. Tenho a sensação de que o chalé está em movimento. As luzes parecem enfraquecer e quase sumir de vez em quando — aparentemente o fornecimento de eletricidade do vilarejo continua o mesmo —, mas escuto alguma coisa também. Um barulho. Familiar. Perturbador. O mesmo som fraco que lembra um zumbido. Sinto um aperto no peito e os pelos dos braços se arrepiam. Um rangido zumbindo perto do ouvido.

Eu me pergunto se Julia também tentava fugir desse mesmo ruído insuportável. Noite após noite. Ou só apareceu depois? O ovo ou a galinha? O que aconteceu com Ben mudou de alguma forma o chalé? Ou o chalé já era assim? O ruído nas paredes e o frio horripilante alimentavam o medo e a paranoia de Julia?

Passo as mãos no cabelo e esfrego os olhos. O zumbido parece estar ficando mais alto. Tento ignorar. Folheio a pasta até que, mais uma vez, o rosto de Annie se ilumina diante de mim.

BUSCA POR CRIANÇA DE OITO ANOS DESAPARECIDA CONTINUA. A manchete. Mas não toda a história. Nem de perto.

Papai colocou-a na cama naquela noite. Por volta das oito horas. Ou assim achava. Estava bêbado. Como em quase todas as noites, naquela época. Mamãe estava na casa dos pais, porque minha avó tinha sofrido uma "queda terrível" alguns dias antes e quebrado o pulso. Eu estava na rua, com Hurst e sua turma. Foi só na manhã seguinte que minha mãe descobriu que Annie não estava na cama, nem no quarto, nem em qualquer outro lugar da casa.

A polícia foi acionada. Fizeram perguntas, buscas. Oficiais uniformizados e moradores, incluindo meu pai, espalharam-se em linhas irregulares pela área da antiga mina e por campos ainda mais distantes, com os ombros arqueados para se protegerem da chuva torrencial, vestidos com longas capas impermeáveis pretas, parecendo abutres gigantescos. Caminhavam com passo lento e cansado, como se ao ritmo de uma batida interna sombria, e cutucavam o chão com galhos e paus.

Eu queria ir com eles. Pedi, implorei, mas um oficial de rosto amável, barbudo e careca no alto da cabeça, pôs a mão no meu ombro e disse, suavemente:

— Não acho uma boa ideia, filho. É melhor ficar aqui, ajudar sua mãe.

Na época, senti raiva. Achei que ele estivesse me tratando como uma criança, um estorvo. Mais tarde, entendi que tentava apenas me proteger. Evitar que eu encontrasse o corpo de minha irmã.

Eu podia ter dito a ele que era tarde demais para me proteger. Podia ter contado muitas coisas à polícia, mas ninguém queria ouvir. Até tentei. Falei para eles que às vezes Annie saía escondida de casa para me seguir quando eu me encontrava com meus amigos. Algumas dessas vezes já tive que levá-la de volta. Eles assentiram e fizeram anotações, mas não fez diferença. Que Annie tinha saído escondido de casa eles *sabiam*. Só não sabiam para onde tinha ido.

A única coisa que eu *não podia* contar era a verdade, não *toda* a verdade, porque ninguém teria acreditado. Eu mesmo não tinha certeza de que acreditava.

A cada segundo, a cada minuto, a cada hora, o terror e a culpa aumentavam. Nunca tive tanta noção da minha covardia quanto durante as quarenta e oito horas em que minha irmã esteve desaparecida. O medo combatia essa minha constatação e me dilacerava por dentro. Não tenho certeza de qual teria sido o vencedor dessa batalha se o impossível não tivesse acontecido. Viro a página:

ENCONTRADA MENINA DE OITO ANOS DESAPARECIDA.

Alegria dos pais!

Eu estava na cozinha preparando torradas para meus pais quando Annie voltou. O pão estava velho e um pouco mofado. Ninguém comprava nada havia uma semana. Raspei o mofo e coloquei o pão na grelha. Não faria diferença. Eles não comeriam mesmo. Eu acabaria jogando o pão no lixo junto com as refeições intactas da véspera.

Ouvimos uma batida à porta. Erguemos o rosto ao mesmo tempo, mas ninguém se mexeu. Três batidas. Significariam notícias? Aos nossos ouvidos, soavam como código Morse. Toc, toc, toc. Boas ou más?

Foi mamãe quem tomou a iniciativa. Talvez fosse a mais corajosa, ou talvez apenas estivesse cansada de esperar. Precisava de uma resposta, qualquer que fosse. Empurrou a cadeira para trás e com pernas bambas foi até a porta. Papai não deu um passo sequer. Eu fiquei no corredor. Sentia o cheiro da torrada queimando, mas ninguém se preocupou em tirá-la da grelha.

Mamãe abriu a porta. Um policial estava lá. Não consegui ouvir o que ele dizia, mas vi mamãe fraquejar e segurar-se no batente da porta. Meu coração quase parou. Eu não conseguia engolir. Não conseguia respirar. E então ela se virou e gritou:

— *Ela está viva! Eles a encontraram! Encontraram nosso bebê!*

Fomos juntos à delegacia (na época havia uma em Arnhill), espremidos no banco traseiro de um carro de polícia azul e branco: meus pais com olhos cheios de lágrimas de alegria e alívio, e eu me sentindo um trapo, suando de nervoso. Quando saímos do carro, minhas pernas cederam e papai precisou me segurar pelo braço.

— Não se preocupe, filho. Agora tudo ficará bem.

Eu queria acreditar nele. Queria mesmo. Sempre acreditei que meu pai tivesse razão em tudo. Sempre confiei no que ele dizia. Mas já naquela época eu percebi. As coisas não estavam bem. Nunca voltariam a ficar bem.

— Ela não falou muita coisa — disse o policial enquanto caminhávamos por um longo corredor azul-claro que cheirava a suor e urina. — Só o nome e me pediu alguma coisa para beber.

Meus pais e eu balançamos a cabeça.

— Foi alguém que a levou? — perguntou mamãe de repente. — Alguém a machucou?

— Não sabemos. Um passeador de cachorros a encontrou vagando pela antiga mina de carvão. Ela não parece ter ferimentos físicos. Está apenas com frio e um pouco desidratada.

— Podemos levá-la para casa? — perguntou papai.

O oficial assentiu.

— Sim, acho que é a melhor coisa a fazer.

Ele segurou a porta da sala de depoimentos.

— Joe. — Mamãe me cutucou e, antes que eu pudesse me recompor ou entender qualquer coisa, entramos.

Annie estava sentada em uma cadeira de plástico ao lado de uma policial que obviamente não sabia lidar com crianças. A mulher estava constrangida e pouco à vontade.

Havia um copo pequeno de suco na mesa e alguns biscoitos intocados. Sem tomar conhecimento deles, Annie mantinha o olhar fixo na parede suja e rabiscada e balançava as pernas para a frente e para trás, o pijama sujo de lama e um pouco rasgado. A policial a envolvera em um cobertor azul grande demais, que, sem dúvida, se destinava aos prisioneiros adultos que em geral frequentavam as celas. Seus pés estavam descalços. E pretos de pó de carvão.

Ela segurava alguma coisa grudada no peito, parcialmente escondida pelo cobertor. Eu só conseguia ver cachos loiros sujos, plástico rosa, um olho azul. Meu couro cabeludo ficou arrepiado. Abe-olhos. *Ela a trouxe de volta.*

— Ah, Annie.

Meus pais correram para abraçá-la. Quase a sufocaram com tantos beijos, e eles próprios ficaram sujos de terra e pó de carvão, mas não se importaram, porque a filha deles estava de volta. Sua garotinha estava em casa, sã e salva.

Annie permaneceu imóvel, o rosto impassível, apenas balançando as pernas sem parar. Mamãe afastou-se devagar, o rosto molhado de lágrimas. Acariciou o rosto de Annie.

— O que aconteceu, querida? O que aconteceu com você?

Fiquei perto da porta, na esperança de que os policiais confundissem minha hesitação com constrangimento de adolescente. Talvez eu estivesse tentando convencer a mim mesmo de que era por isso que eu não me aproximava da minha irmã.

Annie levantou o rosto. Seu olhar encontrou o meu.

— Joey.

Ela sorriu... e foi então que percebi o que estava errado. O que estava tão terrível e assustadoramente errado...

Eu me levanto. A nitidez da lembrança é sufocante, como se estivesse me enforcando. Posso sentir gosto amargo de bile na garganta. Subo a escada com dificuldade e consigo chegar ao banheiro a tempo. Vomito um líquido marrom amargo na pia manchada. Tento me recompor, respirando com dificuldade, mas logo meu estômago tem outro espasmo. Mais vômito abre passagem pela garganta e agora também pelo nariz. Eu me seguro à porcelana fria e tento recuperar o fôlego e parar de tremer. Fico assim por um tempo, esperando que minhas pernas retomem alguma firmeza e olhando para a pia salpicada de vômito.

Por fim, abro a torneira e mando o conteúdo marrom granuloso do meu estômago pelo ralo. Cuspo algumas vezes e respiro fundo, devagar. A água da pia desce ruidosamente pelos canos.

Não é a única coisa que ouço. Agora que parei de vomitar, percebo de novo o zumbido enervante. Mais perto. Insistente. Ao meu redor. Estremeço. O frio está de volta também. *Um frio horripilante.*

Olho para o vaso sanitário. O tijolo continua em cima da tampa. Com cuidado o retiro. Pego então a escova de plástico de limpeza e uso a extremidade fina do cabo para levantar a tampa. Eu me aproximo devagar e olho dentro. Vazio. Olho em volta. A cortina mofada do chuveiro está fechada. Seguro pela beirada e puxo. A única coisa que vejo atrás dela é um resto de gel de banho e uma esponja suja.

Saio do banheiro. O zumbido vem atrás de mim. Dos canos, das paredes? Continuo andando, ainda empunhando a escova de limpar banheiro. Olho o meu quarto. Não vejo nada. Isso me causa um pequeno desconforto. Mas logo passa. Sigo em frente, em direção ao quarto de Ben.

Sinto um cheiro. Não é da escova da privada. É um cheiro intenso, metálico. Já senti antes. Em outra casa. Em outra porta. Mas é o mesmo cheiro intenso, o mesmo *frio horripilante* que percorre minhas entranhas como um parasita gelado.

Coloco a mão no trinco. Abro a porta e imediatamente ligo o interruptor. A lâmpada nua emite uma luz amarelada doentia. Olho ao redor. Não é um quarto grande. Cabe apenas uma cama de solteiro, um guarda-roupa e uma pequena cômoda. O quarto tinha sido pintado. Com várias demãos, imagino...

Vejo tudo isso, mas na verdade não vejo. Porque só enxergo vermelho. Encharcando o colchão novo, escorrendo pela parede. Rios de rubi deslizando das palavras ali escritas.

Escritas por ela. Com sangue dele.

NÃO É MEU FILHO.

Quando ela tomou a decisão? Quando se deu conta? Foi um acúmulo lento, com o horror e o medo aumentando a cada minuto, a cada hora, a cada dia, até ela não aguentar mais? O cheiro, o frio horripilante, os ruídos. Ela já tinha a arma. Mas não a usou em Ben. Ela o matou com as próprias mãos. Consumida pelo medo, pela raiva? Ou aconteceu algo que a deixou sem alternativa?

Eu me forço a fechar os olhos. Quando volto a abrir, o sangue e as palavras sumiram. As paredes estão nuas e limpas, pintadas no mesmo tom monótono de bege do resto da casa. Magnólia Malévola. Dou uma última olhada no quarto. Então saio e fecho a porta. Encosto a testa na madeira e respiro fundo.

É só o chalé. Só o chalé brincando com sua mente.

Eu me viro. Meu coração quase para.

— Meu Deus!

Abe-olhos está sentada no carpete, já quase no patamar. Pernas gorduchas de plástico esticadas para a frente, cachos loiros despenteados, seu olho um pouco vesgo voltado para uma teia de aranha empoeirada num canto. O olho azul bom me contempla com expressão irônica.

Olá, Joey. Voltei. De novo.

Olho ao redor, como se pudesse ver algum ladrão de bonecas insolente rastejando pela escada e rindo da brincadeira de mau gosto. Mas não havia ninguém.

Com as pernas bambas, vou até lá e pego Abe-olhos do chão. O olho solto roda na órbita. O farfalhar do vestido barato de poliéster é um som áspero. O peso da boneca e a sensação do plástico duro e frio na minha mão fazem minha pele se arrepiar.

A vontade de jogá-la pela janela no meio do matagal do quintal é quase irresistível, mas vem à minha mente uma imagem ainda mais desagradável dela rastejando de volta para dentro de casa, seu rosto de plástico e faces rosadas pressionando contra o vidro, espiando no meio da escuridão.

Mudo de ideia e, segurando-a com os braços bem esticados, como se ela fosse uma bomba não detonada, desço as escadas e vou para a cozinha. Abro o armário embaixo da pia, guardo-a lá dentro junto com a escova da privada e fecho a porta com uma pancada forte.

Droga. Meu corpo inteiro treme. Não sei se estou prestes a desmaiar ou a ter um ataque do coração. Pego um copo de água e bebo com sofreguidão.

Tento raciocinar. Talvez eu mesmo tenha trocado a boneca de Annie de lugar e esquecido. Posso ter tido uma espécie de apagão alcoólico. Lembro-me de Brendan ter me contado que, na sua época de bebedeiras, ele sofria alucinações e chegava até a perder a memória. Disse que uma vez acordou e percebeu que havia empurrado um guarda-roupa escada abaixo. Ele não se lembrava de ter feito isso, muito menos do motivo.

— Claro, eu era mais forte e pesava muito mais naquela época. — E concluiu, piscando o olho: — O peso do álcool.

Brendan, penso. Preciso falar com ele. Tento ligar. Cai na caixa postal. Isso me deixa inquieto, embora Gloria tenha garantido que ele está bem. Gloria, imagino, não costuma mentir. Mas seria bom ouvir a voz de Brendan, mesmo que fosse só para me dizer "Vai se ferrar". Sei que posso contar com Brendan sempre que precisar, e sua presença é tão familiar e revigorante quanto um jeans velho ou um par de pantufas. A preocupação me deixa ainda mais desgastado.

Volto mancando para a sala. A pasta continua aberta na mesa de centro. Não acabei de examiná-la. Há páginas que apenas folheei. Mas por hoje chega. Entendo a mensagem: Arnhill é um vilarejo impiedoso onde aconteceram muitas coisas ruins. Funesto. Amaldiçoado. Abandone toda esperança aquele que aqui entrar.

Começo a colocar as folhas de volta na pasta. Uma delas atrai minha atenção. É outro recorte de jornal:

MORTE TRÁGICA DE ESTUDANTE PROMISSORA

A foto: uma adolescente sorridente. Bonita, com um longo cabelo escuro e um piercing prateado no nariz. Algo em seu sorriso me lembra Annie. Mesmo sem querer, dou uma lida rápida na matéria. Emily Ryan, treze anos, estudante do Instituto Arnhill, se matou com uma overdose de álcool e paracetamol. Descrita como "espirituosa, divertida e cheia de vida".

Você já perdeu alguém?

A voz de Beth volta à minha cabeça. É a aluna sobre a qual ela falou. Deve ser. Mas alguma coisa está errada. Eu me sento. Demora um pouco, meu cérebro está exausto e precisa de um tempo para acelerar. Por fim ele pega no tranco.

Na maioria das vezes eu não saberia dizer em qual dia estávamos, mas conseguiria recitar trechos inteiros de Shakespeare (se meu interlocutor fosse muito azarado. E eu realmente não gostasse dele). Sou capaz de memorizar centenas de textos e palavras avulsas. É assim que minha mente funciona. Coleciono informações inteiramente inúteis.

Um ano, um dia, doze horas e trinta e dois minutos.

Esse foi o tempo que Beth disse ter trabalhado no Instituto Arnhill. O que colocaria sua data inicial em setembro de 2016. De acordo com a notícia do jornal, Emily Ryan morreu em 16 de março de 2016.

Claro, talvez Beth tenha se enganado. Pode ter confundido as datas. Mas acho que não.

Ah, mas estou contando, sim.

Isso significa que Beth não lecionava aqui quando Emily Ryan se matou. Com certeza Emily Ryan não era sua aluna. Então por que ela mentiu para mim?

dezoito

Acordo cedo na manhã seguinte. Sem necessidade. Ameaço abrir um olho, resmungo e me viro. É chato perceber que meu cérebro se recusa a mergulhar de novo na inconsciência, ainda que o resto do meu corpo pareça ter se moldado à cama durante a noite.

Continuo deitado por vários minutos, na tentativa de voltar a dormir. Por fim desisto, me desgrudo do colchão e meus pés tocam o chão frio. Café, meu cérebro ordena. E nicotina.

O dia está cinzento, deve chover e o vento junta as nuvens no céu feito um pai correndo atrás de filhos bagunceiros. Sinto um arrepio e acabo logo o cigarro, ansioso para voltar ao relativo calor do interior do chalé.

Os eventos da noite anterior já se tornaram indistintos, um borrão na minha memória. Tiro Abe-olhos do armário. À luz do dia, ela é inofensiva. Apenas uma boneca velha e quebrada. Um pouco gasta, um pouco rejeitada. *Você e eu*, penso.

Agora me sinto mal por tê-la colocado embaixo da pia. Então a levo para a sala e a coloco em uma poltrona. No sofá, termino meu café. Abe-olhos e eu, desfrutando um pouco da ociosidade matinal.

Tento ligar para Brendan mais duas vezes. Nada. Leio de novo a matéria sobre Emily Ryan. Faz tão pouco sentido agora de manhã quanto na véspera. Tento me distrair pegando uma pilha de redações para corrigir. Mais ou menos na metade, percebo que acabei de escrever "Caralho, não!!!" ao lado de um parágrafo particularmente mal escrito e desisto.

Olho o relógio. São 9h30. Não tenho a mínima vontade de passar o dia inteiro no chalé. E também não tenho nada para fazer.

Não me resta alternativa.

Decido dar uma caminhada.

As primeiras tentativas de escavação em Arnhill começaram muito tempo atrás, ainda no século XVIII. A mina cresceu, expandiu-se, foi demolida, reconstruída e modernizada ao longo de um período de duzentos anos.

Milhares de homens e famílias construíram seu ganha-pão ao redor da mina. Não era um trabalho. Era um modo de vida. Se Arnhill fosse um organismo vivo, a mina seria um coração pulsante e fumegante.

Quando a mina fechou, o conselho demorou menos de dois anos para arrancar esse coração, embora naquela época ele já tivesse parado de bater fazia tempo. Fuligem e fumaça não circulavam mais em suas artérias de aço. As construções tinham desmoronado e sido vandalizadas. Ladrões haviam roubado grande parte do metal, dos equipamentos e acessórios. De certa forma, a chegada das escavadeiras foi uma bênção.

No final, não sobrou nada. Nada, exceto uma ferida profunda na terra, uma lembrança constante do que havia sido perdido. Algumas pessoas foram embora com suas famílias para procurar trabalho em outro lugar. Outras, meu pai, por exemplo, se adaptaram. Com dificuldade, Arnhill tentava se reerguer. A verdade, no entanto, é que algumas cicatrizes nunca desaparecem por completo.

A paisagem acidentada se ergue diante de mim, com vegetação abundante, flores silvestres e gramados. É difícil acreditar que um dia, neste mesmo lugar, existiram grandes prédios industriais. Que embaixo da terra ainda há poços e equipamentos, abandonados porque seria caro demais removê-los.

Mas não é só isso que há embaixo da terra. Antes das minas, antes das máquinas que perfuravam o solo, houve outras escavações aqui. Outras tradições sobre as quais este vilarejo foi construído.

Começo a subir, satisfeito por ter trazido a bengala para me ajudar a percorrer o terreno irregular. Encontrei uma passagem estreita na cerca divisória. A grama pisoteada e a terra nua do outro lado indicam que o acesso é bastante utilizado.

Quando criança, eu conhecia bem este lugar. Agora ele me é estranho. Não consigo identificar exatamente onde estou, nem onde ficavam os poços antigos. E a escotilha não existe mais. Ela foi perdida, junto com nosso caminho de entrada, graças a Chris. Para sempre, achava eu. Mas eu deveria ter imaginado.

Algumas coisas não permanecem enterradas. E as crianças sempre encontram um caminho.

Paro depois de uma subida íngreme para recuperar o fôlego. Ainda que não tivesse uma perna aleijada, não sou uma pessoa de trilhas e escaladas. Fui feito para me sentar a mesas ou em bancos de bar. Nunca sequer corri para pegar um ônibus. Tento obrigar meus pulmões a absorver um pouco do oxigênio tão necessário. Mas logo desisto, pego um cigarro no bolso e acendo. Eu achava que, quando chegasse aqui, teria uma lembrança instintiva, uma intuição, uma espécie de radiestesia interior. Mas não houve nada. A única coisa que sinto é uma pontada nas costelas machucadas. Talvez eu tenha me esforçado demais para esquecer. Não sei ao certo se isso me causa decepção ou alívio.

Observo ao redor as linhas onduladas marrons e verdes. Grama descuidada e arbustos espinhentos, encostas de cascalho escorregadio e buracos profundos cheios de água barrenta de pântano e juncos ao sabor do vento.

Quase posso ouvi-los sussurrando para mim: *Pensou que podia simplesmente vir até aqui e encontrar seu caminho de volta? Não é assim que as coisas funcionam, menino Joey. Você ainda não aprendeu nada? Você não me encontra. Eu o encontro. E trate de não se esquecer disso.*

Estou um pouco trêmulo. Talvez esta pequena subida à colina da memória, como muitos dos meus atos, seja um exercício infrutífero. Talvez o e-mail também não seja importante. Nem a mensagem de texto. Ou nada disso. Talvez o melhor seja fazer o que tenho que fazer e ir embora. Não sou de bancar o herói. Não sou o sujeito do filme que volta, soluciona o mistério e fica com a mocinha. No máximo sou o amigo inconveniente que nunca vai além do segundo ato. O que aconteceu aqui foi há muito tempo. Passei vinte e cinco anos sem precisar voltar ao passado. Por que me preocupar agora?

Porque está acontecendo de novo.

Quem se importa? Não é problema meu. A luta não é minha. Com um pouco de sorte, as escavadeiras farão com que todo este vilarejo podre vá para o fundo da terra, e isso sim determinará seu fim.

Começo a me virar para descer, mas algo chama minha atenção. Alguma coisa se mexendo no chão. Observo por um momento. Então me abaixo e a pego. Uma embalagem de Wham. Eu reconheceria aquele azul vibrante e aquele vermelho em qualquer lugar. Os bolsos de Chris viviam recheados disso. Se ele tivesse chegado à idade adulta, duvido que seus dentes o tivessem acompanhado.

Aperto a vista para avaliar a encosta. Tenho certeza de que não é tão íngreme. Ainda assim, enfio o invólucro no bolso e começo a descer. É realmente mais inclinado do que julguei do topo e, na metade do caminho, minha perna ruim fraqueja, meus pés escorregam, e deslizo de costas a distância de alguns metros que resta.

Fico deitado por um momento, tremendo e sem fôlego. Vai ser difícil me levantar. Fecho os olhos e respiro fundo algumas vezes.

—Você não ligou para a minha mãe.

Levo um susto e me sento. Uma jovem com o rosto pálido emoldurado pelo capuz de uma jaqueta aparece acima de mim, me olhando. Está segurando um cachorro preto, pequeno e magricela pela coleira. Acho que a conheço de algum lugar, e de repente cai a ficha. A atraente garçonete do pub. *Lauren*.

Se ela percebeu que caí e estou coberto de terra, não deixa transparecer.

— Estou bem — digo. — Obrigado pela preocupação.

— Um velho caiu aqui no ano passado. Morreu de hipotermia.

— Graças a Deus uma boa samaritana feito você me encontrou.

Pego a bengala e tento me levantar. O cachorro fareja minhas botas. Gosto de cachorro. São descomplicados. Fáceis. Ao contrário das pessoas. Ou dos gatos. Aproximo a mão para fazer carinho embaixo do focinho. Ele rosna, mostrando os dentes. Recuo depressa.

— Ele não gosta de carinho — explica Lauren.

— Entendido.

Ao redor do pescoço do cachorro, quase como se fosse uma coleira, há uma falha no pelo: uma cicatriz antiga.

— O que aconteceu com ele?

— Ficou preso num arame farpado. Teve um corte feio no pescoço.

— É incrível que tenha sobrevivido.

Ela dá de ombros.

— É seu?

— Não, é da minha mãe. Está com ela há anos.

—Você passeia muito com ele por aqui?

— Acho que sim.

— Muitas pessoas vêm aqui em cima?

— Algumas.

As palavras "sangue" e "pedra" vêm à minha mente.

— Ouvi dizer que alunos da escola sobem aqui também.

— Não todos.

— Quando eu era pequeno, fazia isso com amigos. Procurávamos caminhos para chegar aos antigos poços.

— Deve ter sido há muito tempo.

— Foi mesmo. Obrigado por esfregar na minha cara.

Ela não sorri.

— Por que não ligou para minha mãe?

— Não preciso de faxineira no momento. Desculpe.

— Tudo bem.

Ela se vira para ir embora. Percebo então que estou perdendo uma oportunidade.

— Espere.

Ela olha para trás.

— Sua mãe fazia limpeza do chalé para a Sra. Morton?

— Fazia.

— Então ela a conhecia?

— Na verdade, não.

— Mas elas deviam se falar, imagino.

— A Sra. Morton era muito reservada.

— Sua mãe nunca mencionou se a Sra. Morton apresentava um comportamento estranho? Se parecia chateada, perturbada?

Ela dá de ombros.

— Ouvi dizer que Ben desapareceu. Acha que ele fugiu?

Ela dá os ombros de novo. Tento uma última vez.

— Ben era uma das crianças que vinham para cá? Eles encontraram alguma coisa? Talvez um túnel, uma caverna?

— Você deveria ligar para minha mãe.

— Já falei que não preciso... — Então me dei conta. — Se eu ligar para sua mãe, ela falará comigo?

Ela olha para mim.

— Ela cobra dez libras por hora. Cinquenta para uma faxina geral.

Entendo o que ela quer dizer.

— Certo. Pensarei no assunto.

O cachorro se aproxima das minhas botas novamente. Lauren puxa de leve a guia. Ele franze o focinho cinza para ela.

— Ele deve ser bem velho — digo.

— Minha mãe fala que já era para ele ter morrido.

— Tenho certeza de que não está falando sério.

— Está, sim. — Ela se vira. — Preciso ir.
— Até outra hora, então! — digo atrás dela.
Ela não retribui a despedida, mas enquanto se afasta ouço-a murmurar, quase para si mesma:
—Você está no lugar errado.
Esquisitice é pouco...

Quando volto, uma van branca está estacionada na frente do chalé. Há um desenho de uma enorme torneira na parte de trás. Deduzo que pertence a um encanador. Levando em conta meus atuais problemas no banheiro, seria muito bom. Se eu tivesse chamado um encanador.

Quando me aproximo, meus piores temores se confirmam. A inscrição na lateral diz: Fletcher & Filhos Encanamento e Aquecimento. As portas se abrem de repente. Cabelo Esquisito sai por um lado. Outra figura, menos familiar, desce pelo lado do motorista. Cospe um catarro amarelo no chão.

— Thorney. Caralho. Jamais pensei que voltaria a vê-lo aqui.

Não posso dizer o mesmo. Eu sempre soube que Fletch nunca iria embora. Alguns garotos nunca saem daqui. Não que eles não queiram morar em outro lugar. O caso é que nunca lhes passou pela cabeça que sequer existe outro lugar.

— O que posso dizer? — Estendo os braços. — Senti falta da recepção calorosa.

Fletch me olha de cima a baixo.

—Você não mudou.

Mais uma vez, não posso dizer o mesmo. Se os anos não foram generosos para nenhum de nós, foram especialmente cruéis para Nick Fletcher. Sempre foi um jovem de cara tosca; devia ter sido uma daquelas crianças que já tinham cara de velha ainda nas fraldas. Perdeu os músculos vigorosos que um dia fizeram dele um segurança tão eficiente para Hurst. Agora está magro, quase esquelético. O cabelo muito curto tem um tom amarelo sujo de nicotina e seu rosto é sulcado por rugas profundas que apenas doenças ou uma vida inteira de bebida e cigarro podem esculpir.

Ele vem até mim. Cabelo Esquisito vem escondido atrás, de um modo que, imagino, era para ser ameaçador, mas só faz parecer que ele está sofrendo de intestino preso. Observo o nariz inchado e os hematomas sob os olhos. Gloria. Eu me pergunto se seu irmão ainda está tratando o ombro machucado. Sinto uma pontada de satisfação.

O próprio Fletch tem o andar não muito diferente do meu: um andar típico de quem luta contra alguma dor ou uma rigidez nas articulações. Artrite, talvez? As juntas deformadas de suas mãos são mais uma revelação involuntária. Acho que dores de cabeça cobram seu preço depois de algum tempo.

Quando ele se aproxima, sinto seu cheiro. Chiclete Juicy Fruit e cigarro. O cheiro de Fletch sempre foi de chiclete Juicy Fruit e cigarro. Talvez ele não tenha mudado tanto assim.

— Você não é bem-vindo aqui, Thorney. Por que não faz um favor para todo mundo e volta rastejando para baixo da pedra nojenta de onde saiu?

— Uau. Essa foi uma frase longa para você. Um pouco batida. Uma mistura sem sentido de adjetivos e verbos, mas não é de todo má.

Seu rosto fica sombrio. Cabelo Esquisito se aproxima. Posso sentir o ímpeto violento mal contido. Ele não só está pronto para me dar uma surra. Está ansioso para isso. Babando feito um cachorro de olho em um osso suculento.

Tal pai, tal filho. Fletch sempre preferiu bater primeiro e fazer perguntas depois. Não precisava de desculpa para machucar alguém, mas Hurst, solicitamente, lhe deu uma. Fletch gostava de quebrar dentes e deixar olhos roxos. Era um lutador cruel e sujo. E não se rendia. Vi Fletch enfrentar sujeitos maiores e vencê-los com extrema crueldade e obstinação. Se Hurst não mantivesse rédea curta, acredito que, mesmo naquela época, ele poderia facilmente ter espancado alguém até a morte.

Ele levanta a mão disforme para o filho, que tropeça e por fim para.

— O que quer?

— Paz mundial, salários justos, um futuro melhor para nossos filhos.

— Ainda se acha engraçado?

— Alguém tem que achar.

A mão vacila.

— Quero ver Hurst — respondo, sem rodeios. — Acho que podemos chegar a um acordo que será bom para ambos.

— É mesmo?

— Tenho uma coisa que ele quer. E darei a ele com prazer. Por um preço, claro.

Ele dá uma risada de desdém.

— Você sabe que Hurst mandou pegar leve com você naquela noite. Talvez não seja tão generoso agora que está sendo ameaçado.

— Estou disposto a correr o risco.

— Então você é mais idiota do que parece.

— Acha mesmo? Porque tenho a impressão de que seu filho levou uma boa surra ontem de noite também. — Sorrio para Cabelo Esquisito. — Como está o ombro do seu irmão?

Seu rosto fica vermelho.

—Você teve sorte, aleijado.

— Sim — diz Fletch. —Você não tem grandes parceiros para ajudá-lo agora...

Grandes parceiros? Então seus filhos não admitiram apanhar de uma mulher.

— E ninguém tira onda com meus rapazes — rosna Fletch.

Ele abaixa a mão.

Cabelo Esquisito parte para o ataque. Mas dessa vez estou preparado. Quando ele levanta o punho, giro a bengala. Ela o atinge com força acima da orelha e ele cai. Enfio a bengala na sua barriga e depois dou uma pancada com ela nas suas costas. Ele se dobra como um origami particularmente feio.

Fletch vem para cima de mim. Mas é mais velho e mais lento que o filho. Desvio o corpo e enfio a bengala entre suas pernas. Ele grita e cai de joelhos, encolhido. Ao longo dos anos eu mesmo acumulei algumas dicas sobre como provocar dor. Eu me debruço nele, um pouco ofegante.

—Você estava enganado — digo. — Eu *mudei*, sim.

Ele olha para mim com os olhos cheios de lágrimas.

—Você é um homem morto.

— Diz o homem segurando as bolas. Agora fale para Hurst que quero encontrá-lo. Ele pode escolher a noite. Mas precisa ser esta semana.

—Você não tem ideia de onde está se metendo.

Cabelo Esquisito começa a se levantar. Parece atordoado, e vejo que é mais jovem do que imaginei antes. Sinto uma pontada de culpa. Mas só uma pontada. Balanço a bengala e bato com ela no seu nariz inchado. O sangue jorra. Ele grita e segura o rosto.

— Não. *Você* não tem ideia do que estou me livrando. Tem cinco minutos para sair daqui ou chamo a polícia.

Vou cambaleando para o chalé. Agora que a adrenalina começa a baixar, meu corpo machucado grita de dor causada pelo esforço.

Fletch grita atrás de mim:

— Sua irmã está morta. Você não pode trazê-la de volta...

A frase fica em suspenso. Ele não conclui. Não precisa.

dezenove

1992

Tínhamos combinado um novo encontro no poço da mina para as nove da noite. Ninguém aparecia por lá tão tarde e não queríamos que ninguém nos visse e nos perguntasse o que estávamos fazendo.
 Programei escapar em algum momento após o jantar. Mamãe estaria ocupada com uma pilha de roupas para passar e papai já estaria no pub. Só havia uma coisa que eu precisava fazer antes. Saí pela porta da cozinha e fui até o galpão, no quintal. Era onde meu pai guardava as ferramentas e o antigo equipamento de mineração.
 Perdi algum tempo procurando o que queria, afastando teias de aranha e aranhas mortas. Por fim encontrei. Uma jaqueta de trabalho velha, botas resistentes, corda, uma lanterna e... *sim*... um capacete de mineiro. Peguei-o, limpei um pouco da poeira e movimentei de um lado a outro a pequena lâmpada acoplada a ele. Imaginei que ela talvez não funcionasse, mas, para minha surpresa, um potente feixe de luz amarela surgiu.
 — O que você está fazendo?
 Dei um pulo e me virei, quase derrubando o capacete.
 — *Merda!* O que *você* está fazendo, me seguindo na surdina?
 Annie estava no vão da porta, sua silhueta magra emoldurada pela luz vespertina cada vez mais fraca. Vestia um pijama cor-de-rosa dos Ursinhos Carinhosos, o cabelo comprido preso em um rabo de cavalo.
 Minha irmãzinha. Oito anos e tão madura. Engraçada, briguenta, teimosa, boba. Estupidamente inteligente, irritantemente doce. Hilária, frustrante, divertida. O corpo pequenino mais ossudo, embora de certa forma também o

mais macio, que já me envolveu em um emaranhado de braços e pernas. Um sorriso dentuço capaz de amolecer o coração mais insensível. Uma menina sapeca e durona que ainda queria acreditar em Papai Noel e magia. Mas, afinal, quem não quer?

— Você não deveria falar palavrão — reclamou ela.
— Está bem, está bem. Eu sei. Mas você não deveria xeretar as pessoas escondida.
— Não fiz nada escondido. Você é que não estava ouvindo direito.

Uma das muitas coisas inúteis da vida é discutir com uma criança de oito anos. Por mais inteligentes que sejamos, a lógica de quem tem oito anos sempre vence.

— Bem, eu estava ocupado.
— Ocupado com o quê? Isso é do papai?

Larguei o capacete no mesmo instante.

— É. E daí?
— Ué, o que está fazendo com ele? — De repente ela reparou na mochila na minha outra mão. — Está pegando coisas do papai?

Eu amava minha irmã. Amava muito. Mas, às vezes, ela era muito chata. Parecia um terrier. Quando cismava com alguma coisa, não largava por nada.

— Olha, só estou pegando emprestado, ok? Ele não usa mais mesmo.
— Para que quer emprestado?
— Não é da sua conta.

Ela cruzou os braços e estreitou os olhos. Um olhar que eu sabia que significava problema.

— Pode ir me contando.
— Não.
— Se não falar, vou contar para a mamãe.

Suspirei. Eu estava tenso e preocupado. Na verdade, eu não queria voltar para aquela estranha escotilha no chão. Não sabia por que estávamos fazendo aquilo, mas não podia desistir se não ia dar uma de covarde na frente dos outros, e no meio disso minha irmã de oito anos tinha decidido me perturbar.

— Escuta aqui, é uma chatice do car... uma chatice muito grande. Vamos até a antiga mina rapidinho.

Ela se aproximou.

— Então, por que precisa das coisas do papai?

Suspirei de novo.

— Tudo bem, se eu contar, você promete que não conta para ninguém?
— Prometo.

— Encontramos um buraco muito fundo que vai até o centro da terra e vamos entrar nele porque acreditamos que lá embaixo tem um mundo perdido cheio de dinossauros.

Ela olhou para mim.

—Você só fala merda.

E olha quem está falando palavrões agora.

— Então tá. Não acredite em mim.

— Não mesmo.

— Ótimo.

Uma pausa. Enfiei o capacete, as roupas, a corda e as botas na mochila, fechei-a e a coloquei nas costas.

— Joey?

Eu detestava ser chamado de Joey por qualquer pessoa, exceto por minha irmã, sobretudo porque parecia um insulto muito doce.

— Sim?

—Toma cuidado.

E então ela correu para dentro de casa, com os pés descalços e sujos e o rabo de cavalo balançando para cima e para baixo.

Fiquei olhando minha irmã entrar e gostaria de dizer que tive um arrepio de premonição. Que uma nuvem atravessou o céu levada por um vento agourento. Que os pássaros se agitaram e gritaram das árvores ou que um trovão repentino quebrou a tranquilidade da noite.

Mas não houve nada disso.

Esse é o problema com a vida. Ela nunca dá um aviso. Nunca oferece nenhum indício, por menor que seja, de que um momento pode ser importante. Você pode querer torná-lo mais longo, saboreá-lo. A vida nunca nos permite saber que algo vale a pena ser guardado até o último minuto.

Vi Annie afastar-se saltitante, feliz, inocente, despreocupada, e eu não tinha ideia de que aquela seria a última vez que a veria daquele jeito.

E não percebi que ela tinha pegado a lanterna.

Fletch, Chris e eu estávamos parados ao redor da escotilha. Hurst ainda não tinha aparecido. Parte de mim, grande parte, torcia para que ele não aparecesse.

Usávamos botas, roupas escuras e casacos pesados, com exceção de Chris, que parecia ter passado o dia inteiro no parque, de jaqueta leve, jeans e tênis. Eu era o único que havia levado um capacete de mineiro (e a corda na mochila), mas todos tinham lanternas. Estávamos prontos. No entanto, sem ferramentas para abrir a escotilha, estávamos prontos para nada.

— Onde ele se meteu, porra? — resmungou Fletch, enquanto pegava um maço da B&H.

Dei de ombros.

— Talvez ele não venha.

Assim poderíamos todos voltar para casa e esquecer esse plano ridículo sem nos sentirmos mal ou parecermos covardes.

Chris esfregou os tênis no chão. Fletch fumou seu cigarro até o fim. Fingi que estava impaciente, olhando o relógio a toda hora, mas a verdade é que eu me sentia cada vez mais aliviado. Estava a ponto de sugerir que desistíssemos e fôssemos embora quando ouvi uma voz familiar gritar:

— Tudo bem, rapaziada?

Todos nos viramos. Hurst descia a encosta. E não estava sozinho. Marie corria atrás dele.

— O que ela está fazendo aqui? — perguntou Chris.

— Ela é minha namorada, só isso.

Senti meu coração deslizar até minhas botas enormes. Além de Marie estar com roupas inadequadas para explorar cavernas — jeans desbotado e salto alto —, ela também carregava uma sacola com uma garrafa de Diamond White dentro.

— Então, estamos preparados? — Hurst sorriu e ergueu o pé de cabra.

Senti sua voz um pouco arrastada.

— Preparados. — Fletch jogou a guimba do cigarro para o lado, onde ela cintilou como um olho vermelho ressentido.

Chris esfregou de novo os tênis no chão, como se precisasse ir ao banheiro ou estivesse com um sapato apertado. Parecia nervoso, mas seu nervosismo era diferente do meu. Ele irradiava agitação.

— Ela não deveria estar aqui — murmurou, quase que para si mesmo.

Marie olhou para ele.

— Está falando de mim?

Apesar da situação, e concordando com Chris, não pude deixar de reparar que ela estava linda naquela noite. O cabelo um pouco despenteado e o rosto com um rubor rosa encantador devido à caminhada (e talvez à sidra). Engoli em seco e arrastei um pouco os pés também.

Ela se aproximou de Chris.

— Está dizendo que eu não deveria estar aqui porque sou menina? Como se eu fosse patética demais para fazer as mesmas coisas que vocês?

Marie podia ter pavio curto, mas havia algo nela naquela noite — mais uma vez, talvez fosse a sidra — que a deixava ainda mais disposta ao confronto.

Chris recuou.

— Não. É só que...

— O quê?

— Nada — acrescentei, depressa. — Chris quis apenas protegê-la. Não sabemos o que há lá embaixo. Pode ser perigoso.

Ela parecia querer recomeçar a discussão. Mas logo seu rosto se suavizou.

— Bem, agradeço, mas não se preocupem comigo. Sei me cuidar sozinha. — Pegou a garrafa de Diamond White da sacola, tirou a tampa e deu um gole.

— E se não souber, *eu* cuido — intrometeu-se Hurst, agarrando primeiro o traseiro de Marie e depois a sidra, tomando vários goles diretamente do gargalo.

—Vamos lá, então — murmurou Fletch.

Eu seria capaz de jurar que ele também não se sentia bem com Marie ali. Mas por um motivo diferente. Fletch sempre se considerou o melhor amigo de Hurst. Marie estando conosco, ele descia um degrau na hierarquia.

—Você tem razão — disse Hurst, devolvendo a sidra para Marie.

Cambaleante, ele enfiou o pé de cabra sob a borda metálica da escotilha. Na primeira tentativa, não conseguiu; o pé de cabra escapou de sua mão.

— Merda!

Recolheu a ferramenta do chão e a enfiou de novo embaixo da escotilha. Mais uma vez, ela escapou.

— Talvez esteja emperrada — sugeri.

Ele me olhou com cara feia.

—Você acha, é, sabichão? — Olhou para Fletch e de novo para mim. — Me ajudem, então!

Relutantes — eu, pelo menos —, nos aproximamos. Fletch chegou primeiro. Segurou o pé de cabra logo abaixo da mão de Hurst e ambos se agacharam.

Fiquei de olho na escotilha, torcendo para que não se movesse. Dessa vez, no entanto, ouvimos um guincho. De metal enferrujado cedendo após anos parado.

— Mais um pouco — gemeu Hurst, com os dentes cerrados.

Eles insistiram, e logo consegui ver a escotilha se elevar. Alguns centímetros de escuridão apareceram entre o metal e a terra. Meu mau pressentimento subiu junto.

— De novo — grunhiu Hurst.

Fletch deu um rugido, um belo rugido, e forçou novamente o pé de cabra. A escotilha subiu mais um pouco.

— Ajudem! — gritou Hurst.

Chris e eu nos abaixamos e seguramos a borda metálica. Marie também se aproximou. Todos nós fizemos força. Era pesada, mas não tanto quanto eu imaginava.

— Um, dois, três.

Puxamos ao mesmo tempo e, de repente, do nada, ela cedeu. Cambaleamos para trás quando a porta bateu no chão soltando uma nuvem de terra e poeira, com um baque surdo que senti ressoar através das solas das minhas botas.

Hurst deu um grito triunfante. Largou o pé de cabra no chão e fez um high-five com Fletch. Marie ria feito doida. Até eu senti, por um momento, uma explosão de adrenalina. Só Chris permaneceu calado, o rosto impassível.

Demos um passo à frente e olhamos dentro do buraco. Fletch acendeu a lanterna. Ajustei a luz no capacete de mineiro. Eu esperava ver alguma coisa na escuridão. Um buraco preto que nossas luzes mal conseguiriam penetrar; uma longa queda direto para o nada.

Não foi o que vi. O que vi foi pior. Degraus. Degraus de metal cravados na rocha, uma espécie de escada, lá para baixo, muito baixo. Eu nem conseguia ver onde acabavam os degraus. Um calafrio percorreu minha espinha.

— Merda — murmurou Hurst. — Você estava certo, Fofão. *Há* mesmo uma entrada.

Uma entrada para onde?, pensei. Que diabo esperávamos encontrar lá embaixo?

Hurst ergueu de novo os olhos. Eles brilhavam. Eu conhecia esse olhar. Impassível, perigoso, insano.

— Então, quem vai primeiro?

Uma pergunta sem sentido. Porque...

Ele se virou para mim.

— Thorney, você tem todo o equipamento.

Claro. Olhei de novo dentro do buraco. Senti um frio na barriga. Eu não queria descer. Nada do que pudéssemos encontrar no fundo daquele poço escuro e profundo poderia ser bom. Nada daquilo era bom.

— Não sabemos aonde este poço vai dar — argumentei. — Esses degraus parecem velhos, enferrujados. Podem ceder. Seria uma queda terrível.

Fletch deixou escapar uma longa risada debochada.

— Qual é o problema, Thorney? Amarelou?

Sim. Amarelei. Amarelei bem amarelado.

Há momentos na vida em que é preciso fazer uma escolha. Fazer o que é certo ou ceder à pressão dos colegas. Se eu virasse as costas e fosse embora naquele momento, estaria fazendo a coisa certa e sensata; os outros talvez até me acompanhassem; mas eu poderia esquecer que algum dia fiz parte da turma de Hurst. Poderia esperar passar o resto dos meus dias almoçando no estacionamento de ônibus da escola.

Ainda assim, pelo menos estaria vivo para almoçar.

— Joe? — Era Marie. Ela segurou meu braço. Depois sorriu, um sorriso bêbado e preguiçoso. — Não precisa descer se não quiser. Está tudo bem.

Foi o que bastou para eu tomar minha decisão. Levantei a mão e apertei a correia do capacete do meu pai.

— Eu vou.

—Você é o cara! — Hurst bateu de leve nas minhas costas. Olhou para os outros à nossa volta. — Tudo pronto?

Acenos de cabeça e murmúrios de confirmação. Mas eu podia ver nervosismo no rosto de Fletch. Apenas Hurst demonstrava confiança, impulsionado pela bebida e por uma incontrolável empolgação. E Chris. Chris aparentava a mesma tranquilidade de quem está dando um passeio no shopping.

— Certo. Vamos logo, então. — Hurst pegou sua gravata do chão. Amarrou-a ao redor da cabeça e sorriu. — O primeiro round está decidido.

Então, como se tivesse se lembrado de alguma coisa, abaixou-se e pegou o pé de cabra.

Olhei aquilo e senti um bolo estranho formar-se no meu estômago.

— Por que levar isso?

Ele riu de novo e bateu com o pé de cabra na palma da mão.

— Por precaução, Thorney. Por precaução.

Os degraus *estavam* enferrujados e eram estreitos. Mal cabia a ponta dos meus pés. Eles gemiam e cediam quando eu colocava meu peso. Desesperado, segurei-me como pude, rezando para conseguir aguentar o tempo necessário a fim de chegar ao fundo.

Acima de mim, eu ouvia os outros vindo e sentia pedaços de metal e terra caindo no capacete. Mesmo que eu tivesse me sentido meio ridículo ao colocá-lo, estava satisfeito pela proteção e por ficar com as duas mãos livres para me segurar.

Enquanto eu descia, contava. *Dez, onze, doze.* Quando contei *dezenove*, meu pé não alcançou o degrau. Ele agitou-se no ar, mas logo aterrissou em chão sólido. Senti um grande alívio. Estava pisando no chão. Tinha conseguido.

— Estou no fundo! — gritei.

— O que dá para ver? — perguntou Hurst do alto.

Olhei ao redor, onde a luz do capacete lançava uma pálida claridade amarelada. Era uma pequena caverna. Com capacidade para abrigar no máximo meia dúzia de pessoas. Com exceção do que pareciam ossos de animais espalhados no chão, estava vazia. Eu não sabia se ficava aliviado ou desapontado.

— Pouca coisa.

Hurst aterrissou ao meu lado com um baque. Fletch, Chris e Marie vieram em seguida. Ela desceu meio sem jeito por causa do salto e sempre agarrada à sacola da sidra.

— É isso? — perguntou ela.

Fletch percorreu o local com a lanterna e cuspiu no chão.

— Que buraco de merda.

— Acho que foi perda de tempo — falei, tentando não demonstrar minha satisfação.

Hurst franziu o cenho.

— Foda-se. Preciso mijar.

Virou-se para a parede. Ouvi o zíper abrindo e depois o jato de urina tocando o chão. O cheiro acre, carregado de sidra, invadiu o pequeno espaço.

Chris continuou observando o local, a testa franzida.

Virei-me para ele.

— O que foi?

— Pensei que haveria mais coisa.

— Bem, não há, então...

Mas ele não estava me ouvindo. Começou a circular pela caverna, feito um cão que fareja um osso. De repente parou em um ponto na rocha onde as sombras pareciam se fundir e se tornar mais intensas. Curvou-se.

E então sumiu. Pisquei, incrédulo. O que aconteceu?

— Aonde ele foi? — perguntou Marie.

Hurst fechou o zíper do jeans e virou-se.

— Onde está Fofão?

— Aqui — respondeu uma voz.

Direcionei a luz do capacete para onde vinha a voz. E então a vi. Uma fenda na rocha. Pouco mais de um metro, talvez, e estreita. Passaria despercebida a não ser para quem olhasse com atenção. Ou soubesse que ela existia.

— Dá para descer mais! — gritou Chris da escuridão. — Há mais degraus.

— Caralho, parece que é isso mesmo! — exclamou Hurst.

Ele me afastou do caminho, se espremeu pela fenda e foi atrás de Chris. Após um momento de hesitação e mais um gole de sidra, Marie foi também, e depois foi a vez de Fletch.

Suspirei, xingando Chris mentalmente, e me abaixei para acompanhá-los. Minha cabeça bateu na pedra. O capacete. Era largo demais. A luz piscou e se apagou. Droga. Devo ter batido na bateria. Recuei e tirei o capacete. Precisaria carregá-lo de lado. Comecei a me espremer para passar e então parei. Pensei ter ouvido algo. Alguma coisa sendo arranhada e um barulho de pedras chacoalhando. O som viera de trás de mim, dos degraus de metal que havíamos descido.

Olhei ao redor, mas sem a luz do capacete eu não via nada além de sombras e manchas dançando diante dos meus olhos.

— Ei? — chamei. — Tem alguém aí?

Silêncio.

Que idiota, Joe. Não havia ninguém ali. Devia ter sido só o vento soprando pela escotilha aberta. Como poderia haver alguém ali? Ninguém sabia da escotilha. Ninguém sabia que *estávamos* ali. Ninguém mesmo.

Ain't nobody here but us chickens, pensei, um pouco insanamente; uma antiga canção que minha avó tocava: *Não há ninguém aqui além de nós covardes. Não há absolutamente ninguém aqui.*

Lancei para a escuridão um último olhar questionador. Então me virei, passei espremido pela abertura e comecei a descer atrás dos outros.

vinte

— Foi bom o fim de semana?

Beth aparece no meio de uma multidão de alunos, vem na minha direção e para ao meu lado.

Está animada, radiante e tudo o mais que em geral detesto ver em alguém antes das nove da manhã de uma segunda-feira.

Olho para ela por baixo das pálpebras que me pesam como chumbo.

— Excelente.

Ela estreita os olhos e me olha mais de perto.

— Foi mesmo? Porque você está um trapo.

Quase me arrasto pelo corredor.

— É assim que um bom fim de semana deixa qualquer um.

— É verdade. Imagino que na sua idade as ressacas demorem mais a passar.

— *Minha* idade?

— Você sabe, na meia-idade. Quando começam as crises, os exames de próstata etc.

— Você é mesmo um raio de sol que ilumina uma manhã lúgubre de segunda-feira, sabia?

— Isso porque ainda não cheguei ao meu melhor momento.

— Vamos fingir que já chegou ao máximo.

Ela pisca.

— Ah, você saberia quando acontecesse.

— Duvido. Não na *minha* idade.

Ela dá um sorriso fraco mas caloroso, que, na verdade, ajuda um pouco a aliviar meu humor sombrio.

Então por que ela mentiu?

Estou justamente tentando encontrar um jeito de perguntar isso quando um aluno do nono ano, com corte de cabelo de boy band e uniforme apenas no limite do aceitável, derrapa ao fazer a curva no fim de um corredor e quase esbarra em nós antes de conseguir parar, o tênis guinchando no piso.

— Alguém já falou em não correr nos corredores? — pergunto.

— Desculpem, senhor, senhorita, mas vocês precisam ir ao banheiro.

— Já fui, obrigado.

Beth me olha de cara feia e pergunta ao garoto:

— O que houve?

O aluno parece muito nervoso.

— Acho que a senhorita precisa ir até lá ver.

— Precisamos mais do que isso — digo.

— É Hurst... ele está com um garoto lá e... — Ele vacila.

Nenhum aluno gosta de ser dedo-duro.

— Tudo bem. Deixe conosco. — Assinto, indicando que ele pode ir. — E não se preocupe... você não viu nada.

Agradecido, ele dispara pelo corredor.

Olho para Beth. Ela suspira.

— Lá se vai meu café.

Ouço gritos abafados e risadas quando nos aproximamos. Empurro a porta. Alguém está segurando pelo lado de dentro.

—Vai embora. Está ocupado.

— Agora não está mais.

Empurro a porta com o ombro, e entramos. O garoto que a segurava tropeça nos mictórios. Dou uma olhada no cenário. Três dos companheiros de Hurst formam um semicírculo. Hurst está ajoelhado sobre um menino no chão, com um Tupperware ao lado. Seguro seu braço e o levanto.

—Você.Vá para lá.

Olho para o garoto no chão. Sinto um aperto no peito. É Marcus. Sem dúvida.

—Você está bem?

Ele faz que sim. Tenta se sentar, mas não consegue. Estendo a mão, mas ele não a segura. Há algo estranho com sua boca.

— Marcus. Fale comigo. Você está bem?

De repente, ele aperta a barriga, inclina-se para a frente e vomita. Torradas do café da manhã se espalham nos azulejos rachados e manchados, junto com outras coisas. Uma confusão de corpos escuros e patas pegajosas. Um deles tenta rastejar para longe. Sinto meu próprio estômago revirar. Aranhas pernudas.

Pego o Tupperware. Ainda está cheio até a metade com os insetos estranhos. Estavam forçando Marcus a comê-los. Por um momento, não consigo enxergar direito. Manchas brancas turvam minha visão.

— Ideia de quem? — pergunto.

Como se eu não soubesse.

Mais silêncio.

— Eu perguntei... *ideia de quem*?

Minha voz reverbera nas paredes azulejadas.

Hurst se aproxima e seus lábios esboçam um sorriso. O desejo de arrancá-lo do seu rosto é quase incontrolável.

— Ideia minha, senhor. Mas fui provocado.

— Foi mesmo?

— Sim. Marcus tem chamado minha mãe de nomes horríveis. Por causa do câncer. Pergunte a qualquer um.

Ele olha para o seu bando de panacas. Todos concordam.

— Você é um mentiroso — digo.

Ele se aproxima de mim até nossos narizes quase se tocarem.

— Prove o que diz, senhor.

Antes que eu consiga me controlar, empurro-o com força contra a pia. Agarro-o pelo cabelo e bato sua cabeça nas torneiras enferrujadas, várias e várias vezes. O sangue espirra pelas paredes de azulejos e as decora com padrões abstratos de vermelho. Sinto seu crânio estalar e rachar. Vários dentes saltam de sua boca e caem no chão. E não consigo parar. Não consigo parar até...

Beth coloca a mão no meu braço.

— Por que não deixa o assunto comigo, Sr. Thorne?

Pisco. Hurst continua na minha frente, ainda com um sorriso nos lábios. Minha mão direita está cerrada ao lado do corpo. Mas não toquei nele.

Beth pega o Tupperware da minha outra mão.

— Hurst... Não sei o que me impede de suspendê-lo agora mesmo. Mais uma palavra e é exatamente o que farei. Quero todos vocês na sala do diretor. Agora.

— É melhor eu ir com você — digo.

— *Não* — rebate ela, com firmeza. — Você precisa ficar aqui e tomar conta de Marcus.

Em seguida abre a porta e todos saem em fila, inclusive Hurst. Ela se vira e me lança um olhar estranho.

— Discutiremos isso mais tarde, Sr. Thorne.

Sua única resposta é a batida da porta. Olho para a porta fechada por algum tempo, depois volto a dar atenção a Marcus. Ele continua no chão, com o corpo encolhido e a respiração ofegante.

— Consegue se levantar?

Ele faz que sim, discretamente. Estendo a mão e dessa vez ele aceita. Ajudo-o a se levantar e aponto para a pia.

— Por que não lava o rosto e enxágua a boca?

Mais uma vez ele assente, embora sem muita convicção. Olho de novo para as torradas regurgitadas e as aranhas pernudas. O inseto exausto desistiu da tentativa de fuga e esparramou-se no chão.

Suspiro. As coisas que um professor precisa fazer... Entro em um dos cubículos e pego um bocado de papel higiênico (segundo o regulamento da escola, são necessárias várias folhas para obtermos uma porção que não se desintegre ao contato com qualquer coisa molhada ou sólida). Percebo algo boiando no centro do vaso. Um celular. Dou descarga, pois percebo que ele é grande demais para descer pelo cano, depois pesco o aparelho com cuidado e o seco com o papel higiênico. Observo o Nokia antigo e saio do cubículo.

Marcus fecha a torneira, seca o rosto na manga do blazer e pisca para mim. Seus olhos estão vermelhos.

— É seu? — Mostro o telefone.

— Sim.

— O que aconteceu com o iPhone?

Ele baixa os olhos.

— O que você acha?

A raiva queima dentro do peito. É impossível protegê-los o tempo todo. Sei disso. O professor faz o máximo que pode enquanto eles estão na escola. Mas é impossível vigiá-los no caminho para casa, no parque, nas áreas de recreação, nas lojas. Os valentões não deixam de ser valentões quando a aula acaba.

— Marcus...

— Não vou falar com o diretor.

— E não vou forçar. Beth e eu vimos o que aconteceu. Com um pouco de sorte, Hurst será suspenso.

— Ah, claro.

Eu gostaria de contradizê-lo, mas sinto que não tenho essa determinação.

— Nunca se sabe — digo.

— Eu sei. E o senhor também.

Não respondo.

— Posso ir agora, senhor?

Digo que sim. Ele pendura a mochila no ombro e se afasta com passos lentos. Fico parado, olhando o chão vomitado. Marcus não é problema meu, digo a mim mesmo. Nem ficarei aqui por muito mais tempo. Mas, ainda assim, meu lado irritantemente bom quer ajudá-lo. Tento ignorar essa minha faceta e pego mais papel higiênico. Percebo então que fiquei com o celular dele. Deslizo-o para dentro do bolso. Mais tarde procuro por ele e devolvo. Limpo o vômito, com cara de nojo e o estômago embrulhado, e depois saio do banheiro mancando.

Eu poderia ir à sala de Harry, mas meu instinto diz que minha presença talvez só atrapalhe a situação. Além disso, já sei o que vai acontecer. Tenho certeza. Um puxão de orelha. Detenção. Um suspiro profundo de Harry enquanto explica que está de mãos atadas; suspender Hurst no momento não seria apropriado, considerando a doença de sua mãe, sem falar nos exames que se aproximam. E, afinal de contas, crianças são assim mesmo.

O problema é que, se deixarmos que as crianças sejam assim mesmo, muito cedo, antes que alguém perceba, elas estarão manchando a cara dos amigos com sangue de porco, empurrando na beira de penhascos e esmagando cabeças com pedras. Nossa missão enquanto professores, adultos e pais é impedir, em todos os níveis, que crianças sejam assim, ou elas destruirão esse maldito mundo em que vivemos.

Sigo devagar pelo corredor, agora vazio, embora um corredor de escola nunca pareça de fato vazio. Sempre ecoam risadas, conversas e gritos de alunos que há muito tempo já não estudam mais ali. Seus fantasmas, no entanto, permanecem, movendo-se ao meu redor, esbarrando em mim, aos gritos: "Ei, Thorney!" e "Vamos pegá-lo, Fofão!". O sinal toca de novo e de novo enquanto tênis que já viraram poeira rangem nas curvas, ao correrem para aulas que nunca terminam. Às vezes tenho a impressão de que vejo um reflexo diferente do meu no vidro das janelas. Um emaranhado de cabelo loiro, um garoto pequeno e magro com uma massa vermelha disforme onde deveria estar seu rosto. E então tudo desaparece de novo, relegado ao registro da memória.

— Sr. Thorne?

Dou um salto. A Srta. Grayson está na minha frente, segurando uma pilha de pastas azuis apoiada no peito e me dirigindo um olhar frio através dos óculos.

— Não devia estar em aula?

Seu tom de voz faz com que eu me sinta um garoto de calças curtas.

— Hã, sim, estou a caminho.

— Está tudo bem?

— É apenas uma daquelas manhãs. Sabe como é, uma daquelas manhãs que nos fazem perguntar por que viramos professores.

Ela balança a cabeça.

— Está fazendo um bom trabalho, Sr. Thorne.

— Estou mesmo?

— Sim. — Ela coloca a mão no meu braço. Através da camisa, sinto que seus dedos estão frios. — Precisamos do senhor aqui. Não desista.

— Obrigado.

Algo que se assemelha a um sorriso percorre brevemente seu rosto. E logo ela se afasta com seus mocassins confortáveis, cardigã e saia bege, como o fantasma de um período escolar que não volta mais.

Meus alunos do décimo ano estão à minha espera quando por fim entro na sala. E quando digo "à minha espera", quero dizer que estão espalhados pela sala, grudados em seus smartphones, com os pés nas mesas. Quando entro, alguns fazem uma tentativa não muito convincente de colocar os telefones no bolso ou de sentar. A maioria nem se preocupa com isso e mal repara em mim quando penduro minha bolsa na cadeira.

Olho para eles. Apesar das palavras da Srta. Grayson, de repente me sinto deprimido com a futilidade do meu trabalho, da minha vida, do meu retorno a este lugar. Circulo pela sala e distribuo exemplares já bem manuseados de *Romeu e Julieta*.

— Guardem os telefones antes que eu os confisque. E devo avisá-los que muitas vezes faço confusão entre o cofre da escola e o micro-ondas.

Há uma pequena agitação entre os alunos.

— Muito bem — digo enquanto volto para frente da sala. — Lição de hoje: como conseguir *pelo menos* um B nas redações tão pouco criativas que entregaram na semana passada.

Um burburinho percorre a sala. Um aluno mais atrevido levanta a mão:

— O que devemos fazer, senhor?

Eu me sento e tiro da bolsa a pilha de redações que deveria ter corrigido no fim de semana.

— Podem começar ficando calados e fingindo que releem a história, enquanto eu finjo que leio seus textos.

Tiro minha caneta vermelha da bolsa e lanço um olhar significativo ao redor da sala. Eles abrem os livros.

Aula terminada, alunos liberados e correção feita. Ao contrário do que eu possa ter dito, li a maior parte das redações e algumas até mereceram um B. Arrumo minha bolsa, ligo o telefone e vejo se há mensagens. Nada. Nenhuma resposta da minha mensagem enigmática. Não que eu de fato estivesse esperando. Não é assim que essas coisas funcionam. De todo modo, mesmo sabendo que é inútil, tento ligar mais uma vez.

O telefone chama. Franzo a testa. Outro telefone toca ao mesmo tempo. Em perfeita sincronia. Na sala. No meu bolso. Pego o Nokia antigo. O celular de Marcus. Olho para a tela. Meu número pisca. O toque é interrompido e uma voz automatizada me informa que fui direcionado à caixa postal, blá-blá-blá.

Ainda estou olhando a tela, tentando extrair sentido dali — qualquer coisa que faça sentido — quando alguém bate com força à porta da sala. Enfio o Nokia de volta no bolso.

Beth entra e se senta em uma mesa.

— Olá.

— Entre, sente-se.

— Obrigada. Vou me sentar.

— O que aconteceu com Hurst?

— Uma semana de detenção.

— Só isso?

— É mais do que eu esperava. Já vi amebas com mais tutano do que Harry.

— Isso significa que todos os amigos de Hurst confirmaram a história?

— Claro, eles têm tudo decorado como se fosse o refrão de uma música pop terrível.

— É verdade.

Uma pausa.

— Escute, sobre o que aconteceu...

—Você tinha razão — interrompo. — Quase passei dos limites.

— Foi o que pensei.

— Às vezes, com Hurst, parece que a história se repete um pouco demais.

— Sei que isso talvez não seja da minha conta...

— Talvez não.

— Mas tem mais alguma coisa acontecendo entre você e Hurst pai? Com o seu retorno?

— Por que pergunta?

— Não sou a única que tem essa dúvida.

— O que está insinuando?

— Chegou aos ouvidos de Harry que houve alguma coisa entre vocês. Acho que ele está preocupado que isso possa lhe trazer algum problema. E quando falo em problema, quero dizer trabalho.

— Ele não precisa se preocupar. Essa história em particular é antiga.

— Não existe esse tipo de coisa aqui.

Ela tem razão. Arnhill tem mais segredos do que genes compartilhados.

— De qualquer forma — continua ela —, que tal tomarmos uma cerveja e batermos um papo amanhã à noite?

Considero a proposta. Não estou nem um pouco a fim de falar sobre Hurst. Mas *gostaria* de falar com Beth.

— Combinado.

— Ótimo. Essa foi fácil.

— Ai, droga.

Ela sorri e desliza da mesa. Há uma coisa que preciso perguntar a ela.

— Beth, você sabe muita coisa sobre Marcus e a família dele?

— Por quê?

— Curiosidade apenas.

— Bem, a mãe dele é faxineira. Lauren lhe deu seu cartão outro dia no pub.

Ouço um estalo no fundo da mente. É a ficha caindo. Tiro a carteira do bolso e pesco o cartão.

— Serviços de faxina Dawson?

— Isso mesmo.

O que faria de Lauren — garçonete mal-humorada, relutante passeadora de cães — irmã de Marcus. E agora vejo a semelhança. O jeito desengonçado. A esquisitice social. Eu reflito. A mensagem de texto foi enviada do telefone de Marcus. Ele estava no cemitério naquele dia. Não é coincidência. Mas como ele conseguiu meu número? E como saberia das pichações, da minha irmã? Não. Tem mais alguma coisa. Alguma coisa que me escapou.

— A mãe de Marcus... sempre morou aqui?
— A maioria das pessoas em Arnhill não sempre moraram aqui?
— Qual é o primeiro nome dela?
— Ruth.

E *agora* algo desperta no fundo da minha mente. Como aconteceu no meu primeiro dia, nos portões da escola. Uma antiga lembrança despertando.

— Dawson é seu nome de solteira?

Beth revira os olhos.

— Meu Deus! O que pensa que sou? Encarregada do registro de casamento de todas as pessoas em Arnhill? Você sabe muito bem que tenho uma vida fora desta merda.

— Sim, claro. Desculpe.

Ela cruza os braços e olha para mim.

— A propósito, por que quer saber?

Porque sim. Porque preciso de respostas.

— Talvez eu tenha estudado com ela.

Ela dá um longo suspiro.

— Na verdade, *não*, acho que não. O marido morreu há muitos anos. Não chegou a ser uma perda... ele não valia nada, em todos os sentidos. Lauren nem usa seu sobrenome.

— E como você sabe?

— Ajudei Lauren a preencher algumas solicitações de emprego. Percebi que o sobrenome era diferente. Ela me disse que usa o nome da mãe...

— Que é?

— Moore.

Quase bato com a palma da mão na testa. Claro!

Ruth Moore é muito carente, ganha comida e ainda pede coisas pra gente. Ruth Moore é feia e tão sem dinheiro que até lambe merda do chão do banheiro.

Mais uma criança desajeitada e socialmente diminuída. Mais uma vítima. No entanto, às vezes, são essas as crianças que mais enxergam. Sem serem percebidas, absorvem tudo que acontece: as histórias, as fofocas, os detritos da vida escolar, agarrando-se a elas como se agarrariam a uma tora que passasse flutuando na correnteza veloz de um rio. E ninguém jamais percebe o quanto elas sabem. Porque ninguém jamais pergunta.

Beth franze a testa.

—Você está bem?

— Sim. Estava pensando em talvez falar com ela... sobre Marcus.

Entre outras coisas.

— Não custa tentar. Mas ela é um pouco estranha. — Beth olha para mim e reconsidera. — Pensando melhor, é provável que vocês se deem muito bem.

— Obrigado.

— De nada. — Ela caminha até a porta. — Nos vemos mais tarde.

Espero até que o rangido de seus tênis suma e então pego o cartão de Ruth. Serviços de faxina Dawson. No verso, um número e um slogan: "Nenhum trabalho é pequeno demais. Nenhuma bagunça é grande demais."

Ah, se fosse verdade! Infelizmente, há coisas que não se pode simplesmente limpar com um esfregão e um balde de água sanitária. Como sangue, elas permanecem, apodrecendo sob a superfície.

Sei o que aconteceu com sua irmã.

E às vezes elas voltam a aparecer.

Vinte e um

A varanda é pequena e muito bem cuidada. Não parece nem um pouco pobre. Janelas novas de UPVC, porta de madeira moderna, uma vistosa cesta com flores pendurada do lado de fora. Um Fiesta azul está estacionado próximo à calçada, com "Serviços de faxina Dawson" escrito na lateral em letras prateadas.

Sigo pela pequena entrada para a casa. Um gato malhado gordo descansa no peitoril da janela. Olha para mim com um desprezo preguiçoso. Paro na porta. Embora tenha tido o dia inteiro para pensar, ainda não sei ao certo o que fazer. As mensagens eram anônimas por algum motivo. Se Ruth as enviou, ela não deve querer falar. A questão é, *por que* ela as enviou?

Não conheço Ruth. Não a conhecia de verdade tantos anos atrás. Ninguém a conhecia. Não participava de nenhum grupo na escola. Nunca fez amizades. Nunca era incluída. Nunca era a primeira opção, a menos que a atividade em pauta fosse humilhação e tormento.

Lembro que algumas meninas roubaram sua calcinha uma vez depois da aula de educação física. Um grupo de alunos — meninos e meninas — armados com bastões e réguas a seguiu quando ela saiu da escola. Enquanto tentava correr para casa, todos a cercaram, caçoando dela, dizendo palavrões e levantando sua saia. Foi cruel e assustador, e nem sequer tinha conotação sexual. Era apenas mais uma oportunidade de humilhá-la. Não sei ao certo a que ponto a situação teria chegado se a Srta. Grayson não tivesse visto o que estava acontecendo de uma janela, interferido e a levado para casa.

Não que em casa a situação fosse muito melhor. Sua mãe gostava de beber e seu pai tinha um gênio difícil. Não era uma combinação muito boa. Ao que parecia, a rua inteira conseguia ouvir os dois gritando um com outro. Praticamente a única companhia que a garota tinha era um velho cão sarnento que ela costumava levar para passear perto da mina.

Eu não fui uma das crianças que a intimidaram. Não naquele dia. Mas isso não é motivo de orgulho. Também não a ajudei. Apenas me mantive afastado, observando seu sofrimento. Depois fui embora. Não era a primeira vez. Nem seria a última.

Ruth era uma daquelas crianças nas quais você tenta não pensar depois que sai da escola, porque ficar remoendo aquilo só faz você se sentir uma pessoa um pouco pior. E eu já me sentia mal por coisas muito maiores.

Levanto a mão para bater na porta... e ela se abre.

Uma mulher baixa e atarracada está diante de mim. Veste um jaleco magenta com o nome da empresa bordado no peito. O cabelo grosso e escuro era bem curto. Por razões práticas e não estéticas, presumo. Por baixo da franja mal cortada, o rosto quadrado tem a aparência resignada de alguém que se acostumou com a decepção. Um rosto castigado pelos pequenos golpes da vida. Esses são muitas vezes os que mais doem.

Ela me olha com desconfiança, de braços cruzados.

— Sim?

— Sra. Dawson? Deixei uma mensagem mais cedo. Sou Joe Thorne, professor na...

— Sei quem é você.

— Certo.

— O que quer?

A falta de delicadeza com certeza é de família.

— Bem, como falei na mensagem, eu queria devolver o telefone do Marcus. Ele o perdeu na escola hoje. Ele está?

— Não. — Ela estende a mão. — Pode deixar que eu entrego para ele.

Fico indeciso. Se lhe der o telefone agora, tenho certeza de que continuarei esta conversa com uma porta fechada.

— Posso entrar?

— Por quê?

— Tem mais uma coisa que eu gostaria de lhe falar.

— O que é?

Peso todas as minhas opções. Às vezes, é preciso colocar as cartas na mesa. Outras vezes, é preciso levar o jogo até o fim.

— Um serviço de faxina.

Espero para ver sua reação. Por um momento, imagino que ela baterá a porta na minha cara. Em vez disso, ela recua para o lado.

— A chaleira está ligada.

A casa é tão impecável por dentro quanto por fora, até um pouco demais. Cheira a desinfetante e purificador de ar. Sinto minhas narinas começarem a inchar e minhas têmporas, a latejar.

— Por aqui. — Ruth me leva até uma cozinha pequena. Outro gato está deitado na bancada: cinzento, peludo, com ar malévolo. Eu me pergunto onde estará o cachorro. Talvez Lauren tenha saído com ele.

Tiro o celular de Marcus do bolso e o coloco na mesa da cozinha.

— Está um pouco molhado, mas acredito que ainda funcione.

Ruth olha para ele. O rosto permanece impassível.

— Marcus tem um iPhone.

— Desculpe, mas acho que não tem mais. Quebrou.

Ela me dirige um olhar mais afiado.

— Quebrou ou foi quebrado?

— Não sei dizer.

— Claro que não. Ninguém nunca sabe.

— Se Marcus quiser apresentar uma queixa com relação a bullying...

— O quê? O que você vai fazer? O que a escola vai fazer?

Abro a boca, mas não consigo emitir som.

Ruth vira-se para o armário e pega duas canecas. Uma tem o desenho de um gato. A outra adverte: "Mantenha a calma. Sou faxineira."

— Estive na escola. Muitas vezes — diz. — Falei com seu diretor.

— Aham.

— Ajudou a beça, claro.

— Sinto muito.

— Pensei que as coisas pudessem ter mudado. As escolas não aceitam mais esse tipo de coisa. Elas reprimem o bullying.

— A ideia é essa.

— Sim. Uma ótima ideia. Mas não funciona. — Ela pega a chaleira. — Chá?

— Bem, prefiro café.

O que gostaria mesmo de dizer é que ela está errada. Que as escolas agora reprimem, *sim*, o bullying. Que elas não o varrem para baixo dos tapetes de ginástica só para obter uma avaliação decente do governo. Que a posição social do pai de um aluno não tem efeito algum sobre o tratamento que ele recebe dos professores. É isso que *gostaria* de lhe dizer.

— Não temos café.

Mas nem sempre conseguimos o que queremos.

— Chá está ótimo.

Ela enche as canecas com água fervente e acrescenta leite.

— Lembro de você, da escola — ela comenta. — Fazia parte da gangue do Hurst.

— Durante um tempo.

— Nunca pensei que você fosse igual aos outros.

— Obrigado.

— Não falei que era um elogio.

Eu me pergunto o que devo responder. Decido não dizer nada, por enquanto.

Ela acaba de preparar o chá e traz as canecas.

— Vai se sentar ou o quê?

Acomodo-me em uma cadeira. Ela se senta à minha frente.

— Soube que alugou o chalé.

— As notícias circulam depressa em Arnhill.

— Sempre foi assim.

Ela pega o chá e toma um gole. Olho para o líquido marrom que se agita na minha caneca e decido não fazer o mesmo.

— Você costumava limpar o chalé para Julia Morton?

— Sim. Embora eu duvide que ela daria alguma referência.

— Você deve tê-la conhecido, e conhecido Ben também, certo?

Ela envolve a caneca com as mãos e me observa com astúcia.

— É por isso que está aqui? Quer saber sobre o que aconteceu?

— Tenho algumas perguntas.

— Isso terá um preço.

— Quanto?

— A limpeza completa de uma casa.

Lembro-me da lista de preços de Lauren.

— Cinquenta libras?

— Em dinheiro.

Reflito por um segundo.

— Metade de uma casa... e precisa ser em cheque.

Ela se recosta na cadeira e cruza os braços.

—Vá em frente.

— Como era Julia?

— Boa gente, como em geral os professores são. Não se considerava superior a ninguém. Mas se achava melhor do que este lugar. Quase todos pensam assim.

E é provável que tenham razão.

— Mas ela não estava deprimida?

— Não que eu tivesse percebido.

— E Ben?

— Um bom menino. Pelo menos *era*, antes de sumir.

— O que aconteceu?

— Não chegou em casa um dia, depois da escola. Todo mundo saiu para procurar. — Ela faz uma pausa. — E então ele voltou.

Pela primeira vez, percebo seu desconforto, uma fissura na fachada.

— E?

— Ele estava diferente.

— Como?

— Ben sempre foi um garoto educado, certinho. Depois, passou a não dar mais descarga na privada. Sua cama estava sempre manchada de suor e outras coisas. Seu quarto fedia, como se alguma coisa tivesse rastejado até lá e morrido.

— Talvez fosse apenas uma fase — digo. — As crianças têm a capacidade de se transformarem de jovens adoráveis em adolescentes fedorentos num piscar de olhos.

Ela olha para mim e bebe mais um pouco de chá.

— Eu costumava deixar para limpar o chalé por último. Às vezes Ben já tinha voltado da escola. Conversávamos. Eu preparava chá para nós dois. Depois que ele voltou, eu me virava e ali estava ele, imóvel, com o olhar parado. Isso me deixava arrepiada. O modo como ele me olhava. O cheiro dele. Às vezes eu o ouvia resmungar baixinho. Falar palavrões. Que não pareciam nem sair da sua boca. Aquilo não estava certo.

— Chegou a comentar alguma coisa com Julia?

—Tentei. E aí ela disse que não precisava mais de mim e me mandou embora.

— Quando foi isso?

— Pouco antes de ela tirá-lo da escola de vez.

Olho para minha caneca e penso como queria um café bem forte. Mentira — queria mesmo era um bourbon e um cigarro.

— Abra a porta dos fundos — diz Ruth.

— O quê?

—Você quer fumar. Eu também não negaria um cigarro. Abra a porta dos fundos.

Levanto-me e caminho até a porta. Ela dá para um quintalzinho. Alguém tentou melhorá-lo colocando algumas plantas murchas em vasos. Bem no fundo há uma casa de cachorro. Volto e me sento. Tiro dois cigarros do maço, ofereço um para Ruth e os acendo.

— O que acha que aconteceu com Ben? — pergunto.

Ela demora um instante para responder.

— Quando eu era criança, tínhamos um cachorro. Eu costumava levá-lo para passear pela área da antiga mina.

— Eu me lembro — digo, imaginando aonde essa história levará.

— Um dia ele fugiu. Fiquei arrasada. Eu adorava aquele cachorro. Dois dias depois, ele voltou com o pelo sujo de terra e poeira e um ferimento enorme ao redor do pescoço. Eu me abaixei e tentei brincar com ele. Ele abanou o rabo e mordeu minha mão. Seus dentes chegaram até o osso. Papai queria estrangulá-lo na mesma hora. "Quando um cachorro se torna mau", ele disse, "continua assim. Não tem volta."

Eu a encaro.

— Está comparando Ben Morton a um *cachorro*?

— Estou dizendo que *alguma coisa* aconteceu com aquele menino, e foi tão ruim que sua mãe não conseguiu mais conviver com aquilo.

Ela dá uma tragada e em seguida sopra uma nuvem espessa de fumaça.

— Contou isso para a polícia?

Ela respira fundo.

— Para eles me chamarem de maluca?

— Mas está contando para mim.

—Você está me pagando.

— E é só por isso?

Ela joga a guimba do cigarro na caneca.

— Como falei, você não era como os outros.

— Foi por isso que me mandou o e-mail?

Ela franze a testa.

— Que e-mail?
— Sobre a minha irmã... "*Está acontecendo de novo.*"
— Nunca mandei nenhum e-mail para você. Hoje é a primeira vez que o vejo desde que éramos crianças.
— Sei que você mandou a mensagem de texto. — Pego o Nokia da mesa. —Veio deste telefone. Suponho que seja um antigo celular seu que Marcus pegou emprestado.
— Também nunca lhe mandei porra nenhuma de mensagem de texto. E esse telefone não é meu.
A confusão no seu rosto parece genuína. Minha cabeça lateja com mais intensidade. Naquele exato momento, a porta da frente bate. Marcus entra na cozinha.
— Oi, mãe. — Então me vê. — O que ele está fazendo aqui?
—Vim devolver seu celular — respondo, e levanto o Nokia.
Seu rosto se transforma.
— Onde o conseguiu? — pergunto.
— Ele é meu há séculos.
— É mesmo? Então me diga se "*Sufoquem as crianças. Elas que se danem. Descansem em pedaços*" significa alguma coisa para você.
A culpa está irradiando dele como suor.
— Marcus? — Ruth o incentiva.
— Foi só uma brincadeira. Uma implicância.
—Tudo ideia sua, então?
— Sim.
— Não acredito.
— É verdade.
— Alguém mandou você enviar a mensagem?
— Não foi isso. Ninguém me *mandou* fazer nada.
Seu queixo se projeta em uma expressão desafiadora.
—Tudo bem. — Enfio o telefone no bolso. — Acho que é melhor deixar que a polícia se encarregue disso.
Dou um passo em direção à porta.
— Espere!
Viro-me para ele.
— *O que foi*, Marcus?
Ele parece desesperado.
— Ela não vai perder o emprego, vai?

vinte e dois

1992

Mais degraus. Diferentes dos primeiros. Estes eram esculpidos em pedra e desciam gradativamente em curva, como uma escada. Uma escada escorregadia e traiçoeira. Alguns cediam um pouco com nosso peso e provocavam uma queda de pedaços de rocha em cascata. Pelo som, o fundo estava bem longe.

As paredes dos dois lados eram irregulares, e o teto, baixo. Precisei me agachar um pouco. Eu tinha ajustado a bateria no meu capacete, mas, como a descida era em curva, a luz alcançava apenas um ou dois degraus de cada vez, por isso às vezes parecia que o terceiro levaria direto para a escuridão. À minha frente, eu conseguia ver os fachos das outras duas lanternas subindo e descendo, mas elas forneciam apenas manchas abstratas de iluminação. No entanto, pelo menos confirmavam que ninguém havia despencado da borda de um precipício e quebrado o pescoço. Ainda.

Em alguns momentos, eu ouvia alguém soltar um palavrão, quase sempre Marie. Eu não tinha ideia de como ela estava conseguindo se movimentar de salto alto. Eu transpirava muito por baixo do macacão de mineiro. O suor escorria pela testa e gotejava pelas sobrancelhas. Meu coração martelava e minha respiração estava cada vez mais irregular. Não só por causa da tensão e do esforço. Meu pai me disse uma vez que, quanto mais fundo se desce, menos oxigênio há no ar.

— Quanto falta, porra? — Fletch resmungou, porque, se para mim era difícil continuar, para Fletch, que fumava um maço de cigarro por dia, devia estar sendo *realmente* uma batalha.

Eu esperava que Hurst respondesse, mas Chris se antecipou.

— Estamos perto — disse com voz tranquila, e eu seria capaz de jurar que ele não estava ofegante, parecia que não estava nem se esforçando.

Retomamos nossa descida com passo instável e cambaleante. Passados mais alguns minutos, dei-me conta de uma coisa: já não estava tão curvado. Conseguia até me manter de pé. Pouco a pouco, o teto ficava mais alto. A qualidade da iluminação também estava diferente — não estávamos mais na escuridão total. Até o ar parecia um pouco melhor, como se houvesse mais ar ali.

Estamos perto, pensei. Mas do quê?

— Tenham cuidado — Chris gritou para trás. — Há um espaço vazio agora.

Ele estava certo. Contornamos a curva seguinte e a passagem estreita se abriu em uma caverna muito maior. Era grande. Realmente grande. Levantei os olhos. O teto naquela parte parecia uma cúpula. Vigas de madeira grossas serviam de suporte. Elas se cruzavam e se arqueavam, lembrando tetos de celeiros ou abóbadas de igrejas, só que muito mais rudimentares. Os degraus continuavam, mas não havia mais parede à nossa esquerda. Apenas uma descida reta.

— *Merda!* — Marie gritou de repente. Um som abrupto de vidro se quebrando ecoou na escuridão. — A sidra.

Dei um pulo. Perdi um pouco da concentração. O pé que eu estava prestes a apoiar no degrau seguinte escorregou. Torci o tornozelo. Gritei de dor e tentei me segurar na parede, mas, claro, ela não existia. Não havia parede, apenas ar.

O medo segurou o grito na minha garganta. Tentei me agarrar em alguma coisa, qualquer coisa, mas era tarde demais. Eu estava caindo. Fechei os olhos, preparado para a longa queda...

E atingi o chão quase no mesmo instante, com uma pancada brusca. A sensação era de ter quebrado a espinha.

— *Ai! Meeerda.*

— Joe? — A voz de Chris vinha do alto. — Você está bem?

Tentei me sentar. Minhas costas doíam muito. Parecia uma contusão, mas poderia ter sido pior, muito pior. Olhei para cima. Vi luzes de lanternas e silhuetas indistintas, a poucos metros de mim.

Tínhamos chegado. Achamos.

Tentei me levantar. Mais uma ferroada no tornozelo.

— Droga.

Tentei usar as mãos para ter uma ideia do estrago. Já estava um pouco inchado. Rezava para ser apenas uma torção e para não ter quebrado nada. Ainda precisava subir todos aqueles malditos degraus para voltar.

— Estou bem! — gritei em resposta. — Mas machuquei o tornozelo.

— Que peninha, hein. Agora, o que você está vendo? O que tem aí embaixo? — Era a voz de Hurst. Preocupado e solidário como sempre.

Meu capacete tinha caído para o lado. Apoiei-me contra uma parede para aliviar o peso no tornozelo machucado e o arrumei. Olhei em volta. Mais vigas de madeira, que subiam direto do chão. Entre uma e outra eu via diferentes formas e padrões. Pareciam feitos com bastões brancos embutidos na pedra. Formavam desenhos intrincados. Estrelas e olhos. Letras de aparência estranha. Bonecos de palito. Tentei ignorar um leve arrepio. Em algumas paredes havia menos desenhos. Em vez deles, vários bastões brancos e pedras amarelas estavam empilhados em grandes alcovas arqueadas.

Não gostei daquilo. De nada ali. Era assustador. Esquisito. Errado.

Ouvi os outros se aproximarem. Chris desceu devagar até a caverna. Hurst pulou e aterrissou ao meu lado com um baque surdo, seguido de perto por Marie e Fletch. Houve um instante de silêncio enquanto todos olhavam ao redor, tentando assimilar aquele lugar.

— Uau. Que legal — disse Marie. — Parece um cenário de *Os Garotos Perdidos*.

— Isso tem alguma coisa a ver com a mina? — Fletch perguntou, evidenciando sua habitual imaginação fértil.

— Não. — A resposta veio de Chris, mas ele a tirou da ponta da minha língua.

Aquilo não era coisa forjada por mineiros. Minas eram cortadas, perfuradas e escavadas na rocha; eram rústicas, mal-acabadas e industriais, feitas com ferramentas e máquinas pesadas.

Aquele lugar era diferente. Não havia sido feito por necessidade ou mão de obra estoica. Eu diria que tinha sido criado por paixão, mas talvez essa também não fosse a palavra certa. Enquanto eu olhava ao redor, outra palavra me veio à mente. Devoção. Era isso... devoção.

— Ilumine as coisas, porra — gritou Hurst para Fletch, que prontamente obedeceu.

Ele girou o corpo, varrendo a caverna com a luz da lanterna. O facho mal conseguia alcançar as paredes mais distantes e, em vez de iluminar, parecia acentuar os buracos profundos e os cantos tomados pela escuridão. Era provável que fosse apenas algum efeito estranho da luz, mas se alguém desse uma olhada rápida, de esguelha, quase teria a impressão de que as sombras se moviam, mudavam e se dissipavam sem parar.

— É tudo muito estranho — resmungou Hurst. — Fofão está certo. Isso não é uma mina. —Virou-se para mim. — O que acha, Thorney?

Eu estava tentando encontrar uma resposta, mas era difícil raciocinar lá embaixo. Ainda que a caverna fosse grande e muito menos sufocante do que o túnel estreito, eu ainda tinha dificuldade para respirar. Como se houvesse algo errado com o ar. Como se o oxigênio tivesse sido substituído por outra coisa. Por algo mais pesado e meio podre. Algo que ninguém jamais deveria respirar.

Gases venenosos, pensei de repente. Meu pai falava com frequência dos gases liberados do fundo da terra. Será que era isso? Será que estávamos sendo envenenados pouco a pouco enquanto ficávamos ali? Olhei para Chris.

— Chris, que lugar é este?

Ele continuava perto dos degraus, sem se aventurar mais adiante. Seu rosto na semiescuridão estava pálido, sujo de terra. Não exatamente assustado, mas tenso. Parecia muito mais velho do que os quinze anos que tinha, como o homem que ele jamais se tornaria. Então seus olhos luminosos fitaram os meus e eu entendi. Ele não encontrara aquele lugar. O lugar *o* encontrara, e agora o menino queria desesperadamente livrar-se dele de novo.

—Você ainda não sabe? — ele perguntou. — Não percebeu?

Dei mais uma olhada na caverna. No alto, teto abobadado. As vigas de madeira. E foi então que uma luz se acendeu na minha mente. Porque, ao olhar de novo, tudo ficava óbvio. Ar que não devia ser respirado. Uma enorme câmara subterrânea. Como uma igreja, mas sem ser.

— Percebeu o quê? — Hurst perguntou.

E logo após meu primeiro pensamento surgiu outro. Os bastões brancos nas paredes e as pedras empilhadas nas alcovas. Dei alguns passos vacilantes para a frente, em direção à parede mais próxima. A luz no meu capacete iluminou uma estrela, um símbolo que lembrava uma mão e a forma de um bastão. De perto, não eram exatamente brancos. E não eram bastões. Era algo diferente.

Algo que ninguém estranharia encontrar em um lugar como aquele.

Em uma sepultura, em uma câmara funerária.

— Thorney, vai me dizer que merda está acontecendo? — Hurst rosnou em um tom ameaçador.

— Ossos — sussurrei, enquanto o pavor reduzia a potência da minha voz. —A pedra... está repleta de ossos.

vinte e três

Às vezes demora um pouco para você perceber que algo está errado. Que alguma coisa saiu dos eixos. Que fede. Como quando você pisa em cocô de cachorro e só depois que está dentro do carro, imaginando de onde vem aquele cheiro horrível, é que a ficha cai: o cheiro vem de você. Você o trouxe.

Quando volto para o chalé, percebo que a porta da frente está entreaberta. Lembro-me com clareza de tê-la trancado. Quando me aproximo, vejo que o batente está lascado. Alguém forçou a entrada. Empurro bem a porta e entro.

As almofadas do sofá foram arrancadas e cortadas, as entranhas de espuma espalhadas pelo chão. A mesa de centro está com as pernas para cima e as gavetas do pequeno armário foram jogadas longe. Meu laptop está em pedaços.

A casa foi saqueada. Franzo a testa, e minha mente demora um pouco para avaliar a situação. E então percebo o que houve. Foi obra de Fletch e seus filhos, provavelmente a mando de Hurst. Acho que ele acabou não querendo negociar. Típico de Hurst — se alguém não lhe dá alguma coisa, você usa quaisquer meios para consegui-la.

Acontece que sei muito bem que eles não encontraram o que procuravam.

Subo a escada com passos cansados. Meu colchão foi cortado e eviscerado, as roupas do armário foram arrancadas dos cabides e amontoadas no chão. Abaixo para pegar algumas camisas e no mesmo instante percebo, pela umidade e pelo cheiro forte, que alguém mijou nelas.

Inspeciono o banheiro: a cortina do chuveiro está no chão sem motivo aparente e a tampa da cisterna foi arrancada e quebrada. Eu poderia ter dito a eles que nada do que fizessem aqui poderia me perturbar mais do que as coisas com as quais já me deparei.

Por fim, vou até o outro quarto. O quarto de Ben. Abro a porta. Olho para o colchão rasgado e o tapete estraçalhado e sinto a raiva me queimar por dentro. Desço as escadas mancando.

Encontro Abe-olhos no aquecedor a lenha, junto com a pasta que achei embaixo do Anjo. Curvo-me e pego as duas. Estão empoeiradas e escuras, mas não foram queimadas. Eu me pergunto por quê. Acomodo Abe-olhos na mesa de centro. Depois, por garantia, coloco a pasta dentro de uma das almofadas rasgadas. Alguma coisa me intriga. Por que os capangas de Fletch não as queimaram? Estavam cansados de tanta destruição àquela altura? Parece improvável. Não tiveram tempo?

Ou foi outra coisa? Algo os atrapalhou? Foram interrompidos?

De repente sou tomado por uma sensação muito ruim. Ouço um rangido vindo da cozinha. Endireito o corpo e me viro.

— Boa noite, Joe.

Sento-me no sofá sem almofadas. Gloria se empoleira tranquilamente no braço da poltrona. Chamas crepitam no aquecedor a lenha.

A cena não é tão aconchegante quanto parece. Gloria está usando luvas pretas de couro e segura um atiçador de fogo em uma das mãos.

— O que veio fazer aqui?

— Conferir se você está bem.

— É difícil acreditar.

Ela ri. Sinto um espasmo na bexiga.

—Vi que teve visitas hoje.

— Encontrou com elas?

— Estavam de saída na hora em que cheguei. Não tivemos a chance de conversar. — Ela olha ao redor. — Tenho a impressão de que procuravam alguma coisa. Talvez a mesma pela qual você esperava que seu velho amigo pagasse uma boa quantia.

— Eles não encontraram o que procuravam.

—Você parece ter certeza.

— E tenho.

— Por quê?

— Porque não está comigo. Não aqui.

Ela reflete sobre minha resposta.

— Descobri, trabalhando nessa área, que é útil estar de posse de todos os fatos.

— Eu disse...

— *Você não me disse PORRA NENHUMA!*

Ela bate com o atiçador de fogo na mesa de centro. Abe-olhos voa para o alto e cai aos meus pés. Uma rachadura divide seu rosto de plástico. Seu olho vesgo salta da órbita. Ele me olha do chão. Uma poça de suor se acumula na minha lombar.

— Por sorte — Gloria continua — dei uma pesquisada por conta própria. Foi interessante.

Ela se levanta, caminha até o aquecedor a lenha, se curva e o abre.

— Vamos voltar vinte e cinco anos no tempo. Cinco amigos da escola. Você, Stephen Hurst, Christopher Manning, Marie Gibson e Nick Fletcher. Ah, e sua irmãzinha, Annie. Você nunca me falou nela.

Ela enfia a ponta do atiçador no aquecedor e movimenta os pedaços de lenha. As chamas se avivam.

— Uma noite, enquanto você estava com seus amigos, ela desapareceu. Sumiu da própria cama. Fizeram buscas, pediram ajuda. Todos pensaram no pior. E então, como que por milagre, ela voltou quarenta e oito horas depois. Mas não conseguiu, ou não quis, dizer o que lhe aconteceu...

— Não vejo...

— Deixe-me terminar. Foi um final feliz, só que dois meses depois seu pai bateu o carro em uma árvore, matando a pequena Annie e ele próprio e deixando você gravemente ferido. Como estou me saindo até agora?

Olho para o atiçador. No fogo.

— Nas suas próprias palavras, você deu uma pesquisada — digo.

Gloria começa a andar.

— Ah, deixei uma parte de fora... Algumas semanas depois da volta da sua irmã, seu amigo Christopher Manning caiu do alto do prédio de inglês da escola. Coincidência trágica, não acha?

— A vida é cheia de coincidências trágicas.

— Avance para o presente, para seu retorno ao vilarejo onde cresceu. Você planeja chantagear seu velho amigo de escola Stephen Hurst e receber uma bolada de dinheiro. O que sabe sobre ele? O que ele está escondendo?

— Uma pessoa como Hurst tem muitos segredos.

— Estou começando a pensar que você também, Joe.

— Por que está preocupada com isso?

— Porque gosto de você.

— Seu modo de demonstrar isso é muito estranho.

—Vamos colocar de outra forma então... Você me interessa. Não costumo me interessar por muitas pessoas. Para começar, você é um dos caras com menos probabilidade de ser professor que já conheci. Você bebe, joga. Mas tem vocação. Escolheu transmitir conhecimento para crianças. Por quê?

— As férias são longas.

— Acredito que seja pelo que aconteceu aqui há vinte e cinco anos. Acho que está tentando consertar alguma coisa.

— Ou apenas tentando ganhar a vida.

— Petulância é um mecanismo de defesa frágil. Acredite, eu sei bem. É uma das primeiras coisas que somem quando as pessoas temem por suas vidas.

— Isso é uma ameaça?

—Até parece. Na verdade, o que estou lhe oferecendo é um colete salva-vidas.

Ela se aproxima. Eu recuo. Ela se curva e pega alguma coisa. Um cartão. Em branco, exceto por um número de telefone.

Ela desliza o cartão para dentro do bolso do meu jeans e dá um tapinha delicado na minha virilha.

— Você pode falar comigo através desse número nas próximas vinte e quatro horas caso precise da minha ajuda.

— Por quê?

— Porque, no fundo, tenho um fraco por você.

— Reconfortante ouvir isso.

— Mas não leve muito a sério.

Meus olhos se voltam para o atiçador. O fogo lança faíscas.

— O Gordo está começando a ficar impaciente.

— Eu disse...

— Cale a boca.

O suor agora escorre entre minhas nádegas. O bolo no meu estômago me incomoda cada vez mais. Quero vomitar, cagar e mijar, tudo ao mesmo tempo.

— Ele lhe deu mais tempo. Agora quer o dinheiro dele.

— Ele o terá. É por isso que estou aqui.

— Eu sei, Joe. Se dependesse só de mim... — Ela ergue os ombros em um gesto meigo. — Mas a impressão que ele tem é de que você fugiu. Isso não inspira confiança. O Gordo quer ter certeza de que você sabe que ele não está de brincadeira.

— Eu sei. Claro.

Ela tira o atiçador de dentro do aquecedor. A ponta está vermelha. Olho na direção da porta. Mas sei que eu estaria perdido antes mesmo de tirar meu traseiro do sofá.

— Por favor...

— Como eu disse, Joe, tenho um fraco por você.

Ela se aproxima e se agacha ao meu lado. Está com o atiçador de fogo na mão. Sinto o calor.

Gloria sorri.

— Por isso, pouparei seu rostinho lindo.

Deito-me no sofá. Tomei quatro comprimidos de codeína e acabei com a garrafa de bourbon. Minha mão esquerda está enrolada em um pano de prato velho e apoiada em um pacote de palitos de peixe congelados. A dor diminuiu um pouco agora. Não tenho planos de tocar violino em um futuro próximo.

Minha pele está quente e febril. Entro e saio do estado de consciência. Não durmo. Apenas entro em uma ilusão cinza e preta salpicada de visões estranhas.

Em uma delas, estou de volta à velha mina de carvão. Não estou sozinho. Chris e Annie estão no alto de uma colina. O céu acima deles parece uma enorme bolsa de mercúrio, inflada por uma luz prateada e recheada de chuva negra. O vento furioso destrói a cena com garras invisíveis.

A cabeça de Chris está estranhamente deformada, escavada na parte de trás. Sangue escorre do seu nariz e dos olhos. Annie segura sua mão. E esta Annie, eu sei, é a minha Annie. Vejo o corte horrível na sua cabeça, profundo e devastador. Enquanto a observo, ela abre a boca e diz baixinho:

Eu sei para onde os bonecos de neve vão, Joe. Agora sei para onde eles vão.

Ela sorri. E eu me sinto feliz, tranquilo, em paz. Mas então as nuvens acima deles começam a baixar e a aumentar e, em vez de chuva, é uma cascata de besouros pretos reluzentes que se precipita. Observo meu amigo e minha irmã caírem no chão, engolidos pela massa movediça de corpos, e logo a única coisa que consigo ver é um bando de insetos negros. Devorando-os, engolindo-os por inteiro.

Meu telefone começa a tocar. Salvo pelo gongo, ou melhor, pelo Metallica.

Viro-me e pego o celular com a mão boa. Olho para a tela. *Brendan*. Pressiono *Aceitar* com um dedo trêmulo.

—Você está vivo? — pergunto com voz rouca.
— Até onde sei, sim. Sua voz está uma merda.
— Obrigado.
—Você adora minha franqueza.
— Sem falar na sua bunda linda.
— Alimentação saudável, nada de álcool. Você devia tentar.
— Tenho te ligado faz dias — digo.
— Perdi o carregador de celular. O que houve de tão urgente?
— Eu só... queria saber se você está bem.
— Tirando a falta que sinto do meu pub favorito, tudo ótimo. Falando nisso, quando posso voltar?
Olho para a minha mão queimada enfaixada.
— Ainda não.
— Droga.
— Talvez seja uma boa ideia sair do apartamento por um tempo também.
— Meu Deus! Isso tem a ver com seu hábito de dever dinheiro a pessoas desagradáveis?

A culpa me apunhala por dentro. Brendan tem sido bom para mim. Mais do que bom. Ele me deixou ficar em seu apartamento sem pagar nada. Nunca tentou me dar lição de moral porque gosto de jogar. A maioria das pessoas teria desistido de mim. Mas não Brendan. E agora, como pagamento, estou colocando-o em risco.

— Tem onde ficar hoje à noite?
— *Hoje à noite*? Bem, tenho minha irmã. Com certeza o marido dela vai ficar muito feliz se eu aparecer por lá.
— Não deve ser por muito tempo.
— É o mínimo que posso esperar, né? — Ele suspira. — Sabe o que minha velha e querida mãe diria?
— "Estou perdendo a voz", talvez?
— Quando uma lebre para de fugir da raposa?
Suspiro.
— Quando?
— Quando ouve a corneta do caçador.
— Isso significa...?
— Que às vezes as pessoas precisam de alguém maior, como a polícia, para resolver seus problemas.

— Eu estou resolvendo as coisas. Tudo bem?

— Como resolveu antes... roubando do cofre da escola dinheiro destinado à caridade.

— Nunca peguei um centavo.

Verdade. Mas só porque Debbie, a secretária viciada em bolsas, chegou lá antes de mim. Quando descobri, fizemos um acordo. Eu não diria nada se ela devolvesse o dinheiro. Eu também sairia em silêncio (de todo modo, àquela altura eu já levara minha última advertência escrita por problemas de assiduidade, trabalho desleixado e por ter cagado tudo de forma geral). Ah, e ela ficaria em dívida comigo.

— Isso foi diferente.

— Eu me lembro. Era eu quem lhe levava uvas todos os dias no hospital quando você não conseguiu pagar suas dívidas e alguém fez picadinho do seu joelho.

— Você me visitou duas vezes no hospital e nunca me levou uvas.

— Mandei mensagens.

— Mandou pornografia.

— Bem, quem precisa de uvas?

— Escute, vou resolver tudo, é sério.

— Cheguei a comentar que vou precisar dividir o quarto de hóspedes da minha irmã com uns hamsters malditos que fazem um escarcéu enorme a noite inteira brincando em suas rodinhas?

— Desculpe.

— Ou que ela tem dois filhos pequenos que acham que cinco da manhã é um horário perfeitamente aceitável para brincar de pula-pula na barriga do tio?

— *Desculpe*.

— "Desculpe" não ajudará minha hérnia.

— Só preciso de mais alguns dias.

Um suspiro muito profundo.

— Tudo bem. Mas se não resolver o que precisa, ou se surgir alguma coisa que não consiga encarar...

— Eu ligo para você.

— *Meu Deus, não*. Chame a polícia, idiota. Ou a tropa de elite.

vinte e quatro

— Então eu disse para a aluna que, embora respeitasse seu direito de se expressar jogando o sapato...

Simon vai em frente com sua fala arrastada. O fato de a natureza soporífica de sua voz ser quase aceitável durante este almoço já diz bastante a respeito do meu estado de espírito no momento. Ou talvez eu tenha conseguido colocar sua voz no mesmo patamar que ruído branco. Irritante, mas ignorável.

Somos só eu, Simon e Beth por aqui hoje. Estou sem fome. Sem nenhuma fome. Mas forço-me a engolir algumas batatas fritas na vaga esperança de que elas ajudem a curar minha ressaca. Além disso, estou com a segunda lata de Coca-Cola normal na minha frente.

Simon não deixou escapar nenhuma das "piadas" obrigatórias e previsíveis sobre não beber na véspera de um dia de aula. Sorrio com educação e controlo minha vontade de dar um murro na cara dele. Para início de conversa, isso machucaria minha mão. Fiz uma atadura quase profissional com uma fronha cortada e disse às pessoas que me queimei no forno. Cozinhar bêbado etc. Vez ou outra Beth me lança olhares sugestivos. Ela não acredita em mim. Não me importo. Neste momento, estou mais preocupado com a noite anterior. Com o que Marcus me disse. Com meu encontro com Gloria. Com a trapalhada em que estou metido e em como seria difícil a situação ficar ainda pior.

— Sr. Thorne?

Ergo os olhos. Harry está parado ao lado da mesa. Seu rosto está sombrio.

— Podemos trocar uma palavra no meu escritório?

Difícil, mas não impossível.

— Claro.

Espero algum comentário malicioso de Simon. Mas isso não acontece. Ele parece concentrado no seu almoço. Concentrado demais. Arrasto minha cadeira.

Beth levanta as sobrancelhas.

— Nos vemos mais tarde.

— Combinado.

Acompanho Harry ao longo do corredor.

— Posso saber do que se trata?

— Prefiro esperar até chegarmos ao meu escritório.

Seu tom é duro, evasivo. Não me agrada. Tenho um mau pressentimento. Que, considerando meu ponto de partida esta manhã, me deixa impressionado.

Harry abre a porta e entra. Eu o sigo. E paro. Imóvel.

Um visitante está sentado na frente da mesa de Harry. Quando entramos, ele se levanta e se vira.

Eu diria que meu coração parou, mas não sei se ele conseguiria voltar a bater sem a ajuda de aparelhos. Na verdade, quase dou uma risada. Eu devia mesmo esperar por isso. Sou um jogador. Devia pensar em todos os resultados possíveis antes de agir, elaborar uma estratégia, mas, de repente, é como se eu estivesse me debatendo como um delicioso pedaço de atum em uma mesa de tubarões.

Harry fecha a porta e olha de um para o outro.

— Imagino que se conheçam.

— Nós dois crescemos em Arnhill — diz Stephen Hurst. — Fora isso, não diria que de fato "conheço" o Sr. Thorne.

— Bem, eu já era exigente na escolha de meus amigos naquela época.

A expressão presunçosa de Hurst vacila por um momento. Ele então repara na minha mão enfaixada.

— Arrumando briga de novo?

— Só com o forno. Mas se estiver se oferecendo...

— Sr. Thorne, Sr. Hurst — Harry me interrompe com tom brusco. — Podemos nos sentar?

Hurst volta a se sentar. Eu também, ainda que a contragosto. Era que nem quando éramos chamados à sala do diretor vinte e cinco anos atrás.

— Então — Harry começa enquanto mexe em uma pilha de papéis à sua frente —, chegaram ao meu conhecimento alguns fatos sobre os quais, acredito, precisamos discutir.

Tento adotar um tom simpático.

— Está se referindo a Jeremy Hurst e o incidente com Marcus Dawson no banheiro ontem? Porque...

— Não. — Harry me corta. — Não tem relação com isso.

— Ah.

Estou em desvantagem. Olho para Hurst. Seu rosto retomou a antiga expressão de superioridade. Eu gostaria de tirá-la da cara dele na base do soco. Gostaria de pular da minha cadeira, agarrá-lo pelo pescoço e sufocá-lo até seus olhos saltarem e sua língua ficar azul.

Não faço nada disso e limito-me a dizer:

— Seria melhor, então, me explicar do que se trata.

— Antes de assumir o cargo disponível aqui em Arnhill, o senhor trabalhou no Instituto Stockford.

— É verdade.

— E nos apresentou uma referência dada por sua ex-chefe, Srta. Coombes? Sinto que o suor começa a umedecer minhas axilas.

— Sim.

— Acontece que isso não corresponde exatamente à verdade, certo?

— Desculpe, mas não estou entendendo.

— A Srta. Coombes não lhe forneceu essa referência.

— Não?

— Ela nega ter conhecimento de tal documento.

— Bem, talvez tenha havido alguma falha de comunicação.

— Duvido. A Srta. Coombes foi bastante clara. Sua saída do Instituto Stockford foi repentina, pouco depois de um valor substancial em dinheiro ter desaparecido do cofre da escola.

— Esse dinheiro foi recuperado.

Hurst não consegue mais se conter.

— Parece que você adora jogar cartas, certo, Joe?

Eu me viro.

— Por quê? Quer jogar uma partida de Desconfio? O que isso tem a ver com você, afinal?

— Caso tenha esquecido, faço parte do conselho administrativo. Quando é trazido ao meu conhecimento que um de nossos professores não está apto para o trabalho...

— Desculpe, "trazido ao seu conhecimento" por quem?

Seus lábios se apertam. E então um nome me vem à cabeça. Simon Saunders. Ele estava no Fox na noite em que me deparei com Hurst. Ele o conhece. (Como todo mundo em Arnhill, claro.) Por que correr para Harry quando podia passar por cima dele e contar tudo para um membro do conselho? Para alguém que já me odeia. Estar ao lado de Hurst, talvez garantir alguns favores para si. Dois coelhos com uma cajadada só.

— Cuidado com as pessoas que escuta por aí — digo.

—Você não nega o fato, então?

— Eu diria que a versão aqui apresentada tem apenas uma vaga semelhança com a verdade. É um assunto que prefiro discutir em particular com meu superior.

Os olhos de Hurst faíscam.

— A *verdade* é que você aceitou esse cargo sob falsos pretextos e deixou o emprego anterior sob uma aura suspeita. Isso além do desejo de vingança que tem contra meu filho, sem dúvida com base em uma rixa antiga imaginária comigo. Sua conduta e seu desempenho como professor são totalmente inadequados. Ah, e você fede a bebida.

Ele endireita a gravata e se recosta na cadeira com ar triunfante. Do outro lado da mesa, Harry me observa com ar cansado.

— Sinto muito, Sr. Thorne, mas o caso será levado ao conselho. O senhor tem direito a uma representação sindical, mas com essas revelações...

— Acusações. Em sua maioria não comprovadas.

— Ainda assim, não tenho alternativa senão suspendê-lo temporariamente de suas funções enquanto tomamos uma decisão sobre seu futuro na escola.

— Eu entendo.

Levanto-me, tentando conter o tremor que toma conta do meu corpo. Em parte pela ressaca, mas principalmente por raiva. Não posso deixar que isso transpareça. Não posso deixar que Hurst perceba que me atingiu. É preciso manter sempre uma expressão vitoriosa.

—Vou pegar minhas coisas, então.

Caminho em direção à porta. Então paro. Também é preciso deixar claro na mão de quem está a carta do jogo. Olho para Hurst.

— Bonita gravata, a propósito.

A expressão que vejo em seu rosto é tudo de que preciso.

Não volto para a cantina. Pego meu casaco e a bolsa na sala dos professores, que graças a Deus está vazia, e saio da escola. Não confio na minha reação caso precise enfrentar Simon de novo. Mesmo já suspenso, uma acusação de agressão não é um item que eu tenha muita vontade de acrescentar ao meu currículo.

Quando chego à recepção, faço uma pausa. A Srta. Grayson não está no lugar de sempre no cubículo de vidro. Em vez dela, uma cópia mais jovem — cabelo escuro curto, óculos, mas sem a verruga cabeluda — está sentada em sua cadeira, digitando em um computador.

— Com licença, onde está a Srta. Grayson?

— Ela pegou um resfriado.

— Ah.

— Precisa falar com ela?

— Bem, como estou indo embora, gostaria de me despedir. Sabe quando ela volta?

— Desculpe, mas não sei.

— Tudo bem. Obrigado pela ajuda.

Começo a me virar.

— Ah, Sr. Thorne...

— Sim?

— O Sr. Price pediu que o senhor devolvesse o cartão de acesso à porta principal quando saísse.

Meu cartão. O cartão que me permite entrar na escola. Harry realmente não quer se arriscar.

— Estão com medo que eu entre escondido e roube o dinheiro da merenda?

Ela não sorri. Eu me pergunto até onde ela sabe. Até onde todos sabem.

— Tudo bem. — Tiro o cartão do bolso e me controlo para não jogá-lo com força na sua mesa.

— Obrigada.

— De nada. E transmita meus cumprimentos à Srta. Grayson.

— Farei isso.

Ela dá um sorriso profissional. Então pega o cartão e, como se eu ainda tivesse dúvida se minha suspensão seria mesmo temporária, tira da gaveta uma tesoura, corta-o ao meio e o joga no lixo.

O chalé me encara com ressentimento quando volto, e sua única janela boa me fulmina com olhar severo. *Olhe*, ela parece sibilar através do batente lascado da porta da frente. *Olhe só o que você fez. Está satisfeito?*

Não, respondo mentalmente. Porque ainda não acabei. Empurro a porta. Ela trava, mas depois se abre com um gemido relutante. Não sei ao certo se a casa está do meu lado em relação a tudo isso. Ela está ligada demais ao passado, é uma parte muito grande do vilarejo. Não me quer aqui. Não pretende permitir que eu me sinta confortável. Mas tudo bem também. Não planejo ficar aqui por muito mais tempo.

Entro e jogo a bolsa no sofá. A sala continua no mesmo estado em que estava quando voltei ontem à noite. Destruída por dentro. Considero fazer uma arrumação e organizar um pouco a bagunça. Vou até a porta dos fundos fumar um cigarro.

Talvez Hurst tenha me feito um favor. Acelerado o inevitável. Afinal, nunca tive intenção de ficar. Nunca pretendi me acomodar em um lugar que guarda lembranças tão sombrias e dolorosas. O animal ferido não foge da armadilha para depois simplesmente se jogar de volta nas mandíbulas de metal e esperar que elas pulverizem seus ossos.

Não, a menos que tenha uma razão muito boa.

Eu gostaria de dizer que a razão era Annie, ou a mensagem. Mas não é tão simples. Nem toda aquela culpa e recriminação seria suficiente para me arrastar de volta para cá. Não sozinhas.

A verdade é que eu estava desesperado. Precisava fugir e vi uma oportunidade de ao mesmo tempo liquidar dívidas pendentes e acertar algumas contas. Talvez isso sempre tenha ficado escondido na minha mente. Eu sabia que tinha algo que poderia destruir a vida de Hurst. A ideia de fazê-lo pagar por isso em dinheiro veio depois.

O que eu não esperava era que ele estivesse tão determinado a me expulsar do vilarejo. No entanto, apesar de todas as ameaças e manipulações, Hurst por fim mostrou seu jogo. Não lhe resta mais nenhuma cartada. Só há um modo de se livrar de mim agora e, ainda que eu não tenha dúvidas de que Hurst é capaz de matar alguém, ele tem muito a perder. Será que está disposto a arriscar sua carreira, sua vida confortável, sua família?

Espero que a resposta seja não. Por outro lado, eu não apostaria nisso.

Fecho a porta e entro. A sensação de frio me invade mais uma vez. Ouço os estalos nas paredes. Estou começando a me acostumar com o zumbido frio e incessante do chalé. Mas — assim como conseguir me desligar da voz monótona de Simon — não tenho certeza se isso é uma coisa boa. Depois que se acostuma, você acaba se tornando complacente, e então vira cúmplice ou começa a se corroer.

Volto para a sala e pego meu telefone. Ligo para o número de Brendan. Ele atende no segundo toque.

— O que quer agora?

— Não basta eu querer ouvir o tom suave da sua voz?

— Espero que esse não seja algum tipo de fetiche.

— Preciso de um favor.

— Está falando sério? Pois fique sabendo que, neste momento, tenho merda de rato na minha barba.

— Pensei que fossem hamsters.

— Ratos, hamsters, que diferença faz? Os filhos da puta passaram a noite inteira jogando merda na minha cabeça. Quanto tempo preciso ficar aqui?

— Você ainda tem aquela mochila que lhe pedi para guardar?

— Mochila? Qual mochila?

— A que está com as laterais se desfazendo.

— Sim, está comigo.

— Pode mandá-la para mim até amanhã?

— Joe...

— Escute, só quero que saiba que você é um bom amigo. Obrigado.

— Não seja tão meloso comigo.

— Bem, pensei em dizer logo, por via das dúvidas.

Há uma pausa e logo Brendan diz, emocionado:

— Me deixe em paz antes que eu acabe com um destes malditos ratos.

Ele desliga. Consulto o relógio: 15h30. Examino a sala destruída. Pego Abe-olhos do chão e a coloco de volta na poltrona. Ela me observa com um olho azul frio. A órbita oca boceja sombriamente. Dou uma olhada em volta, mas não vejo o outro olho. Na minha mente surge uma imagem repentina dele sendo levado dali nas costas de besouros fugidos. Agradeço à minha imaginação. De fato precisava disso.

Meu telefone começa a tocar, o que me faz dar um salto. Pressiono *Aceitar*.

— Alô?

— Decidiu matar aula? Eu poderia ter ido junto.

Beth. Claro.

— Como conseguiu meu número?

— Com Danielle, na recepção. Conheço o irmão dela. Ele é do meu time nas noites de jogos do pub.

— Imagino que já saiba o que aconteceu.

— Harry me disse que você está de licença.
— Foi assim que ele chamou o que aconteceu?
— Como você chamaria?

Hesito.

—Você está indo embora, não é?
— Acho que já devia ter ido.
— Meu Deus... isso deve ser um recorde mundial.
— Fico feliz que minha brevidade a impressione.
— Não espalhe para todo mundo. Sua saída tem a ver com ontem, com Jeremy Hurst?
— Não.
— Com o quê, então?
— É um pouco complicado.
— Um pouco ou muito complicado?
— Bem...
— Complicado tipo alguns copos de cerveja ou complicado tipo vários copos de bourbon?

Reflito por um instante.

— Definitivamente o último.
— Certo, nos vemos no Fox às sete. Forre o estômago primeiro.

Ela encerra a ligação sem se despedir. *Por que as pessoas insistem em fazer isso?*

Eu devia ter dito alguma coisa. Tenho algumas perguntas em mente. Mas provavelmente elas podem esperar. Solto todo o meu peso na estrutura dura do sofá e penso em fazer um café. Então viro-me para Abe-olhos, ou talvez agora deva ser Abe-*olho*. Tento afastar um calafrio. Ok, feito.

Saio do chalé e vou comprar um peixe com batata frita.

though
vinte e cinco

O Fox parece ainda mais precário e malcuidado esta noite. Está em decadência, é o que acho. Como se minha presença aqui tivesse dado início a algum tipo de reação em cadeia. Como se este lugar pequeno e atrofiado tivesse sido mantido mumificado e de repente aparecesse uma rachadura por onde um pouco de oxigênio penetrou no ambiente rarefeito e tudo tenha começado a apodrecer por dentro.

Abro a porta e entro. Com uma rápida avaliação vejo que Hurst não está aqui, assim como nenhum de seus capangas. Alguns clientes mais velhos, possivelmente os mesmos da outra noite, vegetam nas mesas, sem tirar os olhos do copo de cerveja.

Beth ainda não chegou, mas reconheço um rosto. Lauren está atrás do bar de novo e, embora não esteja exatamente evocando arco-íris, sol e trinado de pássaros, pelo menos parece melhor do que sua expressão carrancuda de sempre.

Sorrio.

— Tudo bem?

Ela me olha como se nunca tivesse me visto.

— Joe Thorne. Professor. Nos esbarramos no terreno da antiga mina de carvão.

— Ah, sim. É verdade. — Sua expressão muda um pouco. Poderia ser um sorriso. Poderia ser uma careta. Difícil saber. — Então, o que posso lhe servir?

— Hã, bourbon, por favor. Duplo.

— Sirva dois, então.

Eu me viro. Beth está ao meu lado. Seu cabelo está solto para variar, caído nos ombros em uma espécie de dreadlocks. Uma jaqueta de couro grandona dá volume ao seu porte pequeno e deixa suas pernas ainda mais finas numa calça jeans preta justíssima e botas.

Um piercing no nariz reluz quando ela sorri para mim.

— Na sala dos professores só se fala no seu caso, Sr. Thorne.

— É mesmo? Talvez explique por que minhas orelhas estão queimando.

— Sim, claro, ou pode ser Simon espetando alfinetes no seu vodu.

— Imagino que ele esteja pesaroso com minha partida prematura.

— Se cantarolar *Oh, que bela manhã* for uma prova do seu pesar, então está sim.

Lauren larga os dois copos no balcão do bar. Seu gesto é rude, mas, só de olhar para os copos, posso dizer que ela foi generosa nas doses.

— Nove libras, por favor.

— Obrigado. — Pago com as vinte libras que me restam, enquanto me pergunto como deve estar meu cheque especial e quanto tempo ainda tenho até o banco cortar todos os meus cartões.

Beth pega seu copo.

— Vamos?

Vamos até uma mesa em um canto afastado. Uma coisa boa que o Fox tem são os muitos cantos escuros e empoeirados onde quem preferir não ser visto nem ouvido pode se esconder.

Beth senta-se em uma das cadeiras duras de madeira e eu, em outra. Tomamos alguns goles; os meus um pouco maiores que os dela.

— Entããão — diz, em tom enfático. — Quer me contar o que de fato aconteceu?

— O que Harry disse?

— Que você tirou uma licença por motivos pessoais.

— O que os boatos dizem?

— Ah, que você teve uma espécie de colapso nervoso, que Hurst pai armou sua demissão, que alienígenas o sequestraram... esse tipo de coisa.

— Compreendo.

— Então, qual é a versão correta?

— A dos alienígenas, claro. Eles se apossaram do meu corpo, e meu verdadeiro *eu* está em um casulo no chalé.

— Hum... Quase plausível... mas todo mundo viu Hurst com Harry hoje.

Olho o meu copo.

— Eu menti para conseguir o emprego aqui. Falsifiquei uma referência da minha antiga escola. Não saí com uma boa reputação, muito pelo contrário. Harry descobriu.

— O que você fez de tão grave na antiga escola?

— Nada, na verdade. Mas eu *pretendia* roubar dinheiro do cofre da escola para pagar uma dívida.

Ela tenta assimilar a informação.

— Mas não roubou?

— Não.

Assente, pensativa.

— Como Harry descobriu então? — Em seguida levanta a mão. — Não, espere. *Simon*. Simon não falou que conhecia você de algum lugar?

— Sim. E estou começando a achar que Simon conhece Hurst.

— Não me dei conta disso, mas Simon é o tipo de pilantra que ferraria qualquer um para se dar bem.

— *Pilantra?*

Ela ergue o copo.

— Isso porque estou sendo gentil com ele.

— Bem, é óbvio que ser pilantra funciona. Porque aqui estou eu... hoje e talvez para sempre... desempregado.

— Eu não teria tanta certeza. Harry gosta de você. Os alunos parecem gostar também. Harry teve um trabalhão para conseguir preencher a vaga com alguém que não tivesse acabado de sair da faculdade.

Balanço a cabeça.

— Hurst não permitirá que Harry me aceite de volta.

— Você e Hurst têm alguma coisa que não ficou só no passado, não é verdade? O que houve entre vocês?

Largo meu copo e olho para ela. No outro lado da mesa, na penumbra, ela parece de novo mais jovem. A luz fraca suaviza as leves rugas ao redor da boca e na testa. Os olhos escuros parecem muito grandes e a pele, macia e pálida. Sinto um aperto no peito. Queria que alguma coisa neste lugar fosse boa e honesta. Bastava uma.

Beth franze a testa.

— O que está olhando? Minha cara está suja?

— Não... Não.

Ela continua olhando para mim, desconfiada. Depois diz:

— Então, tive a impressão de que você ia me contar sobre você e Hurst.

— Eu?

—Você, sim.

— A verdade, toda a verdade e nada mais que a verdade?

— Algo desse tipo.

— Tivemos uma briga feia na adolescência. Ridícula, percebo agora. Por causa de uma garota, como em geral acontece.

— A garota era Marie Gibson?

— Sim.

A mentira vem com facilidade.

Ela toma um gole do drinque.

— Eu não diria que ela faz seu tipo.

— Por quê? Qual você acha que é meu tipo?

— Bem, ela é bonita, mas...

— Mas o quê?

— Não me entenda mal...

— Certo.

— Sei que o que vou dizer é meio errado, ainda mais por causa do câncer e todo o resto, mas ela sempre me pareceu meio escrota.

Fico um pouco surpreso.

— Bem, ela sabia ser durona quando queria.

— Não quero dizer durona. Quero dizer escrota mesmo. Era agressiva e autoritária na hora de defender Hurst. Ela fez uma professora chorar na minha frente em uma reunião de pais e mestres. Já foi à casa de uma mulher cujo filho havia acusado Hurst Junior de bullying. Essa mulher trabalhava em meio expediente para o conselho. No dia seguinte seu contrato foi rescindido.

Franzo a testa. Imagino que Marie pudesse ser um pouco explosiva. E uma mãe nem sempre consegue ver os defeitos dos filhos. Ainda assim, essa descrição não combina com a Marie da minha lembrança.

— Bem, as pessoas mudam, imagino.

— Não tanto assim.

— E eu era jovem e bobo naquela época.

— O que você é agora?

—Velho e cínico.

— Bem-vindo ao clube.

Não, penso comigo mesmo. Ela quer parecer forte. Mas não acredito nisso. Posso ver nos seus olhos. O brilho não se apagou. Não completamente. Ainda não.

— Isso me lembra de uma coisa — digo. —Você nunca falou qual você é.

Ela franze a testa.

— Como assim?

— A que quer fazer a diferença ou a que não consegue emprego?

— Bem, é óbvio, quem não gostaria *disso*? — Ela abre os braços.

— Então você quer fazer a diferença?

— Isso virou um interrogatório agora?

— Não, eu estava apenas pensando.

— Em mim?

— Em Emily Ryan.

Seu rosto se transforma. A suavidade desaparece.

— Era ela a aluna de quem vocês estavam falando, não era? A que se matou?

—Você sabe mesmo acabar com o bom humor de qualquer um.

—Você disse que ela era sua aluna. Mas não dava aula aqui quando ela morreu.

— Está fazendo sua própria investigação?

— Apenas me chame de detetive Columbo.

— Posso pensar em outros nomes... E não sou obrigada a contar nada para você.

— É verdade.

— Mal o conheço.

— É verdade.

—Você é irritante pra caralho quando concorda comigo.

— Também...

Ela levanta a mão.

— *Tudo bem*. Você tem razão. Emily não era minha aluna. — Uma pausa. — Era minha sobrinha. Minha irmã era alguns anos mais velha que eu. Nosso pai tinha nos abandonado e nossa mãe não era exatamente a mãe do ano, por isso éramos muito unidas. Fomos criadas em Edgeford. Conhece?

— Já ouvi falar. Não é a melhor área de Nottingham.

— Bem, Carla, minha irmã, engravidou muito cedo. Seguindo a tradição da família, o pai nunca foi muito presente, mas ela foi uma excelente mãe. Levava Emily com ela enquanto fazia o curso de enfermagem. Emily era uma criança adorável; foi criada para ser uma adolescente bem legal.

— Isso é um feito e tanto.

— Eu dava aulas em uma escola em Derby, por isso não podia ir vê-las com muita frequência. Mas Emily e eu nos falávamos por mensagens de texto ou pelo Facetime. Ela foi me visitar algumas vezes. Saíamos para fazer compras, ir ao cinema e coisas assim. Eu era a tia legal, acredito.

— Bem, é para isso que servem as tias legais.

Ela esboça um sorriso.

— Não me interprete mal. Ela tinha treze anos, podia ser temperamental às vezes, mas de modo geral era uma companhia agradável... inteligente, engraçada, curiosa.

Sinto um leve aperto no coração. Fico imaginando que tipo de adolescente Annie teria sido. Agitada, extrovertida, engraçada, esportiva? Ou teria se tornado introvertida, como acontece com muitas?

— Depois, Carla conseguiu um emprego. Um bom emprego. Elas se mudaram. Emily precisou trocar de escola.

— Deixa eu adivinhar. Elas se mudaram para Arnhill?

Ela fez que sim.

— O trabalho era no hospital em Mansfield. Arnhill não ficava longe, as casas eram baratas e a escola era muito perto. Parecia fazer sentido.

Quase todas as más decisões parecem fazer sentido na hora.

— Trocar de escola, qualquer que seja a escola, é difícil quando se tem treze anos — digo.

— No início, parecia uma escola legal...

— Mas?

— Era exageradamente boa. Você sabe... quando tudo corre às mil maravilhas, alguma coisa está errada.

— O que sua irmã dizia?

Ela suspira.

— Carla não entendia. Não me interprete mal. Ela amava profundamente aquela menina, mas era como se não visse o problema. Ou não quisesse ver.

Sei como é. Estamos sempre ocupados demais, concentrados demais no simples esforço de enfrentar o dia a dia: trabalhar, pagar as contas, a hipoteca, fazer compras... que não *queremos* olhar mais a fundo. Não nos atrevemos. Queremos que as coisas estejam bem. Que sejam exageradamente boas. Porque não temos energia mental para lidar com o que não está bem. É só quando acontece algo ruim, algo irrecuperável, que vemos as coisas como elas são. Mas aí é tarde demais.

—Você tentou falar com Emily?

— Tentei. Até peguei o carro e fui vê-la. Fomos comer uma pizza, como costumávamos fazer, mas não foi a mesma coisa.

— Como assim?

— Terminaram estes?

Beth e eu olhamos para cima. Lauren está debruçada na mesa.

— Ah, sim, obrigado — digo. — Pode nos trazer mais dois, por favor?

— Posso. — Ela volta para o bar.

Beth olha para mim.

— Ela deve mesmo gostar de você. Não é para qualquer um que ela vai à mesa.

— Meu charme natural. Então, o que estava dizendo?

Seu rosto volta a ficar sombrio.

— Fomos à pizzaria favorita dela, mas ela comeu muito pouco. Estava mal-humorada, sarcástica. Não era ela.

— As crianças às vezes mudam quando chegam à escola secundária. É como se alguém acionasse um interruptor, seus hormônios chegassem ao máximo e tudo fosse possível.

— Claro. Também sou professora, lembra? Sei como é. *Os invasores de corpos*. Ela pega um descanso de copo e começa a destruí-lo.

— Mas, mesmo quando Emily passava por uma fase "adolescente" antes, ela continuava conversando *comigo*. Achei que nossa relação fosse diferente.

— Ela falava sobre a escola, sobre coisas que a incomodavam?

— Não. E quando eu perguntava, se recusava a falar.

Lauren volta com mais dois bourbons. Se são duplos, a ótica não está funcionando bem. Talvez Beth tenha razão. Talvez ela goste mesmo de mim.

Beth toma um gole.

— Agora, quando penso no assunto, acho que eu deveria ter forçado um pouco. Insistido que ela se abrisse comigo.

— Não é assim que funciona. Pressionar um adolescente só vai fazer com que ele se feche ainda mais na sua concha.

— Sim. Mas sabe o que é pior? Eu nem dei um abraço de despedida nela. Sempre nos abraçávamos. Mas dessa vez ela simplesmente foi embora. E eu pensei: "Sou a tia legal, tenho que deixá-la ir. Dar o tempo dela." Acontece que não tivemos tempo. Foi a última vez que a vi. Duas semanas depois ela estava morta.

— Ela suspira e seca furiosamente os olhos. — Eu deveria ter dado um abraço nela.

— Você não tinha como saber.

Porque a vida nunca dá um aviso.

— Bem, *eu deveria ter entendido*. Sou professora. Deveria ter percebido que aquele não era o comportamento normal de uma adolescente. Deveria ter detectado os sinais de depressão. Ela era minha sobrinha. E a decepcionei.

A culpa me invade como uma onda. Eu me sinto de mãos atadas por um momento. Engulo em seco.

— O que aconteceu com sua irmã?

Ela balança a cabeça, tentando se recompor.

— Ela não podia continuar lá. Não naquela casa, onde tudo aconteceu. Voltou para Edgeford, para mais perto da mamãe. Carla ainda está passando por maus bocados, tentando lidar com tudo. Vou vê-la sempre que posso, mas é como se a morte de Emily fosse uma barreira entre nós que não conseguimos contornar.

Sei o que ela quer dizer. A dor é pessoal. Não é algo que se possa compartilhar, como uma caixa de bombons. É sua e só sua. Uma bola de aço dentada presa ao seu tornozelo por uma corrente. Um manto de pregos sobre seus ombros. Uma coroa de espinhos. Ninguém mais pode sentir a sua dor. Ninguém pode se colocar no seu lugar porque seu lugar está cheio de cacos de vidro e toda vez que você tenta se mexer os cacos o dilaceram um pouco. O luto é o pior tipo de tortura e não acaba nunca. Você detém os direitos sobre a sua dor pelo resto da vida.

— Foi por isso que veio para cá? — pergunto. — Por causa de Emily?

— Quando o trabalho surgiu, poucos meses depois, parecia que era para ser mesmo.

É engraçado como as coisas acontecem.

— Por que não me contou essa história logo de cara?

— Porque Harry não sabe. Eu não queria que ele pensasse que estou aqui pelas razões erradas.

— Tipo o quê?

— Vingança, por exemplo.

— E não foi isso?

— No começo, talvez. Eu queria que *alguém* fosse responsabilizado pela morte de Emily. — Ela suspira. — Mas não consegui descobrir nada. Nada específico, pelo menos. Apenas as amizades e os desentendimentos normais.

— E quanto a Hurst?

— Ela nunca mencionou o nome dele...

— E então?

— Existe *alguma coisa* errada naquela escola, e tem o dedo de Hurst nisso. Quando se deixa uma criança como Hurst escapar impune das coisas que faz, cria-se um lugar onde a crueldade passa a ser a norma.

Pergunto a mim mesmo se é só isso. Lembro o que Marcus disse sobre Hurst levar crianças para a antiga mina de carvão. Crianças que queriam se enturmar. Talvez até uma menina desesperada para ser aceita na escola nova. A mina podia afetar as pessoas não só de uma forma. Como aconteceu com Chris.

—Você se calou.

— É que estou pensando que a história tem o péssimo hábito de se repetir — digo com amargura.

— Mas não deveria. A única maneira de escolas como o Instituto Arnhill mudarem é a partir de dentro. Dar aulas não se baseia só em tabelas de classificação e boas avaliações no relatório Ofsted. As escolas precisam ajudar nossos jovens a se tornarem seres humanos decentes e capazes, a atravessarem a adolescência com integridade. Se eles se perdem nessa idade, estão perdidos para sempre. — Ela dá de ombros. —Você deve achar ingênuo o que eu disse.

— Não, acho corajoso, louvável e tudo o mais que fará você me mostrar o dedo do meio a qualquer instante e... sim, aí está ele.

Ela recolhe o dedo.

—Apesar de toda essa baboseira cínica e enfadonha, quase chego a pensar que você me entende.

— E entendo. Por favor, não me interprete mal, minhas razões para estar aqui são muito menos dignas.

— Então, quais são?

Eu hesito. Dentre todas as pessoas, Beth é a única para quem eu gostaria de contar a verdade. Mas por outro lado, dentre todas as pessoas, é só com a opinião de Beth que me preocupo.

— Como você disse, só dois tipos de professores vêm para Arnhill... eu não conseguiria emprego em outro lugar.

— Pensei que estivéssemos sendo honestos um com o outro.

— Eu estou sendo.

— Não. — Ela balança a cabeça. — Tem alguma coisa que você não quer me contar.

— Não tem, eu garanto.

— Dá para ver no seu rosto.

— Meu rosto é assim. É uma maldição.

— Ótimo. Não precisa contar.
— Certo.
— Então, *tem* alguma coisa?
— Tudo bem... eu era viciado em jogo. Acabei devendo muito dinheiro. Precisava me esconder em algum lugar até conseguir pagar minhas dívidas. Não tem nada de nobre na minha volta. Sou um reles jogador, um professor medíocre e um ser humano questionável. Satisfeita?

Ela olha para mim.

— Até parece. Você pode ser um idiota, mas é um idiota que está aqui por algum motivo. Um motivo importante para você. Caso contrário, teria dado no pé no minuto em que os comparsas de Hurst o espancaram. Mas se não quiser me contar, tudo bem. Pensei que estivéssemos nos tornando amigos. Eu estava enganada, claro.

Ela se levanta e pega a jaqueta.

— Já vai?
— Sim. Já vou, e furiosa.
— Ah.
— Deixando *você* aqui arrasado, com cara de perdedor.
— Sinto muito decepcioná-la, mas não preciso de você para isso.

Ela veste a jaqueta.

—Você precisa de alguém.
— Todo mundo precisa de alguém.
— Muito profundo.
— *Os Irmãos Cara de Pau.*
—Vá à merda!

Ela então se vira e sai do pub pisando firme. Ninguém no pub se dá ao trabalho de tirar os olhos da própria bebida.

Continuo sentado, arrasado e com cara de perdedor. Mas pelo menos um arrasado com cara de perdedor e dois copos de bourbon pela metade. Há males que vêm para o bem. Despejo o conteúdo do copo de Beth no meu e tomo um gole generoso. Então enfio a mão no bolso e tiro um pedaço de papel. Eu tinha anotado um endereço nele.

Hora de fazer uma visita. De iluminar a noite de alguém.

Em um jogo de baralho há sempre um momento em que conseguimos ver as cartas dos outros jogadores, como se fossem transparentes. Dá para saber o que eles têm na mão. Mentalmente, dá para saber quais são as nossas chances. As próximas jogadas. Está tudo ali, tão claro quanto se alguém tivesse escrito o resultado com caneta fluorescente no ar na nossa frente.

E em geral erramos.

Se alguma vez acharmos que os demais jogadores estão sob controle, que sabemos como será a rodada, quais lances deveremos fazer ou quando deveremos blefar, é porque estamos ferrados.

Porque esse é o ponto em que tudo desabará sobre nossa cabeça.

Pensei que eu havia sido inteligente ao estabelecer a conexão entre Ruth e Marcus. Imaginei que soubesse o que estava acontecendo. Ruth morava aqui na época, ela me conhecia, conhecia Arnhill. Também conhecia Ben e Julia. Era *possível* que ela de alguma forma tivesse conseguido meu e-mail e meu número de telefone e mandado aquelas mensagens. Tudo era *possível*. Mas por quê?

Agora tenho outra explicação. Não faz muito mais sentido. Não sei quais cartas o outro jogador tem na mão. Mas pelo menos sei com quem estou jogando.

Eu me aproximo e toco a campainha. Em seguida recuo de novo.

Ninguém aparece. Não há luzes atrás das cortinas da sala, mas tenho certeza de que ela está em casa. E estou certo. Segundos depois, do outro lado do vidro da porta, uma luz se acende no hall.

Uma silhueta indistinta se aproxima; ouço alguém tossir, fungar, depois o som da chave na fechadura, e então a porta se abre...

— Sr. Thorne.

Ela não demonstra surpresa ao me ver. Afinal, passou a vida inteira aperfeiçoando uma fachada tranquila e sem emoção. *O que mais passou a vida inteira fazendo?*, é o que me pergunto.

Dou um sorriso gentil.

— Olá, Srta. Grayson.

vinte e seis

1992

— *Ossos!!*

O rosto de Hurst iluminou-se tanto de alegria que foi como se alguém tivesse baixado suas calças e pagado um boquete para ele ali mesmo.

Levei algum tempo para perceber o que tudo aquilo me trazia à lembrança. O olhar de êxtase, o brilho da luz do capacete de mineiro iluminando suas feições. E então tive um estalo. Lembrei a cena de *Caçadores da Arca Perdida* em que os nazistas olham dentro da Arca... logo antes de todos os demônios saírem de repente e o rosto dos homens começarem a derreter e pingar do crânio.

Pensei que seria impossível sentir ainda mais medo. Como de costume, me enganei.

— Ossos! — A palavra provocou um arrepio que se propagou por todo o grupo como um eco sombrio.

Todos observaram os ossos na rocha. Alguns, quando vistos de perto, eram mais amarelos. Mais antigos, talvez. Também eram pequenos. Embora alguns tivessem obviamente sido quebrados ou cortados para formar símbolos e formas, outros continuavam inteiros. Pareciam delicados, frágeis até.

Hurst tocou em um deles com uma gentileza surpreendente. Em seguida, segurou com força e puxou. O osso cedeu com muito mais facilidade do que eu esperava, em meio a uma pequena nuvem de poeira e fragmentos de pedra que desmoronaram no chão. Hurst examinou o osso. *Um braço*, pensei. Um bracinho.

— Meu Deus! — gritou Fletch. — Viram isso?

O grupo inteiro se virou. Ele segurava uma das pedras amareladas, que na verdade não era pedra. Era uma caveira. Minúscula. Mal cabia na mão dele. Não era de um adulto. Era de uma criança. Praticamente todos aqueles esqueletos desmembrados eram de crianças.

— É melhor sairmos daqui — sugeri, mas minha voz soou distante e fraca.

— Está brincando? — interrompeu Hurst. — Este lugar é do caralho. E é nosso.

Foi quando entendi a merda em que tínhamos nos metido. Ninguém era dono de uma coisa daquelas. Um lugar como aquele não pertencia a ninguém. No máximo, nós pertencíamos àquele lugar.

Fletch sorriu e atirou a caveira em Marie.

— Idiota.

Ela se abaixou, e o crânio bateu no chão e se partiu ao meio.

— Estúpido! — queixou-se Marie.

Ela não parecia mais tão bonita. Talvez fossem todos aqueles ossos, talvez fossem os efeitos da sidra começando a se manifestar, mas seu rosto estava pálido, quase acinzentado.

Hurst circulava pela caverna, arrancando mais ossos das paredes com a ajuda do pé de cabra e gritando a cada um que arrancava. Gritando com vontade.

Fletch pegou mais alguns crânios e começou a chutá-los pela caverna, como se fossem bolas de futebol. Minhas entranhas se contorceram de tão horrorizado que eu estava. Mas não fiz nada. Só fiquei lá parado. Como sempre.

— Aqui! — gritou Hurst, brandindo o pé de cabra.

Fletch pegou um crânio e segurou-o como se fosse uma bola de boliche, com os dedos enfiados nas órbitas vazias. Atirou-o em Hurst. Hurst girou o pé de cabra. O metal e o crânio se conectaram com um crac. O crânio se despedaçou. Aquilo me embrulhou o estômago.

Olhei para Chris em busca de ajuda, algum apoio, mas ele se manteve imóvel, com os braços para baixo e o olhar inexpressivo. Como se, uma vez ali, uma vez diante do que ele havia encontrado, o trauma o tivesse deixado em estado catatônico.

Ouvi por fim minha própria voz dizer:

— Pelo amor de Deus, são ossos de crianças mortas.

— E daí? — Fletch virou-se para mim. — Acha que elas vão reclamar?

Hurst sorriu.

— Desencana, Thorney. Só estamos nos divertindo. Além disso, quem encontra é dono, certo?

Ele pegou a metade do crânio do chão.

— Como é aquela merda que Shakespeare escreveu? "Ser ou não ser"?

Atirou a caveira para o alto e bateu nela com o pé de cabra. Fragmentos de ossos voaram em todas as direções.

Eu me encolhi, mas logo minha atenção foi capturada por outra coisa. Pensei ter ouvido um barulho. Nas paredes. Um som estranho. Não arranhões. Era um som que mais lembrava um zumbido. Pensei em morcegos. Seria possível ter morcegos ali embaixo? Ou ratos, talvez. Eles gostam de túneis subterrâneos escuros, não é verdade?

— Ouviram alguma coisa? — perguntei.

Hurst franziu a testa.

— Nada.

— Tem certeza? Pensei ter ouvido algo... morcegos ou ratos, talvez.

— Ratos! — Marie virou o rosto de repente. — Merda! — Ela disparou para um canto afastado e vomitou ruidosamente.

— Droga — disse Fletch. — Eu sabia que não era para ter trazido Marie.

O rosto de Hurst ficou tenso. Eu não tinha certeza se ele partiria para cima de Fletch ou gritaria com Marie. Mas então ouvimos mais um barulho. Bem mais nítido dessa vez. Uma pequena cascata de pedras caindo dos degraus acima de nossas cabeças.

Todos nos viramos (com exceção de Marie, que colocava tudo para fora no canto). A caverna foi tomada pelo cheiro de vômito e suor. Ainda assim, tive a sensação de que o ar estava mais fresco. Frio, até. Mas não um frio normal. Um frio estranho. *Um frio horripilante*, pensei. Como as sombras que se moviam. Que não eram estáticas. Moviam-se, vivas.

Apontamos nossas lanternas na direção de onde vinha o ruído. Na direção dos degraus, que subiam desnivelados rumo à escuridão.

— Ei! — gritou Hurst. — Tem alguém aí em cima?

Silêncio, depois mais uma rápida queda de pedras.

— É melhor você descer ou terei que subir e...

Sua voz enfraqueceu. Uma sombra se ergueu na parede. Uma sombra alta e esguia, segurando algo em seus dedos alongados, algo que parecia um bebê...

Todo o grupo se calou, e até os gemidos de Marie diminuíram. Eu ouvia de novo o outro som. O que lembrava um zumbido. Mais perto. A sombra se aproximava. Meu couro cabeludo ficou arrepiado. Hurst ergueu o pé de cabra. Pouco a pouco a sombra se encolheu até virar uma figura concreta. Uma pequena figura com capuz cinza, calça de pijama cor-de-rosa e tênis. Em uma das mãos, havia uma lanterna. Na outra, uma boneca de plástico.

— Puta que pariu. — Hurst abaixou o pé de cabra.

—Você está de sacanagem — murmurou Fletch.

Olhei para Annie.

— O que você está fazendo aqui, porra?

vinte e sete

Estamos os dois na saleta dos fundos. É um cômodo pouco iluminado, mobiliado apenas com duas poltronas de couro resistente, uma escrivaninha e uma mesa de leitura. Um tapete desbotado, mas que deve ter custado caro quando novo, cobre as tábuas do assoalho. Estantes altas ocupam a maior parte do espaço livre da parede, repletas de livros com lombadas agradavelmente gastas pelo manuseio.

Jamais confie em uma pessoa cujas estantes estejam abarrotadas de livros imaculados, ou pior, em quem coloca os livros com as capas voltadas para fora. Essa pessoa não tem o hábito da leitura. Essa pessoa só gosta de se exibir. *Olhe para mim e admire meu excelente gosto literário. Olhe para esses livros aclamados que provavelmente nunca li.* Um leitor de verdade dobra a lombada, manuseia as páginas, absorve cada palavra, cada nuance. Não se pode julgar um livro pela capa, mas, com certeza, pode-se julgar o dono do livro.

— Então — diz a Srta. Grayson, colocando uma xícara de café na mesa ao meu lado e sentando-se na outra poltrona com uma caneca de Lemsip na mão. — Você tem perguntas a me fazer.

— Poucas, na verdade.

Ela se recosta na poltrona.

— Imagino que a primeira seja se sou uma velha louca com tempo sobrando.

Pego o café e tomo um gole. Ao contrário da lavagem que ela me serviu na escola, o café é forte e saboroso.

— Está ótimo.

— Imagino que sim.

— Foi você quem me mandou o e-mail?
— Sim.
— Como me encontrou?
— Processo de eliminação. Eu sabia que você tinha se tornado professor. Localizei sua última escola, expliquei que você estava pleiteando um cargo aqui e que eu havia perdido seu contato.
— Mas isso foi *antes* de eu me candidatar para a vaga aqui.
— Isso mesmo.
Um detalhe me vem à cabeça.
— A escola mencionou o motivo da minha saída?
— Sim.
— Então você sabia que eu tinha falsificado a referência que entreguei a Harry.
Um brilho em seu olhar.
— Sua criatividade me deixou impressionada.
Reflito por um instante. Todo esse tempo eu estive na mão dela.
— E a pasta?
— Fui eu que juntei os recortes. Marcus deixou para você... pensei que chamaria menos atenção.
— Mas a mensagem de texto veio do telefone do Marcus, não foi?
— De um antigo que ele não usava mais. Mas aí destruíram seu iPhone, e ele precisou do reserva.
— *Por quê?* Por que teve esse trabalho todo? Essa pantomima? Não passou por sua cabeça simplesmente me *ligar*? Sabia que o correio ainda oferece serviços como o de entrega de cartas?
—Você teria voltado se eu tivesse apenas ligado?
—Talvez.
— Nós dois sabemos que isso não é verdade.
Sua voz é ríspida. E eu me sinto repreendido. Como um garoto que foi pego mentindo.
— Aprendi muita coisa — continua ela — trabalhando com crianças durante tantos anos. Em primeiro lugar, jamais faça uma pergunta direta. Elas com certeza mentirão. Em segundo, sempre as deixe pensar que a ideia é delas. E, em terceiro, faça algo muito interessante e elas virão até você.
—Você esqueceu o quarto ponto... nunca deixe que ateiem fogo em seus próprios puns.
Um leve sorriso.

— Você sempre usou o sarcasmo como mecanismo de defesa, mesmo quando menino.

— Estou surpreso que se lembre de mim ainda menino.

— Lembro-me de todos os meus alunos.

— Impressionante. Eu mal consigo me lembrar da última aula que dei.

— Stephen Hurst... sádico, amoral, mas inteligente. Uma combinação perigosa. Nick Fletcher... um garoto não muito brilhante, excesso de raiva. Pena que não tenha encontrado um modo melhor de canalizá-la. Chris Manning... esperto, traumatizado, perdido. Sempre à procura de algo que jamais encontraria. E você... o azarão. Desviando-se de golpes com palavras. O mais próximo de um amigo de verdade que Hurst já teve. Ele precisava de você, mais do que você imaginava.

Engulo em seco. Minha garganta parece uma lixa.

— Você esqueceu Marie.

— Ah sim... uma menina bonita, mais inteligente do que ela própria percebia. Uma menina que sabia como conseguir o que queria, já naquela época.

— Mas não somos mais crianças.

— Por dentro todos nós ainda somos crianças. Com os mesmos medos, as mesmas alegrias. Só ficamos mais altos e aprendemos a esconder melhor as coisas.

— Você é uma que sabe esconder muito bem as coisas.

— Eu não pretendia enganá-lo.

— Então, o que exatamente *quis* fazer?

— Persuadi-lo a voltar. E consegui. — Ela começa a tossir, pega um lenço de papel e cobre a boca. Quando a tosse diminui, diz: — Imagino que você tenha descoberto por intermédio de Marcus.

Faço que sim.

— Ele estava preocupado que você pudesse se meter em apuros. Prometi a ele que isso não aconteceria... desde que me contasse a verdade.

— Marcus é um bom menino — diz ela.

— Ele pensa muito em você.

— É meu afilhado, mas imagino que tenha lhe falado sobre isso também.

— Sim. Nunca me dei conta de que você conhecia a mãe dele...

— Ruth sofreu demais na escola. Um dia a resgatei dos valentões e me tornei uma espécie de confidente dela.

Penso nas crianças que eu via na sua sala. As que ela tentava ajudar. Não era grande coisa. Na escola, porém, quando um aluno se sente intimidado ou sofre bullying, qualquer demonstração de afeto significa muito.

— De todo modo — prossegue ela —, Ruth e eu mantivemos contato depois que ela saiu da escola. Quando ela teve Lauren e Marcus, me chamou para ser madrinha deles. Tomei conta dos dois algumas vezes durante as férias, enquanto ela trabalhava. Continuamos muito próximos, especialmente Marcus e eu. Ele ainda vem tomar chá comigo duas vezes por semana. É um jovem muito inteligente e temos muitos interesses em comum.

— Sobre a história local?

Mais uma vez ela dá um leve sorriso.

— Entre outras coisas.

— Então você o usou?

— Ele queria ajudar. Ele não sabe de tudo, se é o que está pensando.

— Hum, você não tem ideia do que estou pensando.

— Então me diga.

Quando vou falar, percebo que *eu* não tenho ideia do que estou pensando.

— Já leu a papelada da pasta? — pergunta ela, tomando um gole da caneca.

— A maior parte.

— Achou interessante?

Dou de ombros.

— Arnhill tem uma história sombria. Como muitos lugares.

— Mas quase nenhum é tão antigo quanto este. As pessoas presumem que Arnhill cresceu ao redor da mina. Não é verdade. O vilarejo já existia muito antes da mina.

— E então?

— Por que um vilarejo surge no meio do nada?

— Pela vista bonita?

— Vilarejos surgem em determinados lugares por algum motivo. Água limpa, terra fértil. E às vezes por outros motivos ainda.

Outros motivos. Sinto um calafrio repentino. Uma lufada de ar gelado.

— Tais como?

— Você leu os artigos sobre os julgamentos de bruxas e Ezekeriah Hyrst?

— Mito, lenda urbana.

— Mas muitas vezes há uma pitada de verdade.

— E qual é a verdade no caso de Arnhill?

Ela envolve a caneca com as mãos. Mãos fortes, percebo. Competentes. Firmes.

— Você visitou o cemitério. Reparou no que faltava?

— Crianças. Bebês.

— Isso é o que está *obviamente* faltando.

— Obviamente?

— Arnhill tem uma história sombria, como você disse. Muitas mortes. Mas há apenas noventa almas enterradas no cemitério.

— Não reutilizam antigas sepulturas depois de um tempo?

— Sim. Mas mesmo levando isso em consideração, e também que a maioria das pessoas foi enterrada em outros cemitérios a partir de mais ou menos 1946, ou cremada em anos mais recentes, os números não batem. Falando sem rodeios, não há sepulturas suficientes para os mortos. Assim, onde estão eles?

De repente compreendo o que ela fez. Ela me trouxe até aqui, devagar e com cuidado, pegando o caminho mais longo, de modo que eu não visse exatamente para onde estávamos indo. Até agora.

— Imagino que tenham sido levados para outro lugar — diz ela. — Um lugar que os moradores acreditavam que de alguma forma fosse especial. — Ela deixa a frase no ar por um momento. — E há vinte e cinco anos, acredito, você e seus amigos o encontraram.

Lugares também têm segredos, penso. *Que nem as pessoas. Só é preciso escavar. A terra, a vida, a alma de um homem.*

— Como soube?

— Conheci muitos jovens na minha época aqui em Arnhill. Eu vi pessoas crescerem, casarem e terem filhos. Alguns nunca chegaram tão longe. Como Chris.

Penso em um baque no chão. Uma mancha vermelha como rubi.

— Ele gostava de ir à minha sala. Antes de Hurst abrigá-lo sob suas asas.

— Não me lembro...

— É provável que você estivesse muito ocupado, sempre correndo, torcendo que eu não reclamasse da sua camisa fora da calça ou dos tênis.

Quase sorrio. O passado, penso. Sempre a algumas palavras impensadas de distância. Só que não acredito que nenhuma das palavras da Srta. Grayson seja impensada. Ela passou muito tempo esperando para dizê-las.

— Alguns dias antes de morrer — prossegue ela —, Chris me procurou. Queria falar com alguém. Sobre o que vocês encontraram.

— Ele contou o que aconteceu?

— Em parte. Mas acho que tem mais, não é, Joe?

Sempre tem mais. *Só é preciso escavar.* E quanto mais fundo, mais escuro.

— Sim.

— Por que não me conta?

vinte e oito

1992

Annie observou a caverna com olhos que eram enormes cavidades no seu rosto miúdo.

—Vim atrás de você.

— Cacete! O que passou pela sua cabeça?

— Eu queria ver o que você estava fazendo. Isso são caveiras? São de verdade? — Sua voz falhava um pouco.

Ela apertou Abe-olhos contra o corpinho estreito.

—Você precisa ir embora. — Avancei alguns passos, mancando, e segurei-a pelo braço. —Vamos.

— Espera. — Hurst tentou bloquear nossa passagem.

— O que foi?

— E se ela der com a língua nos dentes?

— Ela tem oito anos.

— Por isso mesmo.

— Não vou contar nada — murmurou Annie.

— Está vendo? Agora me deixe tirá-la daqui.

Olhamos um para o outro. Não sei ao certo o que eu teria feito se Marie não tivesse gemido do seu canto:

— Não estou bem, Steve. Quero ir para casa.

—Vaca burra — disparou Fletch, sem muita convicção.

Vi que Hurst estava passando por um conflito interno. Olhou para Annie e para mim, depois de novo para Marie.

— Tudo bem — rosnou. — Vamos para casa. Mas voltaremos. E não saio daqui sem algumas lembrancinhas.

— Não! — falou Chris pela primeira vez. — Você não pode fazer isso. Não pode tirar nada daqui.

Hurst foi para cima dele.

— Por que não? Que história é essa, Fofão? Este lugar é nosso agora. Ele nos pertence.

Não, pensei de novo. *Este lugar não pertence a você*. Ele talvez permita que pense assim. Pode até *querer* que pense assim. Mas foi assim que ele capturou você. Foi assim que o atraiu para cá. Foi assim que ele se apossou de *você*.

— Chris está certo — argumentei. — Não podemos tirar nada daqui. Pense bem, e se alguém perguntar onde arranjamos ossos humanos?

Hurst virou-se para mim.

— Ninguém fala nada. E ninguém me diz que merda posso ou não posso fazer, Thorney.

Ele ergueu de novo o pé de cabra. Percebi que Annie estava encolhida. Segurei seu braço com mais força ainda.

Um sorriso se espalhou devagar pelo rosto de Hurst.

— Me dá sua mochila.

Sem esperar por uma resposta, ele puxou a mochila das minhas costas e a jogou para Fletch.

— Vamos levar algumas caveiras. Podemos colocar velas dentro e assustar as pessoas no Halloween.

Fletch pegou a bolsa e ajoelhou-se para recolher mais alguns crânios. Hurst aproximou-se de novo da parede e começou a golpeá-la com o pé de cabra, arrancando ossos como um desvairado.

Annie apertou meu braço.

— Abe-olhos não gosta daqui.

— Diga a Abe-olhos que está tudo bem. Daqui a pouco vamos embora.

Seu corpo estremeceu contra o meu.

— Abe-olhos diz que não está tudo bem. Diz que são as sombras, que as sombras estão se movendo. — Ela virou-se bruscamente. — Que barulho é esse?

Não restava dúvida de que estávamos escutando o mesmo zumbido. Vinha de todos os lados. Não eram ratos. Nem morcegos. Ratos e morcegos eram bichos grandes. Desajeitados. O som que ouvíamos era mais fraco e constante. O som de coisas pequenas porém numerosas. Uma montanha de carapaças eriçadas e patas ligeiras.

Compreendi um momento antes de acontecer. *Insetos*, pensei. *Insetos*.

Hurst enfiou o pé de cabra na rocha e conseguiu arrancar um pedaço de osso que se recusava a sair.

— Consegui!

A parede explodiu em uma massa de corpos negros brilhantes.

— Porra!

Besouros derramaram-se em uma onda reluzente, como óleo vivo. Centenas fervilharam para fora do buraco e deslizaram para o chão. Alguns subiram no pé de cabra e até nos braços de Hurst. Ele largou a ferramenta e começou a se sacudir, como em uma dança estranha.

Do outro lado da caverna, Fletch gritou. O crânio que ele segurava começou a girar em sua mão e mais besouros jorravam das órbitas e da boca escancarada. Os crânios no chão se movimentavam, empurrados por milhões de minúsculas patas de insetos.

Fletch jogou o crânio para um lado e, com dificuldade, conseguiu se erguer. Na pressa para se levantar, soltou a lanterna. Ela bateu no chão e a luz apagou, mergulhando metade da caverna na escuridão.

Marie deu um grito estridente.

— Não consigo ver nada. *Merda, merda, merda!* Eles estão em cima de mim. Alguém me ajuda. *Socorro!*

Um grito quase explodiu na minha garganta, mas eu precisava pensar em Annie. Ela agarrou-se a mim, paralisada e muda de medo. Eu a abracei e sussurrei perto do seu cabelo.

— Está tudo bem. São só besouros. Vamos conseguir sair daqui.

Agarrado a ela, tentei retroceder até os degraus, onde ainda estava Chris, com a lanterna pendendo inutilmente da mão e iluminando um pequeno pedaço de chão que se movia. Besouros estalavam e se despedaçavam sob nossos pés. *Crac, click, paft*. Eu estava contente por estar com botas pesadas e com a calça jeans enfiada na bota, mesmo sentindo meu tornozelo inchado pressionar dolorosamente o couro. Annie choramingava ao meu lado feito um animalzinho assustado.

Estávamos quase lá quando uma figura surgiu da escuridão. Hurst. Sob o brilho da luz do capacete de mineiro, seu rosto estava pálido e reluzente de suor. Em pânico. Foi o que mais me assustou.

— Me dá o capacete.

Ele tentou agarrá-lo, empurrando-me contra a parede e me fazendo soltar Annie.

— Fique longe de mim!

— Me dá a lanterna.

Ele me deu um empurrão forte, e bati com a cabeça na pedra. Meu crânio chocou-se com violência com o capacete. Ouvi alguma coisa estalar. A luz piscou, tentou se manter acesa, mas logo sumiu de vez. A escuridão nos envolveu em um manto úmido.

— Seu *imbecil*! — Empurrei Hurst para longe. O desespero me sufocava. Precisávamos sair dali. *Imediatamente*. — Annie?

— Joey? Cadê você? — Havia lágrimas reprimidas na voz.

Ela ainda tentava com todas as forças ser corajosa.

Segui mancando a direção de sua voz.

— Estou perto, Annie. Acenda a lanterna.

— Não dá. Não sei onde ela está.

— Não tem problema. — Estendi a mão e meus dedos tocaram os dela.

Da escuridão, Marie gritou:

— *Nãããão!*

Senti uma lufada de ar quando algo passou rente ao meu rosto. Mergulhei no chão de novo, batendo com força o cotovelo. O capacete voou de minha cabeça. A dor rasgava meu braço. Mas não tive tempo de me concentrar nela porque naquele momento ouvi outro grito, agudo, agonizante, terrível.

— *ANNIE?!!*

Eu me arrastei pelo chão, lutando para passar entre carapaças duras e patas em movimento. Meus dedos tocaram um objeto metálico. A lanterna de Annie. Eu a peguei e percebi que a bateria estava pendurada. Recoloquei-a no lugar, apertei o botão e iluminei a caverna.

Minha mente entrou em queda livre. Meu coração pareceu ao mesmo tempo se encolher, se expandir e se despedaçar. Annie estava deitada no chão como se fosse um montinho amarrotado, ainda agarrada à Abe-olhos. Seu pijama tinha subido, revelando pernas finas e sujas de terra. O rosto e os cabelos estavam empapados de alguma coisa escura, vermelha e pegajosa.

Fui me arrastando até minha irmã e a peguei desajeitadamente nos braços. Senti seu corpo magro e ossudo. Ela cheirava a xampu e salgadinhos de queijo e cebola. Ao nosso redor, os besouros que tinham fervilhado pela caverna começavam a recuar, a se dissipar e a se enfiar de volta nas paredes, como se houvessem dado o trabalho por encerrado.

— Foi um acidente...

Ergui a lanterna. Vi Hurst a uma pequena distância, com Marie agarrada ao seu braço. O pé de cabra estava caído no chão. Eu me lembrei da *lufada* de ar quente no rosto. Olhei de novo para Annie com a cabeça sangrando.

— Que merda você fez?

A raiva queimava minha garganta como bile. Eu queria voar no pescoço de Hurst e esmagar a cabeça dele na pedra até que só restasse osso triturado e gelatina. Queria pegar o pé de cabra e enfiá-lo em suas entranhas.

Mas algo me deteve. *Annie.* Meu tornozelo continuava latejando. Seria uma luta subir os degraus sem ajuda. Eu não conseguiria além de tudo carregar Annie. Nem tinha certeza de que devíamos movimentá-la. Precisaria contar com a ajuda de Hurst e dos outros.

— Me deem alguma coisa para estancar o sangramento.

Hurst tirou a gravata da cabeça e jogou-a para mim. Seu rosto estava sem expressão. Parecia que estava acordando de um sonho ruim e descobrindo que não tinha sido um sonho.

— Eu não queria...

Não queria machucar Annie. Só queria machucar a mim. Mas eu não consegui processar essa ideia naquele momento. Pressionei a gravata contra o ferimento no couro cabeludo de Annie. Ficou empapada. Mau sinal. Péssimo sinal.

— Ela está morta? — perguntou Fletch.

Não, pensei. *Não, não, não. Não minha irmã. Não Annie.*

— Você precisa chamar uma ambulância.

— Mas... o que vamos dizer para eles?

— Que importância tem isso agora?

A gravata na minha mão estava empapada. Joguei-a para o lado.

— Fletch tem razão — murmurou Hurst. — Precisamos de uma história. Eles farão perguntas.

— Uma história? — Olhei para ele. — Pelo amor de Deus.

Com o canto do olho vi Chris se mexer. Ele abaixou-se e pegou algo do chão. Em seguida voltou para um canto sombrio.

— Diga qualquer coisa — falei, desesperado. — Só peça ajuda. Agora.

— Por que pedir ajuda se ela está morta? — insistiu Fletch. *Maldito* Fletch. — Não consigo ouvir a respiração. Ela não está respirando. Olhe para ela. Veja seus olhos.

Eu não queria olhar. Porque já tinha visto. Ela só estava inconsciente, falei para mim mesmo. Apenas inconsciente. *Então, por que seus olhos não se moviam? Por que seu corpo frágil parecia cada vez mais frio?*

Hurst passou a mão no cabelo dela. Com ar pensativo. Isso era ruim. Porque, se ele começasse de fato a pensar, a se preocupar em salvar a própria pele, estaríamos ferrados.

— Eles farão perguntas. A polícia.

— *Por favor* — implorei. — É minha irmã.

— Steve. — Marie tocou seu braço.

Eu quase tinha esquecido que ela estava ali.

Hurst olhou para ela. Eles pareciam ter alguma espécie de conexão.

— Está certo — disse ele, assentindo. — Vamos.

Eu me virei para Marie e tentei sinalizar um agradecimento, mas ela não permitiu que nossos olhares se cruzassem. Continuava pálida, com uma aparência doente. Todos se arrastaram para os degraus. Ninguém se ofereceu para ficar comigo, nem mesmo Chris. Mas tudo bem. Eu não queria ninguém ali. Queria que ficássemos apenas Annie e eu. Como sempre havia sido.

Ao pé da escada, Hurst parou. Tive a impressão de que ele diria alguma coisa. Se tivesse dito, acho que eu teria corrido até ele e arrancado seu coração com as mãos. Mas ele não disse nada. Apenas se virou em silêncio e desapareceu na escuridão.

Continuei ajoelhado no chão frio, embalando o corpo débil de Annie. Apoiei a lanterna na pedra, apontada cima. Besouros mortos esmagados nos rodeavam. Eu ainda podia ouvir o zumbido fraco dos que restaram, nas paredes. Tentei não pensar neles. Tentei ouvir os sons do grupo que subia. Tentei não prestar atenção ao que estava faltando.

Ela não está respirando.

Eles estavam indo devagar demais. *Mais rápido*, pensei. *Mais rápido*. Depois de algum tempo, o som dos passos instáveis se tornou cada vez mais distante. *Eles devem estar perto da entrada agora*, pensei. *Têm que estar.* Nesse caso, não demorariam muito para correr de volta até o vilarejo, até alguma casa, alguma cabine telefônica. E logo ligariam para a emergência. O hospital ficava a uns bons vinte quilômetros, mas as ambulâncias teriam luzes e sirenes, e se soubessem que se tratava de uma criança, se...

Um som. Estava mais para um eco. Distante, mas alto o bastante para ouvir. BUM. Como algo pesado caindo. BUM. Ou uma porta metálica batendo. BUM.

Ou uma escotilha se fechando.

BUM.

Ergui os olhos para a escuridão.

— Não — sussurrei.

Eles não fariam isso. Não ousariam. Nem mesmo Hurst. Seria possível?

Ninguém fala nada. Precisamos de uma história. Eles farão perguntas.

BUM.

E quem saberia? Quem nos encontraria? Quem contaria?

Tentei racionalizar. Posso estar enganado. Talvez eles tenham apenas fechado a escotilha para nos deixar em segurança, ou para ter certeza de que ninguém cairia ali dentro. Eu tentei. Tentei com todas as forças me convencer disso, mas tudo que vinha à minha mente era aquele som metálico pesado:

BUM.

Naquele momento entendi coisas que nenhum jovem de quinze anos deveria entender. Sobre a natureza humana. Sobre autopreservação. Sobre desespero. O pânico tomou conta de mim como uma onda gigante, invadiu minha garganta, impediu-me de respirar. Segurei minha irmãzinha com mais força, balançando-a para a frente e para trás.

Annie, Annie, Annie.

BUM.

E então ouvi mais um som. O zumbido constante. Os besouros. Estavam saindo das paredes de novo. Voltando para nos perseguir.

A constatação me tirou da inércia.

Não podíamos continuar ali. À espera de uma ajuda que talvez nunca chegasse. Precisávamos agir. Precisávamos sair daquele lugar.

Deitei Annie com cuidado no chão e me forcei a ficar de pé. Se apoiasse quase todo o peso no pé esquerdo, conseguiria me manter firme. Eu me curvei, suspendi Annie por baixo dos braços, e então percebi que não restava mão livre para segurar a lanterna. Hesitei. Os besouros zumbiam. Peguei a lanterna e a segurei entre os dentes. Então voltei a agarrar Annie e, com passo vacilante, venci os primeiros degraus, equilibrando-me contra a parede rochosa, arrastando seu corpo flácido. Ela era pequena, mas eu também. Seu moletom insistia em subir, e sua pele macia arranhava nos degraus ásperos de pedra. Eu parava a todo instante para tentar baixar sua roupa, o que era uma burrice. Desperdício de esforço e tempo.

Subi com ela mais três degraus. Meu tornozelo latejava. Minha cabeça fervilhava. Parei, tentei respirar, relaxei os pulsos por um instante. Então dei um passo para trás. A pedra desmoronou sob meu calcanhar. Meu pé escorregou, perdi o controle das pernas. Eu estava caindo. De novo. Segurei Annie, mas sem conseguir impedir a queda, minha cabeça bateu com força no degrau rochoso às minhas costas. Minha visão enfraqueceu e a escuridão me envolveu.

Foi diferente dessa vez. A escuridão. Mais profunda. Mais fria. Eu podia senti-la movendo-se ao meu redor e dentro de mim. Rastejando pela minha pele, enchendo minha garganta, mergulhando por ela...

Meus olhos se abriram de repente. Minhas mãos se agitaram, esfregaram e bateram na minha cabeça e no meu rosto. Eu tinha uma vaga percepção de que alguma coisa recuava. Uma onda sibilante de carapaças reluzentes se enfiava mais uma vez na rocha. A lanterna ao meu lado emitia um brilho fraco e nauseante. Não lhe restava muita vida. Por quanto tempo eu tinha ficado desmaiado? Segundos? Minutos? Mais do que isso? Eu estava estatelado no penúltimo degrau. Meu corpo parecia estranhamente leve. Como se um peso tivesse sido tirado de cima dele.

Annie.

Ela não estava apoiada em mim. Eu me sentei. Ela também não estava ao meu lado, nem perto de mim, nem nos degraus inferiores. O que...

Peguei a lanterna e me levantei com dificuldade. Meu tornozelo ainda doía, mas já não tanto. Talvez estivesse apenas dormente, ou eu tinha começado a me acostumar com a dor. A parte de trás da minha cabeça estava dolorida. Toquei nela. Um galo moderado. Não havia tempo para pensar nisso.

Annie.

Voltei para a caverna com passos cautelosos. Ossos e crânios continuavam espalhados no chão. Pequenos pedaços quebraram sob meus pés.

— Annie?

Minha voz reverberou de volta para mim. Oca. Vazia. *Não há ninguém aqui além de nós*, o eco vazio parecia responder. *Ninguém aqui além de nós covardes.*

Impossível. No entanto, se ela não estava ali, só havia uma explicação: ela devia ter escapado.

Tentei lembrar o que acontecera. Não a vi ser atingida. Sim, havia muito sangue e ela estava inconsciente, mas ferimentos na cabeça sempre sangram muito, não é verdade? Li isso em algum lugar. Mesmo um corte pequeno pode provocar um grande sangramento. Talvez não tenha sido tão grave quanto eu pensara.

Sim, mas e seu corpo frio? E a falta de respiração?

Um erro. Exagero da minha mente. Estávamos todos morrendo de medo. A escuridão era total. Entrei em pânico, tive uma reação exagerada. E havia outra coisa, não? Passei de novo os olhos pela caverna. *Abe-olhos.* Onde estava

Abe-olhos? Eu tinha deixado a boneca ali, mas a boneca havia sumido. Annie devia tê-la levado.

Dei uma última olhada ao redor da caverna e voltei para os degraus. Subi mais depressa dessa vez... estimulado por esperança e desespero... e me espremi para passar pela fenda na rocha. Uma rápida examinada na pequena caverna revelou que ela também estava vazia. A luz da lanterna piscou. Talvez restasse bateria para me levar de volta para casa, talvez não.

Casa. Annie teria conseguido chegar em casa?

Da antiga mina até nossa casa era uma caminhada de no máximo dez minutos. Se ela conseguiu sair, talvez tenha conseguido chegar em casa. Talvez esteja lá agora, contando tudo ao nosso pai, e eu poderia esperar por umas boas chineladas quando chegasse. E eu as receberia de bom grado.

Dei um impulso no alto da escada. A escotilha estava entreaberta (talvez eu tivesse me enganado a respeito dela também). O vão não era muito grande, mas suficiente para Annie conseguir se espremer e sair, e para mim também. Parei no ar fresco da noite. Minha garganta ardeu quando respirei. Meu corpo estava um pouco instável, minha visão, embaçada. Eu me curvei e apoiei as mãos nos joelhos. Precisava me manter inteiro. Pelo menos inteiro o suficiente para voltar.

Passei com dificuldade pelos montes de entulho e deslizei pela abertura na cerca. Na metade do caminho a lanterna apagou de vez. Mas àquela altura já havia luzes da rua e um ou outro facho que passava pelas cortinas da sala das casas. Que horas seriam? Por quanto tempo teríamos ficado lá embaixo?

Corri pela ruela que passava atrás da nossa casa e entrei pelo portão. No quintal, parei. Eu ainda estava com a jaqueta e as botas de meu pai. *Droga.* Tirei-as rapidamente, joguei-as no galpão e fui, com minhas meias furadas, até a porta dos fundos. Girei a maçaneta. Destrancada. Como de costume, porque papai em geral estava bêbado demais para se lembrar de trancá-la.

Na cozinha, hesitei. Uma luz estava acesa na sala. A televisão. Meio sentado, meio esparramado em sua poltrona na frente dela, papai roncava. Havia uma quantidade razoável de latas de cerveja amontoadas no chão ao seu lado.

Caminhei na ponta dos pés até a escada, coloquei a mão no corrimão e arrastei meu corpo debilitado até o alto. Estava exausto, passando mal. Mas precisava ver Annie. Precisava ter certeza de que ela estava em casa. Abri a porta de seu quarto.

Alívio. Enorme. Avassalador.

Pela luz do corredor, percebi o corpinho de Annie embaixo do edredom do *Meu pequeno pônei*. Na ponta, sobre o travesseiro, uma coroa de cabelo escuro desgrenhado.

Ela estava em casa. Conseguira chegar. Estava tudo bem.

Naquele momento, eu quase acreditei que tudo que tinha acontecido antes não havia passado de um terrível pesadelo.

Comecei a fechar a porta...

E então parei. Nem por um instante eu estranhei que Annie tivesse ido direto para a cama sem ao menos tentar acordar papai para pedir que me socorresse? Não considerei, nem por um breve momento, entrar no quarto para verificar se ela estava bem? Afinal de contas, ela foi ferida na cabeça. Eu deveria tê-la acordado para confirmar que ela estava consciente, com a mente em ordem.

Deveria, deveria, deveria.

Mas não o fiz.

Fechei a porta e fui para meu quarto. Tirei a roupa e joguei no cesto de roupa suja. Tudo ficaria bem, disse para mim mesmo. Conversaríamos de manhã. Inventaríamos alguma história sobre o que havia acontecido naquela noite. Eu diria a Hurst que não queria mais fazer parte do grupo. Passaria mais tempo com Annie. Compensaria o que ela passou. Era isso que eu ia fazer.

Desabei na cama. Por um breve instante, algo passou voando pela minha mente, embora sem muita clareza. Algo sobre Annie deitada na cama, talvez. Algo importante que estava *faltando*. No entanto, antes que eu pudesse descobrir o que era, a sensação sumiu. Tinha se dissolvido como pó. Puxei o edredom até o queixo e fechei os olhos...

vinte e nove

— E de manhã ela tinha sumido?

— Ela nunca voltou. O montinho na cama era uma pilha de brinquedos. O cabelo era de uma boneca. — Balanço a cabeça. — *Maldita* pilha de brinquedos. Eu devia ter percebido. Devia ter verificado.

— Pelo que contou, é possível que você tenha sofrido uma concussão, não devia estar pensando direito na hora.

Mas mesmo assim eu deveria ter reparado no que estava faltando. *Abe-olhos*. Abe-olhos não estava na cama. Annie jamais a teria deixado na mina. Ela a teria trazido de volta.

— O que aconteceu depois? — pergunta a Srta. Grayson.

— Chamaram a polícia. Mandaram equipes de busca. Tentei contar para eles. Tentei explicar que Annie me seguia às vezes até a mina. Que deviam procurar lá embaixo.

— Mas não chegou a contar o que aconteceu?

— Eu queria contar. Mas Hurst já tinha dito à polícia que havíamos ficado perto de sua casa naquela noite. Seu pai confirmou. Ninguém acreditaria em mim. Não na minha palavra contra a dele.

A Srta. Grayson balança a cabeça.

Ela sabe, eu penso. Ela sabe que sou um mentiroso, um covarde.

— Você não voltou para procurá-la?

— Não consegui chegar perto e a polícia não me deixou participar das equipes de busca. Imaginei que eles descobririam a escotilha. Que com certeza encontrariam minha irmã. Precisavam encontrá-la.

— Às vezes, alguns lugares, assim como as pessoas, precisam *querer* ser encontrados.

Eu gostaria muito de acreditar que aquilo era baboseira, loucura. Mas sei que ela tem razão. Chris não encontrou a escotilha. A escotilha o encontrou. E se ela não o quisesse lá dentro, ele nunca mais teria voltado a encontrá-la.

— Pensei em confessar — digo. — Em ir à delegacia e contar tudo.

— Por que não foi?

— Ela voltou.

E todos viveram felizes para sempre.

Só que isso não existe. Minha irmã voltou. Sentou-se na delegacia de polícia, balançando as pernas sem parar, com um cobertor enorme em volta dos ombros e Abe-olhos nos braços. E sorriu para mim.

Foi quando eu soube. Foi quando percebi o que estava errado. Terrivelmente, horrivelmente errado.

A cabeça de Annie. Onde estava o ferimento? O sangue? Tudo que dava para ver era uma pequena cicatriz avermelhada na sua testa. Olhei com atenção. O ferimento poderia ter sumido tão depressa? Será que eu havia me enganado? Imaginei um golpe pior do que de fato foi? Eu não sabia. Não sabia mais nada.

— Joe?

— *Alguma coisa* aconteceu com minha irmã — digo devagar. — Não sei explicar o que foi. Só sei que, quando ela voltou, não era a mesma pessoa. Não era a *minha* Annie.

— Eu entendo.

— Não, não entende. Ninguém entende. E passei vinte e cinco anos tentando esquecer isso. — Encaro-a com raiva. — Você disse que sabe o que aconteceu com a minha irmã. Mas na verdade não sabe nada.

Ela olha para mim com uma expressão fria, avaliando-me. Depois se levanta e caminha até a escrivaninha. Abre uma gaveta e pega uma garrafa de xerez e dois copos.

Enche ambos até a borda, entrega-me um e volta a sentar-se, com o outro entre as mãos. Não gosto muito de xerez, mas tomo um gole. Um longo gole.

— Eu tinha uma irmã — ela diz.

— Eu não sabia...

— Nasceu morta. Eu a vi logo depois. Parecia que estava dormindo; a única diferença, claro, é que ela não respirava, não fazia som algum. Lembro que a parteira, uma mulher mais velha, envolveu-a em uma manta e colocou-a nos braços de minha mãe. E então ela disse algo que não entendi na época: "Não precisa ser assim. Conheço um lugar onde você pode levá-la. Você poderia trazer seu bebê de volta."

Tenho vontade de fazer um comentário amargo. Algo sensato, algo pueril. Quero dizer-lhe que ela era criança e interpretou mal as palavras. Quero dizer-lhe que as lembranças se tornam vagas com o passar do tempo. São maleáveis — conseguimos moldá-las no formato que quisermos.

Mas não consigo. Aquele vento frio está de volta. Uma janela aberta em algum lugar.

— O que sua mãe fez?

— Mandou a mulher embora. Disse a ela para nunca mais falar aquele tipo de coisa.

—Você chegou a perguntar alguma coisa sobre isso para ela?

— Meus pais nunca falavam na minha irmã. Mas quase ninguém fala sobre a morte, não é? É um segredo sujo. E ainda assim, de certa forma, a morte é a parte mais importante da vida. Sem ela, nossa existência seria impensável.

Engulo o resto do xerez.

— Por que quis que eu voltasse?

— Para impedir que a história continuasse a se repetir.

— É impossível. Isso é o que a história faz. Gostamos de fingir que aprendemos com nossos erros, mas não é verdade. Sempre achamos que será diferente. E nunca é.

—Você não estaria aqui se realmente acreditasse nisso.

Dou uma risada.

— Neste momento, não sei no que acredito, e também não sei por que estou aqui.

— Posso ajudar você com isso. Acredito que Jeremy Hurst encontrou outro caminho para a caverna que você descobriu. Ele tem levado crianças lá para baixo. Acho que levou Ben e alguma coisa aconteceu com ele, exatamente como aconteceu com sua irmã.

— E *sinto muito* por isso, ok? Eu sinto muito sobre o Ben. Sinto muito sobre a Julia. Mas não sei o que espera que eu faça...

— Isso não diz respeito apenas a Ben e Julia.

— Diz respeito a *quem*, então?
— A Stephen Hurst.
Por instinto, travo o maxilar.
— O que ele tem a ver com isso?
— Há meses ele vem dificultando o avanço do plano do parque rural. Impedindo os criadores do projeto de acessar o terreno.
— Pensei que ele queria construir casas por ali.
— Isso é o que ele *quer* que as pessoas pensem. Acho que ele está protegendo o que está embaixo do chão.
— Por quê?
— Marie está muito doente.
— Câncer. Eu sei.
— Câncer *terminal*. Ela tem poucos meses de vida, talvez semanas. Ela está morrendo.
Lembro-me da onda de medo que senti no pub.
Marie não vai morrer. Não vou deixar isso acontecer.
— Não. — Balanço a cabeça. — Nem mesmo Hurst é *tão* insano.
— Mas ele está *desesperado*. E pessoas desesperadas tentam qualquer coisa. Procuram um milagre. — Ela inclina-se para a frente e repousa a mão fria e seca sobre a minha. — E, claro, quase nunca é isso que encontram. Entende agora por que eu queria que você voltasse?
Entendo, e esse entendimento cava um abismo profundo e frio dentro de mim.
— Ele quer salvá-la — digo.
— E acho que você é a única pessoa que pode detê-lo.

trinta

Sento-me no sofá com um copo de bourbon e o baralho na mesa de centro. Ainda não toquei em nenhum dos dois. O aquecedor não está ligado e a sala está escura. Não tirei o casaco. Está frio, mas, afinal, sempre está.

A tênue luz do luar que entra pela janela da cozinha me permite ver Abe-olhos na poltrona à minha frente, observando-me com seu novo — e ainda mais assustador — olhar.

Ela não é minha única companhia. Posso senti-los por perto. Não é apenas o *zumbido* insistente ao qual já estou quase acostumado. Tem outra coisa, outros companheiros. Silenciosos, mas atentos. Pego as cartas pela primeira vez em muito tempo e começo a embaralhá-las.

— Não é problema meu, ok?

Cuspo as palavras na escuridão e espero que ela me desafie. Não recebo resposta, mas sinto olhos sobre mim, escuros e tenebrosos.

— Tentei impedi-lo antes. Não funcionou.

A escuridão aumenta e o zumbido cresce, como se eu tivesse dito algo que a irritasse. Distribuo as cartas. Quatro mãos para meus jogadores invisíveis. Então pego meu bourbon e o bebo de um gole só. É bom para criar coragem. Frase idiota. Falsa coragem, essa é a verdade.

— Não devo nada a Hurst. Ele que vá em frente. Ele que aprenda. Não me importo.

Só que, a escuridão me adverte, como um pai faria com uma criança birrenta, *isso não é verdade, certo, Joe? Porque não estamos falando só de Hurst. Estamos falando de Marie. Uma garota por quem você já teve sentimentos. Uma mulher que está morrendo. E que merece pelo menos partir em paz. Porque há coisas piores que a morte. Porque o que volta nem sempre é o que se foi. E você é a única pessoa que pode impedir isso.*

Tento confrontar a escuridão. Mas a escuridão não se move, não pisca. No máximo, parece se aproximar, insinuando-se como uma amante indesejada. E agora consigo ver outras coisas à espreita nos cantos. Figuras, sombras dentro das sombras. Porque os mortos nunca nos abandonam. Eles continuam dentro de nós. Em tudo que fazemos. Em nossos sonhos, nos pesadelos. Os mortos são parte de nós. E talvez sejam parte de outras coisas também. Deste lugar. Desta terra.

Mas e se a terra estiver podre? E se as coisas que plantarmos nela crescerem cheias de veneno? Paro e penso em como nunca somos capazes de fazer o mesmo boneco de neve, ou em como as fitas que o amigo do papai copiava eram sempre confusas e corrompidas. Algumas coisas — coisas bonitas e perfeitas — são impossíveis de serem recriadas sem que as arruinemos.

Escuto sinais de movimento. O rangido de uma porta, o ruído leve de passos. Estou preparado.

— O que quer de mim? — pergunto. — O que quer que eu faça?

— Bem, para começar, acenda essas malditas luzes.

Dou um salto e viro-me no instante em que a sala se inunda de luz.

— Meu Deus. — Protejo os olhos, como um vampiro exposto aos raios abrasadores da aurora.

Espio pelo vão entre meus dedos. Brendan está perto da porta, resplandecente em sua jaqueta militar, suéter folgado, calça de veludo e tênis em frangalhos. Carrega uma mochila enorme.

Ele me observa por trás de um emaranhado de cabelo e barba.

— Que porra você está fazendo aqui, sentado no escuro e falando sozinho?

Apenas olho para ele. Depois balanço a cabeça.

— Sou a única pessoa que ainda bate na porta?

Brendan faz um café horrível. Além disso, já passa da meia-noite, que está longe de ser meu horário preferido para tomar café. Mas estou cansado demais, confuso e sem disposição para argumentar.

Ele sai da cozinha com duas canecas, coloca uma na minha frente e procura um lugar para sentar com a outra.

— Este lugar está realmente a sua cara, adorei a decoração.

— É um estilo descontruído.
— Deve ser.
Indico a poltrona com a cabeça.
— Sente-se. Abe-olhos adora companhia.
Ele olha para a boneca.
— Isto provavelmente confirma o óbvio, mas sentar aqui e conversar com uma boneca de um olho consegue ser ainda mais assustador do que falar sozinho.
Ele tira Abe-olhos da poltrona e a põe no chão com um calafrio. Depois senta e envolve a caneca com as mãos. A mochila está aos seus pés. Olho para ela.
— Eu esperava que a entrega fosse feita por correio, não pessoalmente.
— Pois é, então: percebi que a gasolina custaria menos.
— Você não tem carro.
— Peguei o da minha irmã emprestado.
— E o trabalho?
— Posso tirar alguns dias de folga. E que bom que eu vim, porque você está uma merda, cara. O ar do campo não lhe fez muito bem.
Esfrego os olhos.
— Bem, não vou respirá-lo por muito mais tempo.
De um jeito ou de outro.
— Seu plano está dando certo.
— Parece que sim.
— É por isso que está brincando com um baralho?
Olho para as cartas que espalhei na mesa.
— Estava só matando o tempo.
— Não está planejando ganhar seu dinheiro de volta?
— *Não*. Claro que não.
— Agradeço. Não me interprete mal, mas você é um péssimo jogador.
— E você não podia ter me dito isso *antes* de alguém transformar minha perna em um graveto?
— Para isso você precisaria estar disposto a *ouvir* uma coisa dessas. — Ele baixa os olhos para a mochila. — Então, presumo, e espero que Sherlock não se sinta ofendido com esta minha dedução, que tem algo a ver com o conteúdo desta bolsa.
— Bravo, meu caro Watson.
— E então?
Ergo uma sobrancelha. Ou pelo menos tento. Qualquer esforço me parece excessivo esta noite.

— Alguém me pagará muito dinheiro para *não* levar isto para a polícia. — Pego a mochila e a coloco sobre a mesa de centro. — Você deu uma olhada?

— Imaginei que, se fosse para eu saber, você me mostraria.

Abro o zíper superior e retiro com cautela um volume envolto em um moletom velho. Desdobro o moletom, revelando dois itens mantidos com cuidado dentro de um saco plástico transparente.

Um pé de cabra e uma gravata de uniforme escolar azul-marinho, mais escura nos pontos em que absorvera o sangue. O sangue da minha irmã. E havia um nome bordado nela: S. Hurst.

— Que porra é essa? — pergunta Brendan.

— Acerto de contas.

trinta e um

1992

Cair não mata ninguém. Parar é que mata.

Foi o que Chris me disse.

As pessoas pensam que, quando alguém cai de uma grande altura, seu cérebro desliga antes de o corpo atingir o chão.

Não é verdade. Por causa da velocidade com que o cérebro processa informações, é possível que ele não tenha tempo de compreender de maneira consciente o impacto real. Mas isso não significa que ele não trabalhe em ritmo frenético durante toda a queda.

Até o baque final.

No dia em que Chris caiu, minha última aula era inglês, no Prédio. Lemos trechos de *A revolução dos bichos*. Nunca gostei desse livro. Naquela época eu já não gostava de simbolismo exagerado, e até hoje não gosto.

Minha opinião aos quinze anos é que seria muito fácil contar a história usando pessoas em vez de inventar aquele floreio com animais. Eu não via sentido naquilo. Não gostava do conceito. Era como se o autor pensasse que estava sendo inteligente e que ninguém enxergaria que o livro fingia ser uma coisa que não era. Mas dava para enxergar por trás daquilo. E não era um livro inteligente. É como um espetáculo de mágica em que a plateia consegue ver o truque mas o mágico ainda acha que é o tal.

Orwell não era o tal. Mas *1984* era bom. Não fingia nada. Era apenas duro, assustador, brutal.

Para ser sincero, eu não estava pensando muito no livro durante aquela aula específica. Estava distraído. Andava muito distraído nas últimas semanas.

Fazia quase um mês que Annie voltara. A euforia e a atenção iniciais haviam diminuído. Só que ainda devia ser um período feliz. As coisas pareciam estar voltando ao normal. Mas não estavam. Eu nem tinha certeza se ainda sabia o que era normal.

Nos primeiros dias, tentei falar com ela. Tentei convencê-la a contar o que acontecera naquela noite. Mas ela apenas me fitava com os olhos turvos de incompreensão. Vez ou outra sorria ou dava uma risadinha sem motivo aparente. O som da sua risada, que sempre me fizera sentir um calor interior, agora me irritava tanto quanto unhas arranhando um quadro-negro.

Nessa época mamãe não ficava muito conosco porque passava a maior parte do tempo cuidando da vovó, que "não andava se sentindo muito bem" depois da queda. Papai tirara uma licença do trabalho para ajudar a cuidar de Annie até que ela estivesse pronta para voltar para a escola. Foi o que ele disse. Mas não era verdade. Eu vira uma carta um pouco para fora do bolso do seu casaco certa noite. No alto, lia-se "P45". Eu sabia o que aquilo significava. Que ele havia largado o emprego ou sido demitido. Enfiei a carta mais para o fundo do bolso e não disse nada para minha mãe.

Havia muitas coisas que eu não dizia para ela. Que eu *não podia* dizer. Porque não queria preocupá-la. Porque não queria deixá-la infeliz. Porque eu tinha medo que ela não acreditasse em mim.

Não falei para ela que comecei a ter pavor de voltar para casa depois da escola porque papai já estaria bêbado e a casa, fedendo. Não era só o cheiro de bebida. Era de algo pior. De algo podre e azedo. O tipo de cheiro que aparece quando um animal rasteja para baixo das tábuas do assoalho para morrer. Uma vez mamãe até mandou papai e eu procurarmos algum rato morto ou o que quer que fosse. Como não conseguimos encontrar nada, ela limitou-se a revirar os olhos e dizer "Tenho certeza de que vai passar".

Não falei que ela estava errada. Que o cheiro não era de rato morto. Que era de outra coisa que tinha vindo se aninhar na nossa casa.

Não falei que ficava acordado na maioria das noites ouvindo os barulhos que vinham do quarto de Annie, ao lado do meu. Às vezes era a mesma música, tocada em looping:

"Ela vem pela montanha, ela vem. Ela vem pela montanha, ela vem."

Outras noites eu ouvia gritos terríveis. Colocava os fones de ouvido do meu walkman ou cobria a cabeça com o travesseiro, qualquer coisa que abafasse os sons. De manhã, eu entrava no quarto de Annie, tirava os lençóis encharcados de urina da cama, enfiava-os na máquina de lavar e a ligava antes de ir para a escola. Minha mãe devia pensar que eu estava tentando ajudar o papai. E, para ser sincero, se eu não pusesse os lençóis na máquina, eles não seriam lavados. Mas essa não era a verdadeira razão.

Eu fazia isso porque me sentia responsável. Esse era o meu destino. Penitência. Punição pelo que fizera. Ou pelo que não fizera. Eu não a tinha salvado.

Não falei para ninguém que às vezes eu trocava meus próprios lençóis também. Que eu me contraía a cada rangido na casa porque temia me virar e dar de cara com Annie, carregando Abe-olhos sem dizer nada, apenas sorrindo e olhando para mim com aqueles olhos que eram sombrios demais e velhos demais para uma criança de oito anos.

Eu não queria admitir, nem para mim mesmo, que às vezes morria de medo da minha própria irmã.

O sinal tocou. Enfiei meus livros na mochila e empurrei minha cadeira para trás. O lugar ao meu lado estava vazio. Era onde Chris costumava se sentar. Mas agora ele se sentava sozinho, em uma carteira extra no fundo da sala.

Eu ficava aliviado. Não só porque não queria falar com ele, ouvir justificativas ou desculpas pelo que eles fizeram naquela noite. Mas também porque alguma coisa estava acontecendo com Chris. E não era uma coisa boa. Sua aparência estava mais desleixada. Sua gagueira havia piorado. Ele tinha passado a cantarolar e a murmurar coisas para si mesmo. Às vezes parava do nada e esfregava os braços freneticamente, como se tentasse limpar uma sujeira invisível. Ou espantar insetos.

Em geral ele saía correndo da sala antes dos outros. Assim, conseguia evitar xingamentos, tropeções e empurrões. Agora que não andava mais com Hurst (nenhum de nós dois andava), ele havia perdido seu escudo invisível.

Eu não o defendia. Tinha meus próprios problemas. Minhas próprias preocupações. Por isso, naquela tarde, quando vi que ele ficara para trás, e quando, com passo trôpego, emparelhou comigo enquanto eu descia a escada apressado, fiquei muito irritado.

— O que foi?

— E-e-eu pre-pre-pre-ciso t-t-te mostrar uma co-co-coisa.

Seu hálito estava azedo, como se ele não tivesse escovado os dentes. Sua camisa cheirava a suor.

— Mostrar o quê?

— Nã-nã-não posso falar aqui.
— Por que não?
— T-t-tem mu-mu-muita gente.

Chegamos ao térreo. Abri a porta que dava para o pátio. Outros alunos se aglomeraram à nossa volta na agitação habitual da hora da saída. O rosto de Chris estava vermelho. Eu percebia seu esforço para falar. Tinha um pouco de pena dele, mesmo sem querer.

— Tente respirar, tudo bem?

Ele assentiu e respirou fundo várias vezes. Esperei.

— O ce-ce-cemitério. Me-me-me encontre lá. Às seis. Importante.

Eu queria inventar uma desculpa. Mas qual era a alternativa? Conferir se meu pai não incendiara a casa depois de dormir com um cigarro aceso? Ver que minha irmã continuava lá? Continuava não sendo a Annie?

— Ok. — Suspirei. — É bom que isso valha a pena.

Chris concordou com a cabeça, depois a abaixou como se estivesse tentando fugir de uma chuva invisível e sumiu na esquina.

Ajeitei a mochila no ombro e ouvi risadas atrás de mim. Olhei ao redor. Hurst emergira das portas do prédio de inglês, com Fletch seguindo-o como uma sombra pegajosa. Hurst olhou ao redor, sorriu e sussurrou algo para ele. Os dois riram.

Cerrei os punhos, enfiei as unhas nas palmas das mãos e fiz questão de me afastar. Não queria me meter em mais problemas. Mamãe ficaria chateada. Papai me daria uma surra. Hurst venceria. De novo. Então do que adiantaria? Baixei a cabeça e caminhei com passo firme em direção aos portões.

Não voltei direto para casa. Eu não fazia mais isso. Andava por aí, comia batatas fritas no estacionamento de ônibus, perambulava pelo parque (se Hurst e Fletch não estivessem por lá), fazia qualquer coisa para retardar o momento em que precisaria abrir a porta e enfrentar o cheiro, a escuridão exagerada, o frio horripilante que me envolveria...

Eu só estava com alguns centavos no bolso. Não podia comer peixe com fritas nem ir à confeitaria, então fiz hora na rua principal, chutando de um lado para outro uma garrafa plástica vazia. Passei pela pequena área gramada onde ficava a estátua de bronze de um mineiro. Havia um banco ao lado dela. Em geral ele estava vazio. Hoje havia uma figura solitária sentada nele, curvada, usando uma jaqueta militar enorme, de cabeça baixa, o cabelo escuro caindo sobre o rosto. Marie.

Não nos falávamos desde aquela noite na mina. Para ser sincero, eu não tinha certeza se ela lembrava muito bem do episódio. Eu gostaria de dizer que isso me fazia pensar menos nela. Que ela tinha escorregado do pedestal em que eu a colocara. Mas não era verdade. Vê-la ainda fazia meu coração e outros lugares vibrarem.

Aproximei-me sem jeito.

— Você está bem?

Ela ergueu os olhos por trás do cabelo.

— Joe?

Ela fungou e esfregou o nariz. Percebi que estava chorando. Hesitei, mas logo tirei a mochila e me sentei ao seu lado.

— O que houve?

Ela balançou a cabeça e respondeu com a voz anasalada pelas lágrimas:

— Fui uma idiota.

— Por quê?

— Sinto muito. Pelo que aconteceu com sua irmã.

— Está tudo bem — respondi, embora não estivesse.

— Foi tudo tão doido lá embaixo. Quero dizer, não consigo acreditar que pensamos que ela estava, você sabe...

Engoli em seco.

— Eu sei.

Ela balançou de novo a cabeça.

— Você não sabe o quanto eu queria falar com você, mas fiquei com medo.

— Com medo? De quê?

Ela puxou o cabelo sobre o rosto em um gesto tímido.

— De nada.

Mas não parecia ser nada. O tremor na sua voz. O modo como ela estava usando o cabelo para esconder o rosto. De repente tive uma intuição:

— Aconteceu alguma coisa com seu olho?

— Não, é...

Inclinei-me e coloquei seu cabelo atrás da orelha. Ela não me deteve. Seu olho direito estava roxo e inchado.

— O que houve?

— Discutimos. Ele não fez de propósito.

A raiva se transformou em uma bola quente na minha garganta.

— *Hurst* fez isso?

Hurst era um cretino, mas eu nunca soube que ele era capaz de bater em uma garota.

— Deixe para lá.

— Ele *bateu* em você. Você precisa contar para alguém.

— Por favor, Joe. Você não pode falar nada. — Ela segurou minhas mãos. — Prometa.

Eu não tinha muita escolha.

— Ok. Mas me prometa que não vai deixar isso acontecer de novo.

— Prometo.

— Por que vocês estavam discutindo?

— Por causa de Chris.

— Chris?

— Steve está com medo de que ele fale para alguém sobre a mina. Ele tem agido de forma bem estranha. Steve disse que tem alguma coisa errada com ele, que alguém precisa dar um jeito no garoto. Pedi que ele deixasse o Chris em paz. E então eu disse que queria terminar com ele, e foi quando...

— Quando ele bateu em você?

— Ele me chamou de puta e disse que ninguém o abandona, nunca.

Mais lágrimas brotaram dos seus olhos. Passei os braços ao redor de Marie e puxei-a para perto de mim. O cabelo dela estava áspero; cheirava a spray de cabelo e cigarro.

— Joe — ela sussurrou —, o que vamos fazer?

— Vou dar um jeito nisso — respondi. — Fiquei de me encontrar com Chris às seis horas no cemitério. Posso avisá-lo.

Ela se afastou um pouco.

— Talvez você possa falar com ele. Pedir a ele que não conte nada. Que pare com tudo isso.

— Sei lá.

— Você sabe como falar com as pessoas.

— Tudo bem. Posso tentar.

— Obrigada. — Ela aproximou-se e pressionou seus lábios contra os meus. Em seguida, levantou-se de um salto. — Preciso ir.

Balancei a cabeça, atônito.

— Quer ir andando comigo? — perguntei.

— Não posso. Preciso comprar algumas coisas para minha mãe.

— Ah, entendi.

— Até logo.

— Até mais tarde.

Observei-a ir, com a lembrança do seu beijo formigando em meus lábios, e pensando no que eu gostaria de fazer com Hurst.

Talvez seja por isso que nunca pensei no que eu acabara de dizer.

Meu pai estava semiconsciente na frente da TV quando voltei. Annie devia estar no quarto. Mamãe tinha deixado comida no freezer. Tirei um prato de lá e coloquei no micro-ondas. Eu não estava com muita fome, mas forcei-me a comer um pouco de lasanha, praticamente engolida com uma Coca, depois gritei para o meu pai que havia comida na cozinha e subi para me trocar.

Parei na porta do quarto de Annie. Às vezes, antes, eu costumava observá-la enquanto criava seus mundos imaginários, habitados por Barbies e por alguns dos meus bonecos antigos, fazendo uma voz para cada personagem. Agora, porém, sua porta vivia fechada e as vozes lá dentro eram diferentes.

Naquela tarde não consegui ouvir nada. O silêncio era pior que tudo. Fiquei indeciso. Mas era hora do chá, e Annie devia estar com fome. Eu não podia confiar no papai para alimentá-la.

Bati na porta.

— Annie?

Nenhuma resposta.

— Annie?

A porta se abriu alguns centímetros. Empurrei-a mais um pouco, tentando não recuar com o cheiro. Annie estava do outro lado do quarto, olhando pela janela. Ela com certeza correu até a porta, abriu-a e voltou em disparada para a janela. Mas eu não tinha como ter certeza. Não tinha como ter certeza de mais nada.

Entrei no quarto.

— Acabei de esquentar um pouco de lasanha.

Ela continuou imóvel. De repente, percebi que ela estava com um moletom velho, mas sem calça nem calcinha.

— Bem, vim saber se você quer um pouco...

Ela se virou. Eu corei. Annie ainda era apenas uma criança, mas eu não a via nua desde que era bebê. Como se percebesse meu constrangimento, ela sorriu. Um sorriso dissimulado, terrível. Deu um passo à frente, afastou os pés e um jato de urina amarela quente jorrou do meio de suas pernas para o carpete.

Senti gosto de bile na garganta. Ela começou a rir. Precipitei-me para fora do quarto, bati a porta e corri escada abaixo. Não me preocupei mais em trocar de roupa. Eu só queria fugir, ir para longe da minha irmã.

Sua risada me expulsou de casa, mas agora soava mais como gritos que me perseguiam de perto.

Chris não estava no cemitério. Abri o portão e segui pelo caminho de vegetação alta. Fiquei andando ao redor da igreja, para o caso de ele estar escondido em algum lugar, o que seria estranho, mas não impensável.

Nada de Chris. Nenhuma alma viva se encontrava ali. Suspirei. Típico dele. Ele estava perdendo a cabeça. Parecia bem sério. Mas eu também não estava vivendo meus melhores dias.

Eu não conseguia tirar a imagem de Annie da cabeça. Sua nudez. A urina jorrando de entre suas pernas magras. Eu não poderia voltar. Não naquela noite. A ideia de voltar *qualquer que fosse o dia* parecia totalmente sem sentido.

Talvez ela precisasse consultar um médico de novo. Talvez a pancada na cabeça — e ela *levara* uma pancada na cabeça, eu tinha certeza — tivesse causado algum dano ao seu cérebro. Ela perdera a memória. Não conseguia se lembrar de onde estivera durante aquelas quarenta e oito horas. Talvez houvesse mais alguma coisa errada. Alguma coisa que a fazia agir de modo tão estranho. Eu devia tentar falar com a mamãe. Ela poderia levá-la ao hospital. Talvez lá conseguissem dar um jeito nela. Curá-la. Transformá-la de novo em Annie.

Aquela ideia me deixou um pouco mais calmo, embora eu não tenha certeza se de fato acreditei que ela daria certo. Mas talvez seja para isso que as igrejas servem: para acalmar mesmo quando, no fundo, sabemos que tudo não passa de um bando de mentiras.

Sentei-me no banquinho do cemitério e passei os olhos pelas lápides cinzentas e tortas. Apoiei os cotovelos nos joelhos, dobrando as pernas. Foi quando percebi que havia algo embaixo do banco. Abaixei-me e puxei o volume. Uma mochila. No mesmo instante tive certeza de que era de Chris. Enquanto o resto das pessoas tinha mochilas da Adidas ou da Puma, a de Chris era velha, sem marca, coberta com adesivos de *Doctor Who* e *Star Trek*.

Naquela noite, havia mais uma coisa nela: um envelope, preso com fita adesiva no alto, com meu nome rabiscado na frente. Rasguei a lateral e o abri. Dentro, em uma folha arrancada de um caderno, havia uma mensagem escrita com a letra irregular de Chris:

Joe, o negócio que está dentro desta bolsa é para você. Você saberá o que fazer. As outras coisas... Bem, talvez você precise delas em algum momento. Não sei ao certo por quê. Só por garantia.

A culpa é toda minha. Eu gostaria de nunca ter encontrado aquele lugar. Aquele lugar é ruim. Sei disso agora. Talvez você saiba também.

Sinto muito. Por Annie. Por tudo.

Olhei para o bilhete, como se as palavras pudessem se reorganizar em algo que fizesse sentido. Em algo que não soasse tão insano. Por que ele deixara aquilo para mim? Por que ele não estava ali?

Abri o zíper da mochila. A primeira coisa que vi foi um pacote de fogos de artifício, dos grandes. Daqueles que é preciso apresentar a identidade para comprar. A não ser que a pessoa seja muito boa em descobrir maneiras de conseguir coisas.

Franzi a testa e enfiei a mão mais no fundo. Havia algo por baixo daquilo. Algo mais pesado, embrulhado com cuidado em um saco plástico transparente. Tirei-o da mochila e senti um bolo no estômago; soube imediatamente o que era. Olhei para o que segurava. Então coloquei-o com cautela de volta na mochila e fechei o zíper.

A casa de Chris ficava do outro lado do vilarejo. Coloquei a mochila no ombro e comecei a andar. Precisava falar com ele. Por alguma razão, aquilo me parecia urgente. Eu tinha uma sensação estranha, como se estivesse atrasado para um compromisso importante. Apressei o passo. Partes do bilhete continuavam a flutuar na minha mente:

Aquele lugar é ruim.

Passei pelo banco onde Marie havia pressionado os lábios contra os meus. Alguma coisa brilhou, como uma sombra escura nas paredes da minha mente, e logo desapareceu de novo.

Talvez você possa falar com ele.

Quando me dei conta, eu estava nos portões da escola. Naquela época, eles eram deixados abertos até que todas as atividades extracurriculares tivessem terminado e os professores ido embora. Para chegar à casa de Chris, era mais rápido cortar caminho pela escola e escapar pela cerca do outro lado, contanto que o zelador não me flagrasse.

Atravessei o estacionamento correndo, passei pela ala de ciências e segui na direção do Prédio. Ele surgiu diante de mim como um monólito escuro contra o céu prateado. Quando dobrei a esquina, uma rajada de vento bateu no meu rosto e desarrumou meu cabelo. Estremeci. E então parei. Pensei ter ouvido alguma coisa. Vozes. Carregadas pelo vento. Das quadras esportivas? Não. De um lugar mais perto. Olhei ao redor. E então... olhei para cima.

Eu o vi. Já caindo. Senti o *vuum* quando ele cortou o ar. Ouvi o baque surdo quando o corpo tocou o chão.

A distância entre um ponto e outro, ao mesmo tempo uma eternidade e um piscar de olhos. Eu me perguntei se ele sentira. O baque final.

Meu primeiro instinto foi correr. Dar o fora dali. Mas não consegui. Eu não podia simplesmente deixá-lo caído naquele lugar. E se ele ainda estivesse vivo?

Aproximei-me com as pernas trêmulas. Seus olhos estavam abertos e um filete de sangue escorria pelo canto de sua boca. Mais sangue se espalhava por baixo dele, formando uma auréola vermelha em volta de sua cabeça loira. O estranho era que, talvez pela primeira vez em sua curta vida, ele parecia tranquilo, como se por fim tivesse encontrado o que sempre procurara.

Deixei a mochila escorregar dos meus ombros e me joguei no chão. Continuei ali, ajoelhado ao lado dele no concreto frio, no calor que se esvaía com o final do dia. Lágrimas escorriam pelo meu rosto. Acariciei seu cabelo macio e despenteado. Disse-lhe que a culpa não era dele.

Mais tarde — porque sempre havia sido tarde demais para Chris, e talvez para alguns garotos sempre seja —, espanei a sujeira da minha calça com a mão e caminhei até uma cabine telefônica. Chamei uma ambulância. Disse que um garoto havia caído. Não falei quem era. Não disse meu nome.

E não contei para eles — nem para ninguém — o que mais eu vi naquela noite.

Um segundo vulto, correndo para longe do prédio. Não mais que uma sombra. Mas eu sabia. Já naquele momento.

Alguém precisa dar um jeito no garoto.

Stephen Hurst.

trinta e dois

No dia seguinte, faço planos. Isso não é muito a minha cara. Não sou uma pessoa que gosta de planejar com antecedência. Senti na própria pele como o planejamento é um indicador de acontecimentos funestos, um convite para que o destino ferre com a gente.

Mas para isso preciso estar preparado. Preciso ter um plano. Como já não tenho mais emprego, não me resta muito a fazer.

Brendan saiu do chalé pouco antes das duas da madrugada. Sugeri que ficasse no quarto livre, mas ele recusou.

— Sem ofensas, mas este lugar me dá calafrios.

— Pensei que não fosse supersticioso.

— Sou irlandês. Claro que sou supersticioso. Está no nosso DNA, assim como a culpa. — Ele vestiu o casaco. — Já reservei um quarto em uma pousada aqui perto.

Na fazenda, penso, e por um momento alguma coisa passa por minha mente, mas some antes que eu consiga retê-la. Era importante, eu acho. Mas, como as coisas mais importantes na minha vida, ela também se foi.

Faço um café forte com o resto de água da chaleira e fumo dois cigarros antes de começar a trabalhar. Sento-me à pequena mesa da cozinha e começo a fazer anotações. Não demoro muito, meu plano não é complicado. Não sei bem por que achei necessário escrevê-lo, mas sou professor, afinal de contas, então claro que faria algo assim. Existe certa calma e estabilidade na palavra escrita. Caneta e papel. Algo tangível a que posso me agarrar. Ou talvez eu queira apenas procrastinar. Posso não ser bom em planejamento, mas sei bem como procrastinar.

Depois, pego meu telefone e faço algumas ligações.

Uma cai na caixa postal. Deixo uma mensagem. A segunda é um pouco mais complicada. Nem tenho certeza se ela atenderá. Meu prazo chegou e se esgotou. Então ouço sua voz. Explico do que preciso. Não sei se ela dirá que sim. Na verdade, não estou em posição de pedir favores.

Gloria suspira.

—Você precisa entender que isso vai levar tempo. Por mais bem conectada que eu seja, não sou sua fada madrinha.

Estou impaciente. Não consigo parar de girar o cigarro entre os dedos.

— Quanto tempo?

— Umas duas horas.

— Obrigado — digo, mas ela já desligou. Tento não tomar isso como um presságio.

A terceira ligação é para um número internacional. Essa exigiu um pouco de pesquisa. Talvez não seja inteiramente necessária. Mas agora que a semente foi plantada, preciso saber. Uso a voz mais profissional que consigo. Explico quem sou e o que gostaria de confirmar. Uma recepcionista americana muito educada manda eu me ferrar de um jeito americano muito educado. Agradeço seus votos de bom-dia — embora isso pareça improvável — e encerro a ligação.

Olho para o telefone por um tempo, com o coração um pouco mais pesado. Então me levanto para preparar outro café. Farei a última ligação depois. Isso não é procrastinação. Não quero dar tempo demais para ele planejar ou para reunir seus capangas.

Estou esperando a chaleira ferver quando meu telefone toca.

Atendo logo.

— Alô.

— Recebi sua mensagem.

— E?

— Tenho aulas para dar.

— Você nunca matou aula?

— Quer que eu fuja da escola?

— Não sempre. Só esta tarde. É importante.

Um suspiro profundo.

— Foi por isso que mandaram você embora?
— Não. Foi por coisa muito pior.
Espero sua reação.
— Tudo bem.

Sento-me na grama rala e observo a paisagem rudimentar. Um lugar como este jamais será bonito ou pitoresco, reflito. Por mais mudas que alguém plante ou flores silvestres que semeie; ainda que construam todos os parques e centros culturais possíveis, sempre vai haver algo que o deixará árido e improdutivo.

Um lugar como este não quer ser valorizado. É feliz assim: abandonado, inativo, morto. Um cemitério de meios de subsistência perdidos, sonhos perdidos, pó de carvão e ossos. Conhecemos apenas a superfície desta terra. Mas ela tem muitas camadas. E às vezes não se deve cavar muito fundo.

— Aqui está você.

Viro-me. Marcus está atrás de mim, no alto da pequena colina.

— Sim. E duas vezes mais feio — digo.

Ele não sorri. Tenho a sensação de que bom humor e felicidade não fazem parte do seu repertório de emoções. Mas tudo bem. A felicidade é supervalorizada; ela dura muito pouco, para início de conversa. Se alguém a comprasse na Amazon, poderia até pedir reembolso. *Estragou depois de um mês e não tem conserto. Da próxima vez vou tentar sofrimento — parece que essa merda dura para sempre.*

Ele se aproxima e para desajeitadamente ao meu lado.

— O que está fazendo?

— Apreciando a vista e comendo isto. — Seguro a embalagem de bala que trouxe comigo. — Quer uma? Eu trouxe duas.

Ele balança a cabeça.

— Não, obrigado.

Olho para a tirinha cor-de-rosa de doce.

— Um amigo meu comia sempre. Você me faz lembrar dele.

— Em que sentido?

— Era um desajustado. Nós dois éramos. Ele gostava de descobrir coisas. E de *encontrar* coisas. Acho que você deve ser bom nisso também, Marcus. Por exemplo, você encontrou um jeito de sair da escola sem perceberem.

Ele não responde.

— Você disse à Srta. Grayson que Jeremy encontrou a caverna?

— Ele encontrou.

— Não. — Balanço a cabeça. — Acho que não. Alguns lugares precisam *querer* ser encontrados. É preciso que alguém especial faça isso. Não alguém como Hurst. Alguém como você.

Ele pensa um pouco, depois diz:

— Hurst sabia da caverna. Muitos garotos tinham ouvido boatos. Ele sabia que eu vinha até aqui. Queria que eu o ajudasse a descobrir um jeito de entrar.

— E você descobriu.

— Foi meio por acaso.

— Sim. Isso acontece.

Ele senta-se ao meu lado.

—Você quer que eu o leve até lá.

— Querer, não quero. Mas *preciso*.

—Você disse que era importante.

— E é.

Ele parece reparar pela primeira vez na mochila.

— O que tem aí dentro?

—Talvez seja melhor você não saber.

Silêncio por um momento. Em seguida ele se levanta.

—Vamos.

Forço-me a ficar de pé também. Enquanto o sigo colina abaixo, ele diz:

— Sabe, você não devia oferecer doce para crianças estranhas.

Talvez ele tenha algum senso de humor, afinal de contas.

Não há escotilha desta vez. No lugar dela, vejo uma grade grossa e semicircular sob uma pequena saliência rochosa. O metal enferrujado deixa a grade quase da cor da terra, e, além disso, ela está camuflada por ervas daninhas e espinhos. Marcus os afasta e remove a grade com cuidado. Ela é pesada e consigo ver ranhuras nas bordas, onde devem tê-la forçado para abrir.

Em algum momento os locais tentaram isolar todas as entradas, imagino. Mas não conseguiram silenciar a mina. Não conseguiram fazê-la parar de chamar. Por Chris. Por Marcus.

Pego a lanterna que comprei e aponto o foco para dentro do buraco. Posso ver que este túnel é menos íngreme que o da minha juventude. Mas é baixo, não deve ter muito mais do que sessenta centímetros de altura. Vou precisar rastejar. Esta não é uma ideia reconfortante.

— São uns cinco minutos até ele ficar maior e você chegar a uma série de degraus — Marcus explica. — Eles vão até o fundo.

— Obrigado.

—Você quer impedir que as pessoas desçam?

— Esse é o plano. Tudo bem para você?

— Acho que sim. — Ele olha para mim. — Você é um tipo estranho de professor.

— Sou um tipo estranho de humano. Mas ser estranho nem sempre é ruim. Lembre-se disso.

Ele faz um leve aceno de cabeça. E não posso garantir, mas tenho a impressão de que um breve sorriso aflora em seus lábios antes de ele me dar as costas e se afastar.

O sol fraco o recebe no alto da colina e ilumina seu cabelo, formando um halo mais claro. Por um segundo, ele parece o fantasma de um menino que um dia conheci. Depois ele desce para a sombra, e tanto o fantasma quanto o menino desaparecem.

Avanço devagar pelo túnel, como um caranguejo. Minha perna ruim lateja. Preciso parar várias vezes e penso em desistir. Mas dar a volta ali já seria um problema, então me agacho ainda mais e sigo em frente, lutando contra a claustrofobia nauseante que sobe pela minha garganta e estremecendo cada vez que a mochila nas minhas costas se choca com o teto do túnel.

Depois do que para mim parecem várias décadas — durante as quais meus joelhos ficaram arranhados e minha coluna desenvolveu uma corcova permanente —, o túnel se alarga o suficiente para eu ficar em pé, ainda que curvado. Degraus íngremes levam ao que parece ser uma parede de rocha sólida. Percorro-a com a lanterna. A luz revela uma fenda estreita, quase escondida pela escuridão. Claro. Outro caminho de entrada ou saída. Isso explica como Annie desapareceu. Por que não consegui encontrar minha irmã. Passo por ela encolhido.

Vinte e cinco anos deixam de existir. Estou na caverna dos pesadelos da minha infância. Tenho a sensação de que é um pouco menor; foi encolhida pela minha perspectiva de adulto. O teto não é tão alto nem catedralesco. O espaço não é muito amplo. Mas nada disso impede que eu sinta um arrepio no couro cabeludo.

Alguns crânios estão espalhados pelo chão, ao lado de latas amassadas de sidra e pontas de cigarro. Há buracos nas paredes, onde Hurst e Fletch deixaram seu rastro de destruição. Mais acima, porém, a rocha ainda está incrustada com ossos amarelos e brancos. Olho para eles com atenção. *Os que não voltaram.* Deixados para serem usados como uma decoração macabra, ou talvez como algum tipo de oferenda.

Eu me pergunto há quanto tempo este lugar existe. Centenas, milhares de anos? É incrível que a mineração não o tenha destruído. Ou foi o contrário? Penso no episódio conhecido como *O desastre na mina de carvão de Arnhill.* Apesar de todas as investigações, o fato nunca foi completamente explicado. Ninguém jamais foi declarado culpado. E os outros acidentes? Deve haver poços de mineração embaixo da caverna. Os mineiros se aproximaram demais? Ameaçaram a antiga escavação que veio antes deles? Um lugar que está aqui há séculos, adormecido, à espera.

Caminho devagar ao redor, respirando fundo, tentando me manter calmo. É só uma caverna. Os mortos não podem nos machucar. Ossos são apenas ossos. Sombras são apenas sombras. Exceto que sombras nunca são apenas sombras. Elas são a parte mais profunda da escuridão. E a parte mais profunda da escuridão é onde os monstros se escondem.

Preciso agir depressa.

Tiro da mochila o item que Gloria me trouxe. Minhas mãos tremem e estou encharcado de suor. Eu me atrapalho, solto um palavrão, me recomponho. Preciso fazer tudo direito. Se alguma coisa der errado, serei *eu* que ficarei em pedaços. Coloco o item com cuidado — muito cuidado — no meio da caverna, e minha mão enfaixada me deixa extremamente desajeitado. Em seguida, recuo. Forço-me a me virar. Consigo ouvi-los zumbir. Um aviso. Uma ameaça. Encolho-me para passar pela fenda e, mancando, subo os degraus tão depressa quanto consigo. Digo a mim mesmo que preciso ter cuidado, porque são passos apressados e desatentos que eles querem. Um tropeço, uma queda... algo assim me mandaria de volta para baixo. Como já havia acontecido todos aqueles anos antes.

Chego ao túnel e rastejo por ele. Pelo menos minha mochila está vazia agora. A lembrança do que carreguei até o fundo e uma repentina paranoia de que não tenho garantia de que tudo funcionará como planejado me estimulam a seguir em frente.

Finalmente saio para o ar fresco — encharcado, tremendo, com as pernas bambas — e desmorono no chão de pedras.

Permaneço ali por um tempo, ofegante, deixando a brisa secar o suor da minha pele. Momentos depois eu me sento e tiro o maço de cigarros do bolso.

Acendo um e inspiro a fumaça como se usasse uma máscara de oxigênio. Penso em acender um segundo na ponta do primeiro. Então consulto o relógio e, com relutância, coloco o cigarro de volta no maço.

No lugar dele, pego o celular. Conseguir o número não foi difícil. Pressiono *Chamar* e espero. Ele atende no terceiro toque. Quase sempre é no terceiro toque. Já repararam nisso?

— Alô.

— Sou eu.

Silêncio. E então, sentindo-me um personagem em um *thriller* ruim, digo:

— Acho que precisamos conversar.

trinta e três

Ele se deu muito bem na vida. É o que dizemos quando vemos manifestações de riqueza ou sucesso de alguém, não é verdade? Em geral uma casa enorme, um terno caro ou um carro tinindo de novo.

É estranha nossa maneira de avaliar as coisas. Como se a capacidade de comprar uma moradia grande ou o meio de enfrentar um engarrafamento gastando o máximo de combustível possível fosse o auge da realização de nossos escassos anos neste planeta. Apesar de todos os avanços, ainda avaliamos as pessoas por tijolo, tecido e potência.

Ainda assim, suponho que, nessas condições, Stephen Hurst tenha "se dado muito bem na vida".

Seu tijolo e argamassa, no caso, é uma fazenda reformada a cerca de um quilômetro de Arnhill. O tipo de reforma que pega as características originais de uma construção antiga e sistematicamente a desfigura com a adição de toneladas de aço, vidro e aquelas malditas portas articuladas.

Esta noite só há um carro na entrada de cascalho. Um Range Rover novinho em folha. Marie saiu com Jeremy. Foram a Nottingham comprar tênis novos e depois comer uma pizza. Nos fundos, posso ver um jardim comprido, uma banheira de hidromassagem e uma piscina iluminada. Ninguém tem uma banheira de hidromassagem e uma piscina só com o salário de membro do conselho.

Talvez seja por isso que Marie ficou. No entanto, no frigir dos ovos, isso não significa nada. Porque os anos aproveitando a hidromassagem e a piscina são menos do que ela jamais poderia ter imaginado. E talvez tivesse sido melhor usar o tempo para desfrutar de alguma liberdade, levar uma vida longe deste lugar. Acho que tudo depende do quanto a pessoa quer as tais portas articuladas e do quanto está disposta a se sacrificar por elas.

Olho a hora: 20h27. Hesito por um momento, então me forço a levantar o braço e tocar a campainha.

Dentro, ouço ao longe um som de sino. Espero. Passos. E então a porta se abre.

Eu diria que é impossível um homem envelhecer em poucos dias. Mas também seria capaz de jurar que foi exatamente o que tinha acontecido. Sob o brilho implacável da luz de segurança, Hurst parece muito mais velho, com idade talvez até para se aposentar. A pele está pendurada no rosto feito um pano molhado e os olhos são duas fendas injetadas dentro de dobras de pele acinzentada. Ele não estende a mão nem faz qualquer tipo de cumprimento.

— Meu escritório é por aqui — diz, e se vira, deixando para mim a tarefa de fechar a porta.

A casa não é exatamente como eu esperava. Um pouco cafona, mas nem tanto. Tenho a impressão de que o papel de parede acetinado e os falsos vasos persas são mais uma prova da mão de Marie.

Ele me conduz pelo corredor. À frente, vejo de relance uma ampla sala de estar conjugada com a de jantar. À minha direita, uma cozinha elegante, em mármore e aço. Hurst abre outra porta à esquerda. Seu escritório. Sinto, lá no fundo, uma pontada de ressentimento. Hurst tem tudo isso, mesmo com todas as coisas que fez.

E uma esposa que está morrendo de câncer.

Entro no escritório atrás dele. Em comparação com o resto da casa, o escritório é mais minimalista. Uma grande mesa de carvalho ocupa quase o ambiente inteiro. Algumas fotos em preto e branco adornam as paredes. Um armário de vidro exibe uma variedade de copos de cristal e uísques caros.

É como se fosse uma paródia do escritório de um cavalheiro de fino trato, na mesa há até um peso de papel robusto feito de vidro. O escritório de um homem que acredita ter realmente se dado muito bem na vida.

Só que no momento não é a impressão que ele passa. Hurst parece um homem que está desmoronando dentro de suas roupas caras feitas sob medida.

— Bebe alguma coisa? — Ele vai até o armário e se vira. — Uísque?

— Para mim está ótimo.

Ele serve duas doses generosas em dois copos de cristal cintilantes e coloca-os na mesa.

— Sente-se.

Aponta para uma poltrona na frente da mesa. Coloco a bolsa no chão, ao lado da cadeira. Espero Hurst se sentar em sua cadeira reclinável de couro com espaldar alto e depois me acomodo na poltrona, também de couro. Isso me deixa num nível inferior em relação a ele. Mas estou disposto a qualquer coisa que o faça sentir-se superior. Neste jogo, tenho as melhores cartas.

Por um momento não falamos nada, não bebemos nada. Então, ao mesmo tempo, pegamos nossos copos.

— O que você quer?

— Acho que você sabe.

— Veio me implorar para ter seu emprego de volta?

Dou uma risada.

— Você gostaria que eu fizesse isso, não é mesmo?

— Para falar a verdade, não. O que eu gostaria é que você fosse embora. Que nos deixasse em paz.

— Algumas pessoas não merecem ter paz.

— Você sempre pensou as piores coisas a meu respeito.

— Você sempre fez as piores coisas.

— Eu era criança. Todos nós éramos. Faz muito tempo.

— Como está Marie? — pergunto.

Posso garantir que a pergunta mexe com ele.

— Não quero falar sobre Marie.

— Foi você quem a mandou me procurar.

— Na verdade, foi ideia dela.

Pelo que ela me disse, não. Mas isso é típico de Hurst. Para ele, mentir é tão natural quanto respirar.

— Ela pensou que poderia colocar um pouco de juízo na sua cabeça. Evitar mais situações desagradáveis.

— Como mandar os capangas de Fletch para me dar uma surra? Destruir o chalé? Esse tipo de situação desagradável?

Um sorriso fino e sarcástico açoita seu rosto.

— Desculpe, mas não sei do que você está falando.

— Eles não encontraram o que queriam, certo? Aposto que isso deixou você puto.

Ele balança a cabeça e toma um gole da bebida.

— Pelo visto, você acha que me preocupo muito mais com as coisas que aconteceram naquela época do que de fato me preocupo.

— Você se preocupa o suficiente para seguir Chris até o prédio de inglês naquela noite. O que aconteceu? Vocês discutiram? Você o empurrou?

Ele balança a cabeça, como se estivesse lidando com um pobre lunático.

— Já ouviu as merdas que está falando? Sabe, eu tenho pena de você. Escolheu a vida que queria levar. Construiu uma carreira, mas está disposto a jogar tudo pela janela. Para quê? Para acertar contas? Procurar respostas onde não existe nenhuma? Deixe isso para lá. Vá embora antes de piorar tudo para o seu lado.

Pego meu copo e tomo um longo e lento gole.

— Eu vi você. Você estava lá.

— Não fiz nada com Chris. Eu tentei salvá-lo.

— Sei.

— Tentei dissuadi-lo. Mas ele parecia fora de si. Dizia coisas sem sentido. Coisas insanas. E de repente pulou. Eu corri, admito. Não queria ficar ali, não queria que as pessoas se precipitassem e tirassem conclusões erradas.

Eu me pergunto se sua escolha de palavras — "se precipitassem" — é deliberadamente impiedosa. Mas acredito que não. E também não acho que ele esteja mentindo. No fundo, acho que nunca cheguei a acreditar que ele tivesse de fato empurrado Chris. Eu queria acreditar. Seria mais um motivo para odiá-lo. E talvez servisse como explicação também. Porque, se Chris pulou, significava que eu o decepcionara. Assim como decepcionara Annie.

Claro, também não acredito que Hurst tenha tentado salvar Chris. A única pessoa que Hurst já se importou em salvar foi ele mesmo. É com isso que estou contando.

— Por que está com tanto medo da minha visita?

— Não estou com medo. Só cansado.

— É, curioso, porque você não parece muito bem mesmo, não.

— Estou cansado. O câncer tem um preço para todos. É isso. Satisfeito? Não levo uma vida tão perfeita no final das contas. É o que quer ouvir?

Olho para ele. Talvez ele tenha razão. Talvez as coisas não tenham dado muito certo para ele. Penso no que a Srta. Grayson disse:

Ele está desesperado... Você é a única pessoa que pode detê-lo.

É o que pretendo fazer. Mas não é por isso que estou aqui. Primeiro, tenho outro assunto. Assunto que Hurst entenderia. Questão de salvar a própria pele.

Pego a mochila e jogo-a na mesa. Percebo que Hurst arregala os olhos. Ele reconhece a mochila surrada e sem marca. Os adesivos desbotados e com as bordas retorcidas de *Doctor Who* e *Star Trek*.

— Que porra é essa?

— Acho que você sabe. Mas para os membros do júri — abro-a e despejo, com cuidado, o conteúdo na sua frente — é o pé de cabra com o qual você esmagou a cabeça da minha irmã e a gravata do seu uniforme, coberta com o sangue e o DNA dela.

Ele mexe a boca, os dentes rangem, como se ele mastigasse essa informação, e ela fosse uma pílula amarga.

— E o que quer provar com isso? Sua irmã foi encontrada. Viva.

— Nós dois sabemos que não foi o que aconteceu.

— Tente contar essa história para a polícia. Tenho certeza de que eles encontrarão uma camisa de força confortável para você vestir.

— Ótimo. O que acha disso? Minha irmã ficou desaparecida por dois dias. Quarenta e oito horas. Onde ela estava? O que você acha que a polícia faria se tivesse esta prova? Prova de que você a levou? Que a machucou? Como isso seria recebido pelos moradores de Arnhill, por seus colegas de conselho?

Ele observa por um bom tempo o pé de cabra e a gravata ensanguentada. Depois ergue os olhos.

— Então, vou perguntar mais uma vez. O que você quer?

— Trinta mil.

Aguardo. E então algo acontece com seu rosto. Eu esperava raiva, protestos. Talvez ameaças. Em vez disso, ele se reclina na cadeira e seus lábios emitem um som: uma risada.

De todos os cenários que passaram por minha cabeça, esse não é um que eu esperava. Olho, nervoso, para a janela. Lá fora, só escuridão. Sinto minha tensão crescer.

— Quer compartilhar a piada?

Ele se endireita na cadeira.

— Típico. Como sempre.

— Ótimo. — Pego o pé de cabra e a gravata e os guardo de volta na mochila. — Talvez eu leve isso para a polícia agora mesmo.

— Não, não vai levar.

— Você parece ter certeza disso.

— E tenho.

— Se tentar me impedir ou pensar em chamar seus capangas, devo avisar que...

— Pare de falar besteira. — Ele me interrompe. — Não tenho intenção de machucar você. Veja bem, esse é o seu problema. Você está sempre à procura de alguém a quem atacar. Alguém em quem colocar a culpa. Nunca parou para pensar que foi você mesmo quem provocou tudo isso.

— Não sei que merda você está querendo dizer.

— Eu sei sobre o acidente.

— O que há para saber? Foi um acidente. Minha irmã e meu pai morreram.

— Para onde vocês estavam indo naquela noite?

— Não lembro.

— Que conveniente.

— É a verdade.

— Os jornais especularam que alguma coisa devia ter acontecido e que seu pai estava a caminho do hospital. Não muito antes do acidente, alguém na sua casa tentou ligar para a emergência.

Eu me pergunto como ele sabe disso, ou talvez, e sobretudo, por que fez questão de saber.

— Por que não vai direto ao ponto?

— Seu pai não bateu o carro naquela noite por acidente.

—Você está enganado. Houve provas de que ele tentou frear. Tentou evitar a batida.

— Ah, não estou dizendo que não foi um *acidente*. Mas não foi seu pai quem o causou.

Ele sorri, e sinto meu castelo de cartas, meu jogo tão perto da vitória, balançar e desmoronar.

— Foi você, Joe. Era você quem estava dirigindo.

trinta e quatro

O passado não é real. É apenas uma história que contamos a nós mesmos.

E às vezes nós mentimos.

Eu amava minha irmã mais nova. Amava muito. Mas a irmã que eu amava não existia mais. Eu via minha irmã caminhar pela casa com o jeito estranho e desengonçado que ela adquirira, como se seu corpo fosse do tamanho errado, mas não via Annie. Era alguma coisa que parecia Annie, tinha a voz de Annie. Mas era uma falsificação. Uma cópia ruim.

Às vezes eu queria gritar para meus pais: *Vocês não conseguem ver? Não é Annie. Aconteceu alguma coisa e ela se foi. Houve um engano. Um engano terrível, e no lugar dela nos mandaram essa coisa. Uma coisa que veste sua pele e olha pelos seus olhos, mas que, quando olhamos para ela, não é a Annie.*

Mas eu não dizia nada. Porque pareceria loucura. E eu sabia que essa era a última coisa que meus pais mereciam enfrentar. Eu não queria ser a gota d'água que inundaria minha família. Precisava dar um jeito na situação. Colocar tudo nos eixos. Então, um dia, antes de ir para a escola, com a mão trêmula, peguei o telefone e liguei para o médico. Engrossei a voz ao máximo e disse que era o Sr. Thorne e que queria marcar uma consulta para minha filha. A recepcionista, que era rápida e eficiente, mas obviamente não muito perspicaz, respondeu que poderia nos encaixar naquela mesma tarde, às 16h30. Agradeci e disse que o horário estava perfeito.

Quando voltei da escola, falei para meu pai que tinha acabado de lembrar que mamãe tinha marcado uma consulta para Annie. Por sorte ele estava ainda na segunda lata de cerveja. Ele reclamou, mas falei que estava tudo bem, que ele podia dizer para mamãe que havia decidido cancelar a consulta. Joguei a carta certa. Papai não queria correr o risco de contrariar a esposa e irritá-la. Então vestiu a jaqueta e chamou Annie. Eu disse que ia também. No caminho, comprei pastilhas de menta. Ofereci uma a meu pai. Ele pegou duas.

O médico era gordo, tinha o nariz coberto de veias vermelhas e um restolho muito fino de cabelo seco na cabeça reluzente. Era simpático, mas parecia cansado, e reparei que a maleta aos seus pés já estava preparada, pronta para ir para casa.
Ele examinou Annie, apontou coisas para seus olhos, bateu no seu joelho. Annie sentou-se na cadeira, tão rígida quanto um boneco de ventríloquo. Depois de todos os exames, o médico explicou com muita calma que não conseguia encontrar nada de errado com Annie em termos fisiológicos. *Entretanto*, ela sofrera um trauma. Tinha ficado desaparecida por dois dias. Perdida, talvez presa em algum lugar. Quem sabia o que havia acontecido com ela? O xixi na cama, os pesadelos, o comportamento estranho, tudo isso era esperado. Bastava ter paciência. Dar tempo a ela. Se não houvesse melhora, ele poderia nos indicar um terapeuta. Ele sorriu. Era provável que não chegasse a esse ponto. Annie era jovem. Os jovens têm uma resistência inacreditável. Em pouco tempo ela voltaria ao que era antes, ele tinha certeza.
Papai agradeceu e apertou a mão do médico. Sua própria mão tremia bastante. Fiquei feliz por ter comprado as pastilhas de menta. Voltamos para casa a pé de novo. Annie urinou-se no caminho.
Trauma. Dar tempo a ela. Ele tinha certeza.
Eu, não. Pensei que tudo que ele dissera não passava de um monte de besteira e, por algum motivo, senti que nosso tempo estava se esgotando.

Além disso, eu estava enfrentando a morte de Chris. Ou melhor, não estava. Tinha havido uma cerimônia no crematório. Aquilo não me parecia real. Eu esperava olhar para o lado e ver Chris, o cabelo loiro arrepiado como sempre, explicando que a temperatura do forno ficava entre setecentos e sessenta e novecentos e oitenta graus Celsius, que o corpo era consumido em duas horas e meia e que cerca de cinquenta corpos eram cremados por semana.

A mãe de Chris sentou-se na primeira fila. Ele não tinha mais nenhum parente. Seu pai tinha ido embora quando ele era pequeno e o irmão mais velho morrera de câncer antes de Chris nascer.

A mãe tinha o mesmo cabelo claro e rebelde de Chris. Usava um vestido preto largo e sem forma e segurava um pacote de lenços de papel. Mas não chorou. Apenas manteve o olhar à frente. Vez ou outra murmurava alguma coisa e sorria. De alguma forma, isso era mais terrível do que se estivesse se debulhando em lágrimas.

Eu a vi algumas vezes depois disso. Continuava usando as mesmas roupas. Eu tinha a sensação de que deveria dizer alguma coisa, mas não sabia o quê. Sempre que eu passava pela casa de Chris, as cortinas estavam fechadas. Algumas semanas depois, uma placa dizendo "à venda" foi colocada na frente.

Eu costumava vagar sem rumo pelo vilarejo depois da escola e acabava sempre na frente do prédio, olhando para cima, imaginando qual seria a sensação de cair de tão alto, tão depressa. As pessoas deixavam flores e presentes como homenagem. Havia até um de Hurst. A tentação de pegá-lo, estraçalhá-lo e jogá-lo no chão era quase irresistível.

Nunca fiz isso. Assim como nunca contei para ninguém que o vi naquele dia.

A morte de Chris tinha me deixado meio que paralisado. Escondi a bolsa no galpão, mas não sabia o que fazer com ela. Não conseguia raciocinar. Não conseguia colocar as ideias em ordem. Toda vez que pensava na bolsa, via Chris estirado no chão, seu corpo estranhamente murcho, o sangue espesso e escuro. Muito sangue. E então eu pensava na minha irmã.

Às vezes, eu me perguntava se era o único que estava enlouquecendo. Talvez não houvesse nada de errado com Annie. Talvez a batida que eu tinha levado na cabeça houvesse causado algum dano no *meu* cérebro. Talvez eu tivesse imaginado tudo aquilo.

Eu estava tendo dificuldade de me concentrar na escola. Eu me esquecia de comer, de tomar banho... Essas coisas pareciam ter perdido a importância. Minhas longas e repetitivas caminhadas por Arnhill se tornaram cada vez mais demoradas. Certa noite, um policial me parou e mandou que eu voltasse para casa. Era quase meia-noite.

Eu acordava várias vezes durante a noite, arranhando o ar para me livrar dos pesadelos. Em um deles, Chris e Annie estavam em uma colina coberta de neve. Um céu rosado tremeluzia atrás deles. O sol estava escuro, aureolado por uma luz prateada, feito um eclipse. Chris e Annie pareciam perfeitos de novo, inteiros. Como antes de morrer.

Ao redor deles estavam espalhados muitos bonecos de neve. Brancos, grandes, redondos, fofos, com longos braços de galhos e pedaços de carvão preto reluzente no lugar dos olhos e da boca. Enquanto eu os observava, seus sorrisos brincalhões se transformaram em grunhidos.

Você não pode ficar aqui. Não há ninguém aqui além de nós, bonecos de neve. Vá embora. vá embora!

O sol despencou no horizonte. Chris e Annie desapareceram. O céu rosado borbulhou e derreteu até ficar vermelho-escuro. Flocos começaram a cair. Mas não brancos. Vermelhos. E não eram flocos. Sangue. Gotas de sangue enormes e gordas que queimavam como ácido. Caí no chão. Minha pele se derretia e pingava dos ossos. Depois meus ossos começaram a derreter também. Os bonecos de neve observavam com seus olhos pretos e frios enquanto eu me dissolvia e me transformava em nada.

Na manhã seguinte, eu soube o que tinha que fazer.

Vesti o uniforme, como de costume. Saí no horário normal. Mas minha mochila continha alguns itens embalados com cuidado embaixo dos livros.

Saí de casa apressado. Não peguei o caminho da escola. Fui no sentido contrário, que levava à antiga mina. A cerca rebentada tinha sido consertada. Haviam colocado ainda mais placas. perigo. entrada proibida. infratores serão processados. Deveria ter alguém do conselho patrulhando o local para garantir que nenhuma outra criança se aproximasse. Mas não vi ninguém naquela manhã enquanto percorri devagar a área delimitada. O local não parecia tão seguro. A cerca ainda estava um pouco instável e havia brechas entre os painéis de tela. Não levei muito tempo para encontrar um que fosse grande o suficiente para eu me espremer e passar. Foi difícil. Meu blazer do uniforme enganchou em uma ponta afiada de arame. Dei um puxão para soltá-lo e senti um pedaço se rasgando. Soltei um palavrão. Mamãe arrancaria um pedaço *meu* por causa disso. Ou teria arrancado se a época fosse outra. Naqueles dias, ela talvez nem percebesse.

Subi a colina com dificuldade. Parecia diferente naquela manhã. Fazia frio, mas o sol brilhava. Não chegava a iluminar o lugar, mas de alguma forma suavizava os contornos mais acentuados e sombrios. Também me confundia um pouco. Para que lado ficava a escotilha? Na parte inferior da próxima subida íngreme, ou depois dela? Parei e olhei ao redor. Mas quanto mais eu olhava, mais indeciso ficava. O pânico começou a se revelar. Eu precisava ser rápido. Não podia me atrasar para a escola.

Comecei por um caminho, mas mudei de ideia, voltei e peguei outro. Todos pareciam iguais. Droga. O que Chris faria? Como ele encontrou o lugar? E então lembrei. Ele não encontrou o lugar. *Foi o lugar* que o encontrou.

Parei e respirei devagar. Não tentei pensar nem olhar. Apenas deixei-me ficar.

E então caminhei... Segui pela esquerda, subi uma colina, desci e subi outra mais íngreme. Desci a encosta rochosa com a ajuda das mãos. No pé dela havia um pequeno buraco protegido por arbustos baixos. É *aqui*, pensei. Eu não conseguia enxergar direito. Só via cascalho e pedras. Mas sabia que estava no lugar certo. Podia sentir. Quase sentia o chão zumbindo sob meus pés.

Eu me aproximei com cautela. Tentando treinar meus olhos a não esquadrinhar o chão. A não olhar com muita atenção. E funcionou. De repente percebi a forma arredondada da escotilha na terra. Agachei-me. De perto, vi que a tampa não estava bem fechada. Havia espaço suficiente para eu enfiar os dedos por baixo e movê-la. Tentei e, satisfeito por conseguir, fechei-a de novo. Eu não planejava entrar naquele momento. Não podia ir para a escola coberto de terra e pó de carvão. Além disso, não podia correr o risco de alguém perceber algo e ir até lá investigar.

Teria que voltar mais tarde. Quando escurecesse um pouco. Quando eu pudesse fazer o que precisava sem ninguém para me impedir.

Peguei então os itens que guardara com cuidado na mochila e os escondi embaixo de um arbusto. Depois, como não queria correr o risco de não encontrar a escotilha mais tarde, quando voltasse, amarrei em um dos galhos uma meia vermelha e velha que eu tinha levado. Isso resolveria. Terminada a primeira parte do plano, fiz o caminho de volta, e fui para a escola.

O dia se arrastava, mas também passava depressa demais, como sempre acontece quando se espera e ao mesmo tempo se teme alguma coisa. Como uma consulta no dentista ou médico. Eu trocaria feliz da vida a extração de um dente pelo que precisaria fazer naquela noite.

Finalmente o sinal tocou, e eu saí da sala de aula, com medo de que alguém pudesse me chamar ou me parar e, ao mesmo tempo, um pouco esperançoso de que isso acontecesse. Mas não aconteceu. De todo modo, não me apressei. Eu ainda tinha um tempinho livre até o dia começar a escurecer.

Fiz meu passeio habitual pela rua. Eu estava com um dinheiro que havia roubado da carteira do meu pai na noite anterior, então comprei batatas fritas e, mesmo sem fome, comi um pouco no ponto de ônibus e joguei a metade que sobrou na lixeira.

Andei mais um pouco sem destino, depois me sentei em um balanço no parque deserto. Quando as luzes da rua começaram a acender como se fossem olhos alaranjados assustados, comecei minha caminhada rumo à mina.

Tinha colocado uma lanterna na mochila, além de um gorro de lã velho do meu pai, que puxei até quase cobrir os olhos. Observei de longe o local na tentativa de detectar quaisquer sinais de segurança, mas estava tudo vazio e silencioso. Deslizei pela brecha na cerca antes que a situação pudesse mudar.

Eu ainda não precisava da lanterna, embora já fosse quase final de outubro e a claridade sumisse depressa. Eu não queria chamar atenção. Além disso, por algum motivo, eu tinha a sensação de que seria mais fácil encontrar meu caminho no escuro. Apesar de alguns passos em falso e tropeções — dessa vez foi a calça do meu uniforme que se rasgou —, eu estava certo. Cheguei ao pé da colina e ainda consegui enxergar a meia vermelha, apenas uma sombra mais escura no arbusto.

Eu tinha conseguido. E estava ali, de novo, muito apreensivo. Sabia que precisava ser rápido, ou então desistiria. Levantei a tampa da escotilha, esfolando meus dedos. Em seguida recuperei os explosivos que tinha escondido embaixo do arbusto, enfiei-os de volta na mochila e peguei a lanterna.

Olhei uma última vez ao redor, entrei pela escotilha e desci os degraus.

Não demorou muito. Depois de acender os pavios dos explosivos, mal tive tempo de subir os degraus, sair e fechar de novo a escotilha antes de ouvir as primeiras explosões abafadas. Peguei a mochila e fiquei de pé. A tampa metálica da escotilha saltou antes de se fechar de novo com um estrondo e muito pó. E então foi como se ela tivesse sido engolida pelo chão.

Eu recuei. Tinha dado apenas alguns passos quando senti a terra estremecer com um rugido ensurdecedor que percorreu meu corpo, da sola dos tênis até o peito. Eu conhecia o som. Tinha havido um desmoronamento na mina quando eu tinha mais ou menos a idade de Annie. Ninguém ficou ferido, mas eu sempre me lembrava daquele rugido ensurdecedor como se em um lugar bem abaixo do solo a terra desmoronasse.

Estava feito, pensei. Eu só precisava torcer para que fosse suficiente.

* * *

Eram quase oito da noite quando voltei para casa: cansado, sujo, mas estranhamente satisfeito. Apenas por uma fração de segundo, antes de abrir a porta dos fundos, fui tomado pela ideia insana de que, de repente, tudo ficaria bem. Eu tinha quebrado o feitiço, matado o dragão, exorcizado o demônio. Annie seria ela mesma de novo, minha mãe estaria preparando chá e meu pai, lendo o jornal e cantando a música que tocava no rádio, como costumava fazer quando estava de bom humor.

Tudo bobagem, claro. Quando entrei, meu pai estava caído, na mesma posição de sempre, em frente à televisão. Eu só conseguia ver o topo do cabelo encaracolado acima da poltrona, mas podia garantir que ele já tinha apagado. Annie não estava por ali, então imaginei que estivesse no quarto mais uma vez. O cheiro da casa estava pior que de costume. Cobri a boca e corri para o banheiro.

Ao chegar lá em cima, parei. A porta do quarto de Annie estava aberta. Isso não era mais comum. Entrei.

— Annie?

Espiei dentro. O quarto estava na penumbra. Apenas uma tênue luminosidade do crepúsculo se infiltrava pelas cortinas finas. A cama estava desfeita. Se o cheiro lá embaixo era ruim, no quarto era quase insuportável... Urina velha, podridão adocicada e algo que lembrava ovo podre e vômito, tudo misturado. O quarto estava vazio.

Verifiquei o meu. Também vazio. Bati à porta do banheiro.

— Annie? Você está aí?

Silêncio.

Papai tinha tirado a chave da porta do banheiro no dia que Annie, muito pequena, se trancou por dentro, e nunca mais colocou de volta.

Na ocasião, mamãe e eu nos sentamos do lado de fora e cantamos para mantê-la calma. Meu pai teve um trabalhão para tirar a fechadura. Quando por fim entramos, encontramos Annie dormindo no chão do banheiro, só de fralda e camiseta.

Olhei para a porta fechada. Coloquei a mão na maçaneta, que achei estranhamente pegajosa, abri e acendi a luz. Meu mundo pareceu desabar.

Vermelho. Vermelho por todo lado. Em toda a pia. Espalhado no espelho. Pingos no chão. Abundantes, brilhantes, frescos.

Observei a cena com o estômago embrulhado. Olhei para minha mão. A palma estava manchada de vermelho. Dei as costas e desci a escada, correndo e tropeçando em meus próprios pés. Só então percebia que as paredes e o corrimão também tinham manchas vermelhas.

— *Annie! Papai?*

Pulei o último degrau e fui para a sala. Meu pai continuava caído na poltrona, de costas para mim.

— Papai?

Contornei a poltrona. Consegui então ver seu rosto com os olhos semicerrados, a boca entreaberta e um leve chiado saindo de seus lábios a cada respiração. Usava um moletom velho da banda Wet Wet Wet. Ele o tinha ganhado em um concurso da rádio local (o que ele queria mesmo era ganhar uma viagem para a Espanha). É estranho como reparamos em algumas coisas. Por exemplo, reparei que, abaixo do rosto de Marti Pellow, uma enorme mancha tinha se espalhado a partir do centro do peito de meu pai. Como uma mancha de tinta. Como das vezes em que eu guardava minha caneta-tinteiro destampada no bolso. Só que a mancha era enorme. E não era azul. Era vermelha. Vermelho-escura. Não era tinta. Era sangue. Muito sangue.

Tentei controlar o pânico. Tentei raciocinar. Esfaqueado. Ele havia sido esfaqueado. Annie sumira. Eu precisava ligar para a polícia. Precisava ligar para a emergência. Corri até o telefone na parede e disquei com dedos trêmulos. Ele tocou, tocou, e por fim uma voz simpática atendeu:

— Em que posso ajudar?

Abri a boca, mas as palavras não saíram. *Sangue. Vermelho. Fresco.*

— Alô? Em que posso ajudar?

O banheiro. Pingos no chão. Não exatamente pingos. Formas. Um pingo grande, cinco pequenos.

Pegadas. Pegadas pequenas.

— Alô? Tem alguém aí?

Abaixei o telefone. Às minhas costas, ouvi um ruído. Uma risada fraca. Coloquei o telefone no gancho e me virei.

Annie estava no vão da porta. Devia estar escondida no armário embaixo da escada. Estava nua. Havia manchas de sangue no corpo e no rosto, como se fossem pinturas de guerra. Havia cortes em seus braços, em seu peito magro. *Ela tinha se cortado também.* Seus olhos faiscavam. Em uma das mãos, segurava uma grande faca de cozinha.

Tentei respirar, tentei não me jogar de uma janela, aos gritos.

Uma faca. Papai. A camiseta ensanguentada.

— Annie. Você está bem? Eu... eu acho que alguém invadiu nossa casa. Vi confusão em seu olhar.

— Está tudo bem. Estou em casa agora. Vou protegê-la. Você sabe disso, não sabe? Sou seu irmão mais velho. Sempre a protegerei.

A faca balançou na mão dela. Algo no seu rosto mudou. Ela quase parecia a *minha* Annie de volta. Como antes. Senti um aperto no coração.

— Largue a faca. Podemos resolver isso. — Estendi os braços. As lágrimas embargando minha voz. — Venha cá.

Ela sorriu. E veio até mim com um rugido gutural feroz. Eu estava preparado. Eu me esquivei e empurrei-a com força. Ela voou, tropeçou no tapete da lareira e caiu. Peguei o atiçador de fogo, mas não houve necessidade. Sua cabeça bateu no canto da lareira. Ela desabou no chão, soltando a faca.

Parei, tremendo, meio que na expectativa de vê-la voltar a se levantar. Ela continuou imóvel no chão. Porque o que quer que houvesse dentro dela, estava no corpo de uma criança de oito anos. E aos oito anos as crianças são frágeis. Quebram com facilidade.

Eu me virei para meu pai. Eu precisava levá-lo para o hospital. Olhei para o telefone. Então corri para a cozinha. Algum tempo antes, meu pai tinha me dado algumas aulas de direção. Eu aprendera apenas a subir e descer as ruas do vilarejo. Naquela época, em Arnhill, ninguém dava a mínima se visse um garoto de quinze anos ao volante. Eu não era um exímio motorista. Mas sabia o básico.

E sabia onde ficavam as chaves.

Meu pai era pesado. Tinha engordado. Eu o arrastei até a porta, abri uma fresta e olhei a rua. Ninguém por perto. Cortinas fechadas. Não tinha como eu ter certeza de que não havia nenhum vizinho bisbilhoteiro, como a Sra. Hawkins, espiando pela cortina, mas precisava arriscar.

Arrastei seu corpo pela entrada da garagem até o carro, que não era uma distância longa. Apoiei-o na porta de trás e abri a do passageiro. Então eu o enfiei lá dentro como deu, primeiro o corpo, depois as pernas e os pés. Então me afastei um pouco. Minhas mãos e a frente da minha camisa do uniforme estavam cobertas de sangue. Não havia tempo para me preocupar com aquilo. O hospital ficava a quase vinte quilômetros, em Nottingham.

Eu precisava agir rápido. Corri para o lado do motorista e parei. Olhei para a casa. Annie.

Eu não podia simplesmente deixá-la.

Ela esfaqueou seu pai.

Ela é só uma criança.

Não é mais.

Ela pode morrer.

E daí?

Não posso deixá-la. De novo não. Não posso fazer isso de novo.

Voltei correndo para casa. Parte de mim esperava descobrir que Annie tinha sumido, como nos filmes de terror, quando o herói parece ter matado o bandido mas logo depois o bandido desaparece e volta empunhando uma motosserra. Mas Annie continuava caída no mesmo lugar. Nua. *Droga.* Corri lá para cima, o coração batendo feito um relógio que não me deixava esquecer que o tempo estava se esgotando. Abri o pequeno guarda-roupa branco no quarto de Annie, peguei um pijama cor-de-rosa com ovelhinhas brancas e desci, tudo isso correndo.

Ela não se mexeu quando coloquei o pijama, embora eu pudesse sentir sua respiração fraca. Segurei-a nos braços, tão leve quanto um filhote de cervo. Ela estava fria. E parte de mim não conseguiu evitar um calafrio de repulsa.

Eu estava quase no portão quando vi uma sombra se aproximar pela rua e ouvi uma respiração ofegante. Um passeador de cães. Eu me escondi e esperei eles passarem. O cachorro parou perto do portão, cheirou e logo seguiu em frente, puxando o dono depressa.

— Tudo bem, tudo bem, sentiu cheiro de raposa, não foi?

Não, pensei, sentiu cheiro de *outra coisa*.

Coloquei Annie no banco de trás. Depois contornei o carro correndo e me joguei no assento do motorista. Minhas mãos tremiam tanto que só na terceira tentativa consegui enfiar a chave na ignição.

Por sorte, ou por milagre, o motor pegou de primeira. Engrenei. De repente, me lembrei do cinto de segurança. Coloquei-o e acelerei devagar. Concentrei-me em tentar ficar do lado direito da rua e também em não bater no meio-fio. Isso me ajudou a não pensar no que eu faria se meu pai morresse no caminho, ou no que diria se ele sobrevivesse.

Eu precisava de uma história. Lembrei o que eu dissera para Annie: um invasor. Alguém arrombou a casa. A polícia acreditaria. Eles tinham que acreditar. E se meu pai estivesse vivo, ele poderia contar a verdade.

Por fim, consegui sair do vilarejo. A estrada escura se contorcia à minha frente feito uma serpente. Não havia luzes na estrada, apenas os olhos de gato. Eu não conseguia encontrar o farol alto. Um carro saiu de uma estrada lateral e quase colou na minha traseira. Ficou muito perto. O clarão no espelho retrovisor quase me cegava.

E se for a polícia? E se tivessem rastreado a ligação da emergência e estivessem me seguindo? E então o carro sinalizou e me ultrapassou, buzinando.

Baixei os olhos para o velocímetro. Eu estava a apenas sessenta quilômetros por hora, em uma estrada cujo limite era cem. Não era de admirar que os motoristas estivessem irritados comigo. E com isso eu chamava atenção. Apesar da escuridão e do meu precário controle do volante, eu me forcei a pisar mais fundo no acelerador. Vi o ponteiro se aproximar dos setenta, oitenta. Olhei de novo pelo retrovisor.

Annie retribuiu o olhar.

Dei uma guinada, os pneus bateram na beira da estrada, lutei com o volante para alinhá-lo de novo. A borracha chiou, mas recuperei o controle e os pneus voltaram a aderir ao asfalto. Papai caiu com tudo em cima de mim. *Droga.* Eu tinha me esquecido de colocar o cinto de segurança nele. Empurrei-o de volta para o seu assento com uma das mãos enquanto com a outra tentava controlar o volante.

Annie saltou do banco de trás. Seus dedos arranharam meu rosto e agarraram meu cabelo, puxando minha cabeça para trás. Tentei me livrar dela com a mão livre, mas ela me segurava com uma força surpreendente. Senti suas unhas cravarem na minha carne; meu couro cabeludo doía. Fechei a mão e dei um soco no rosto dela. Annie caiu para trás.

Segurei o volante de novo, no último instante, enquanto faróis piscavam na faixa oposta da estrada. *Merda.* Pisei ainda mais fundo no acelerador. Precisava chegar ao hospital. *Precisava.* Aumentei a velocidade para cento e dez. Vi Annie sentar-se. Tentei empurrá-la com o cotovelo, mas ela desviou e tapou meus olhos com as mãos. Seus dedos pareciam entrar nas minhas órbitas. Gritei. Não estava enxergando nada, minha vista ficou embaçada. Eu via apenas lampejos de escuridão e luz.

Tirei a mão do volante e tentei afastar seus dedos. Meu pé pressionou o acelerador. O motor guinchou. Senti o carro girar, as rodas saírem do asfalto e baterem na margem gramada.

O carro deu um pinote. Os dedos de Annie soltaram meus olhos. Uma enorme sombra negra cresceu na nossa frente. Uma árvore. Tentei dominar o volante de novo, pisar no freio. Tarde demais.

Impacto. Um solavanco monstruoso. Metal amassado. Meu corpo voou, esmaguei o nariz contra o volante. O cinto de segurança me puxou. Atordoado. Alguma coisa passou por mim e atravessou o para-brisa. Dor. Meu peito. Meu rosto. Minha perna. *MINHA PERNA!* Gritos. Meus gritos.

Escuridão.

trinta e cinco

— Foi assim que nós o encontramos.

— Nós?

— Meu pai e eu. Estávamos voltando do jogo de futebol no final da tarde. Papai viu o carro destruído contra uma árvore. Paramos para ver se podíamos ajudar. No mesmo instante vi que seu pai estava morto. Encontrei o corpo de sua irmã um pouco distante do carro. Não pude ajudá-la... — Ele faz uma pausa. — Voltei para o carro e meu pai disse: "O menino ainda está vivo." Depois falou: "E está bem encrencado, não acha?" Entendi no mesmo instante o que ele queria dizer. Você só tinha quinze anos. Não deveria estar dirigindo. Decidimos então trocar as posições. Colocar você no banco do passageiro e seu pai no do motorista para a polícia pensar que era ele quem dirigia.

— Por quê? Por que se preocuparam com isso?

— Porque, por mais que tivéssemos nossas diferenças, meu pai acreditava que era preciso cuidar dos nossos. Você fazia parte da minha turma. Seu pai era mineiro... Ainda que fosse um fura-greve. Ninguém entrega os seus para os porcos, não é mesmo? Mas, enfim, a ideia era que eu fosse ao hospital dizer a você que confirmasse essa história. Mas acontece que você já tinha inventado outra. Não conseguia se lembrar de nada do acidente, conforme uma enfermeira me informou. Isso é verdade, Joe?

Olho para ele. *Mentiras*, penso. Não existem as tais mentiras inofensivas. As mentiras nunca são prejudiciais ou inofensivas. São apenas mentiras. São nuvens que turvam a verdade. Às vezes tão densas que nem nós mesmos conseguimos vê-las.

Para início de conversa, eu não tinha certeza do que me lembrava. Era mais fácil concordar com o que a polícia e os médicos diziam. Mais fácil fechar os olhos e afirmar que não sabia o que havia acontecido. Não conseguia me lembrar do acidente.

Nunca contei para minha mãe. De todo modo, ela também nunca perguntou. Sobre nada. Ela deve ter se feito perguntas. Deve ter limpado o sangue. Mas nunca disse uma palavra. E certa vez, quando tentei falar sobre o assunto, ela segurou meu pulso com tanta força que até deixou um hematoma e disse: "O que quer que tenha acontecido naquela casa foi um acidente, Joe. Assim como a batida do carro. Você entende? *Preciso* acreditar nisso. Não posso perder você também."

Foi quando compreendi. Ela acreditava que eu tinha feito aquilo. Que de algum modo eu era o responsável. Suponho que eu não pudesse culpá-la. Eu vinha agindo de maneira estranha havia semanas. Quase não comia, não falava, ficava fora de casa o máximo possível. E, de certa forma, eu *era* o responsável. Eu tinha causado aquilo. Tudo aquilo.

Quando voltei para casa, de muletas, com pinos na perna quase destruída, a casa havia sido arejada e limpa e o quarto de Annie estava igual ao que era antes.

Não tentei fazer minha mãe entender a situação nem contar para ela o que de fato tinha acontecido. E ela nunca verbalizou o que eu via em seus olhos: que ela havia perdido o filho errado. Que eu deveria ter morrido. Até o dia da sua morte, mamãe fingiu que ainda me amava.

E eu fingi que não sabia que não era verdade.

Pigarreio. Minha cabeça está confusa, pensamentos conflitantes lutam entre si na lama da minha consciência.

— Quer que eu lhe agradeça? — pergunto.

Hurst balança a cabeça.

— Não. Quero que pegue isso — ele aponta para o pé de cabra e a gravata — e jogue no rio Trent. E *depois* quero que se mande daqui e nunca mais apareça.

Fico com uma sensação muito ruim. Uma sensação de derrota. A sensação de ver as cartas do outro jogador e saber que se ferrou. Que não resta saída. Bem, ou que restam poucas.

— A polícia fará perguntas para você também. Por que me trocou de lugar com meu pai? Por que voltar a esse caso agora? Adulteração de cena de um acidente é crime.

— É verdade. Mas eu era só uma criança. Foi ideia do meu pai. Agora que estou mais velho e sou uma pessoa mais sensata, reavaliei o que aconteceu. Preciso contar a verdade. Se necessário, posso alterar a versão inicial. E a polícia acreditará em mim. Sou respeitado na comunidade. Enquanto você... Bem, veja a sua situação. Demitido do emprego atual. Suspeito de roubo na escola anterior. Você não é exatamente um modelo de cidadão.

Ele tem razão. E se me fizerem mais perguntas? Se investigarem de novo a cena? Se questionarem os ferimentos de meu pai?

— Então — continua Hurst —, acho que você está no que chamamos de beco sem saída.

Faço que sim e me levanto. Pego os itens embalados com cuidado e os guardo de volta na bolsa. Realmente não tenho escolha. Tiro o celular do bolso.

Hurst olha para o aparelho.

— Ainda assim chamará a polícia?

— Não.

Abro minha lista de contatos e levo o telefone ao ouvido. Ela atende no primeiro toque.

— Olá, Joe.

— Você precisa falar com ele. — Dou o celular para Hurst.

Ele olha para o aparelho como se fosse uma granada. E é. De certa forma.

— E com quem exatamente devo falar? — pergunta ele.

— Com a mulher que matará sua esposa e seu filho se eu não sair daqui trinta mil libras mais rico.

Ele pega o telefone, e eu fico observando seu rosto perder a cor. Gloria consegue fazer isso com as pessoas. Antes mesmo de mandar as fotos: fotos de Marie e Jeremy acabando de jantar na cidade naquele instante.

Ele me devolve o telefone.

— É bom pegar logo esse dinheiro — diz Gloria. E em seguida: — Eles estão saindo. Preciso ir atrás.

Encerro a ligação e olho para Hurst.

— Trinta mil. Transfira agora e deixarei você em paz para sempre.

Ele apenas olha para mim. Parece atordoado. Como se de repente alguém tivesse lhe dito que a Terra é plana, que alienígenas existem e que Jesus voltou para uma visita.

Gloria consegue isso também.

— Que porra você fez? — ruge ele.

— Só preciso do dinheiro.
Seus olhos encontram foco. Estão cheios de lágrimas.
— Não tenho tudo isso.
— Não acredito. O carro estacionado lá na frente vale pelo menos sessenta mil.
— É alugado.
— Esta casa.
— Está na segunda hipoteca.
— A casa em Portugal.
— Vendi, e mal consegui pagar as contas.
A sensação de mal-estar voltou. Mais forte ainda. Como se um rato me consumisse por dentro. Mastigasse meu estômago. Entrasse nas minhas entranhas.
— Acho que Gloria não vai gostar de ouvir isso.
Ele passa a mão pelos cabelos bem penteados.
— É a pura verdade. Não tenho trinta mil. Não tenho vinte, nem dez, nem cinco. Não tenho um maldito centavo.
— Conte outra.
— O dinheiro acabou. O tratamento de Marie nos Estados Unidos. Você sabe quanto custa uma cura milagrosa? — Uma risada amarga. — Mais de setecentas e cinquenta mil libras. É isso. Era tudo o que eu tinha. Não sobrou nada.
— Mentiroso. — Balanço a cabeça. — Como sempre. Tentando salvar a própria pele. Você não passa de um mentiroso.
— Juro que é verdade.
— Não é. Liguei para a clínica nos Estados Unidos. Marie comentou sobre ela. E sabe o que disseram? Que nunca ouviram falar de você nem de Marie. Eles não têm registro de entrada dela nem para cuidar de uma porra de unha encravada, muito menos para um tratamento milagroso de câncer.
Olho para ele com ar de triunfo. Espero ouvir seu costumeiro grunhido provocador. Um homem desafiado e furioso por ser desmascarado. O que vejo, no entanto, é diferente. Algo inesperado. Confusão. Medo.
— Não pode ser. Ela pagou. Eu transferi o dinheiro.
— Mais mentiras. Você não para nunca? *Sei* muito bem o que está planejando.
— Posso lhe mostrar os extratos bancários. O número da conta.
— Sei. Claro... — Paro de falar de repente. Olho para ele. — *Ela?*
— Marie. Foi ela quem descobriu a clínica. Organizou tudo. Os hotéis, os voos.

—Você transferiu todo o dinheiro para Marie?

— Para nossa conta conjunta. Ela fez o pagamento.

— Mas você não falou com a clínica? Não confirmou se eles receberam o dinheiro?

— Confio na minha esposa. E por que ela mentiria? Ela está desesperada. Não quer morrer. O tratamento era sua única chance.

E pessoas desesperadas querem acreditar em milagres.

Tento manter a calma, raciocinar.

— Por que você tem impedido o avanço do projeto do parque rural?

— Porque é mais lucrativo construir casas no terreno.

— Mesmo com o que há no subsolo?

Ele dá um sorriso de desdém.

— Um desmoronamento bloqueou aquele lugar para sempre há anos.

— Era o que eu esperava que tivesse acontecido. Mas parece que seu filho encontrou outro caminho.

— *Jeremy? Não.* E o que uma coisa tem a ver com a outra?

—Você nunca contou para ele o que encontramos?

— Eu *disse* para ele nunca ir lá. Para ficar longe.

— E crianças sempre obedecem aos pais?

— Claro que não. Na verdade, Jeremy não dá a mínima para o que eu digo. Mas ele dá ouvidos a Marie. Sempre deu. Ele faria qualquer coisa por ela. É um garoto muito mimado.

Engulo em seco e é como se engolisse vidro moído.

Ele faria qualquer coisa por ela. Um garoto muito mimado.

A maçã nunca cai tão longe assim da árvore.

Eu só estava desperdiçando energia com a árvore errada.

Meu telefone começa a tocar.

— Alô?

— Como estão as coisas?

Olho para Hurst.

— Bem. Quanto tempo até eles voltarem?

— Foi por isso que liguei. Eles não vão voltar.

— O quê?

— Eles mudaram o trajeto. Marie deixou o menino na rua principal para encontrar alguns amigos. Agora ela está sozinha a caminho do seu chalé.

— *Meu* chalé?

— Não, espere, não desligue... ela parou. Está saindo do carro. Eita, isso está esquisito. Ela pegou uma lanterna e uma mochila.

Merda.

— A mina — digo. — Ela está a caminho da mina.

trinta e seis

Não acredito em destino.

Às vezes, porém, a vida parece ter um quê de inevitável, um curso difícil de alterar.

Tudo começou aqui, no poço. E, ao que parece, é também onde terminará.

As coisas não aconteceram exatamente como imaginei. Não foi como planejei. Mas esse é o problema dos planos — eles nunca funcionam como imaginamos. Os meus, por outro lado, parecem nunca funcionar, de forma nenhuma.

Estacionamos o carro de Hurst. Ele não disse uma palavra durante o curto percurso. Mas posso ver que seus olhos têm uma expressão confusa e que ele tensiona e relaxa o queixo enquanto tenta digerir o que acaba de descobrir. Tenta entender como Marie pode tê-lo enganado. Mentido para ele.

Eu esperava raiva, mas ele parece apenas destruído. Diminuído. Eu estava errado a seu respeito. Pensei que Marie fosse apenas mais um de seus troféus, como a casa e o carro. Mas Hurst a ama. Sempre amou. E, apesar de tudo, ainda quer salvá-la.

Vejo um Mini amarelo estacionado de qualquer jeito. Não avisto Gloria nem seu carro. Não tenho certeza se devo considerar isso um motivo de preocupação ou de alívio.

Descemos do carro.

— Onde ela está? — Hurst pergunta.

— Não sei. — Ilumino a cerca com minha lanterna e encontro a abertura pela qual eu entrara espremido antes. — Vamos.

Eu passo e Hurst me segue. Escuto um palavrão vindo dele. Não foi apenas a sua carteira que ficou mais volumosa.

— Já não era sem tempo.

Levo um susto. Gloria emerge das sombras ao lado da cerca. Ela está com um casaco escuro por cima de seus habituais tons pastel, algo bem incomum para Gloria. Um traje de negócios.

Olho ao redor.

— Onde está Marie?

— No porta-malas do meu carro.

—Vagabunda — reage Hurst.

Gloria se vira para ele.

— Stephen Hurst, eu suponho. Na verdade, estou brincando. Ela subiu aquela encosta faz uns vinte minutos.

Intervenho rapidamente.

— Gloria, Marie está com o seu dinheiro. Mais de trinta mil. Mais de setecentos e cinquenta. Precisamos trazê-la de lá.

Ela olha para Hurst.

— E ele?

— O que tem ele?

—Você disse que Marie, a esposa, está com o dinheiro, certo?

— Sim.

— Então, qual a utilidade dele?

— Gloria...

— Foi o que pensei.

Ela faz um gesto tão rápido que mal vejo a arma. Apenas ouço um estampido e, de repente, Hurst está se contorcendo no chão, gritando e agarrando a perna. Sangue vermelho-escuro começa a jorrar — *literalmente a jorrar* — do ferimento. Ajoelho-me ao seu lado. Seguro seus braços.

— Meu Deus!

Olho em volta. A estrada do outro lado da cerca está deserta. Não há ninguém por perto. Nem os faróis de um carro que passasse por acaso iluminariam a escuridão que nos envolvia.

— Artéria femoral — diz Gloria, abaixando a arma, que tem um grande silenciador preso ao cano. — Mesmo que eu pressione o local do ferimento, ele se esvairá em sangue em no máximo quinze ou vinte minutos.

Os olhos de Hurst encontram os meus. Gloria segura meu braço e me puxa de volta pra cima.

— Você está perdendo tempo. Vá pegar meu *maldito* dinheiro.

— Mas e...

Ela pressiona um dedo contra meus lábios.

— O tempo está passando.

Disparo colina acima, com a lanterna balançando. Ela não tem grande utilidade, sou guiado mais pelo instinto e pelo medo. Como eu não trouxe a bengala, tropeço, perco o equilíbrio e piso em falso por todo o percurso de subida e descida das ladeiras acidentadas e escorregadias. Minha perna ruim me proporciona uma companhia quase constante de dor. Minhas costelas também. Mas outra parte de mim parece inteiramente alheia à experiência, como se eu estivesse pairando acima de mim e observasse um homem alto, magro, com fôlego de fumante e cabelo preto desgrenhado cambalear por uma área rural como um vagabundo bêbado.

Quero rir do absurdo de tudo aquilo; rir até gritar. Parece que estou tendo um sonho macabro. No fundo, porém, sei que a história toda é real. É um pesadelo que começou vinte e cinco anos atrás.

E que termina esta noite.

Na base da colina, vejo-a sentada de pernas cruzadas, na entrada. Há uma luz dessas de acampamento ao seu lado, uma mochila a seus pés. Uma echarpe envolve sua cabeça, também coberta por um capuz. Ela está curvada e, por um momento, tenho a impressão de que está rezando. Depois, quando endireita o corpo, percebo que está apenas acendendo um cigarro.

Desligo a lanterna e a observo. Mas na verdade não é ela que vejo. Vejo uma garota de quinze anos. Uma garota linda, inteligente... e fria. Eu me pergunto como nunca reparei nisso antes. Mas um rosto bonito pode impedir que muitas falhas sejam percebidas, ainda mais quando você mesmo não passa de um aglomerado de hormônios de quinze anos. Você não se importa com o que há embaixo. A escuridão. Os ossos podres.

Dou um passo à frente.

— Marie?

Ela não se vira.

— Eu sabia que seria você. Sempre você. Desde que éramos pequenos, um espinho ao meu lado.

— É da minha natureza.

— Vá embora, Joe.
— Eu vou. Se você vier comigo.
— Bela tentativa.
— Outra tentativa, então: se não vier comigo, uma mulher doida vai matar seu marido.
— Mesmo que eu acreditasse em você, por que me importaria? Quando isso acabar, Jeremy e eu deixaremos Hurst e essa merda de lugar. Para sempre.
— Você deve saber que isso é loucura.
— É minha única chance.
— A clínica americana era sua única chance. Você alguma vez teve a intenção de ir para lá? Ou foi tudo apenas uma artimanha para conseguir o dinheiro?
Por fim ela vira a cabeça na minha direção. Seu rosto, sob a luz da lanterna, parece assustadoramente fino e terrivelmente tranquilo.
— Você sabe qual era o índice de remissão? Trinta por cento. Apenas trinta por cento.
— Já apostei em probabilidades piores.
— E ganhou?
Não respondo.
— Imaginava que não. E não quero arriscar. Não quero morrer.
— Todos nós vamos morrer.
— É fácil dizer isso quando não se está prestes a morrer. — Ela sopra a fumaça. — Você tem ideia do que seja passar por uma situação dessas? Fechar os olhos para dormir e se perguntar se aquela será sua última noite. E às vezes você espera que de fato *seja*, porque está com medo e sofrendo. Em outras, tenta ficar acordado durante a noite, lutando contra o sono, porque tem pavor de não voltar da escuridão.
Seus olhos encontram os meus. A luz da lanterna lhes dá um brilho febril.
— Já pensou na morte alguma vez? Pensou *de verdade*? Nenhum sentimento, nenhum som, nenhum toque. Não existir. Para sempre.
Não, digo para mim mesmo. Porque todos nós tentamos não pensar. Porque viver é isto. Manter-nos ocupados, desviar os olhos para que não tenhamos que encarar o abismo. Porque isso nos enlouqueceria.
— Ninguém sabe quanto tempo nos resta.
— Não estou preparada.
— A decisão não é sua. Não podemos escolher.
— E se pudéssemos? O que faria?

— Não isso.

— É o que você diz. — Ela olha na direção do túnel. — Nós dois sabemos o que há lá embaixo.

— Ossos — digo, tentando manter a voz firme. — É o que há lá embaixo. Ossos de pessoas mortas há muito tempo, pessoas que não tinham medicamentos, nem quimio, nem mesmo analgésicos. De pessoas que ainda acreditavam em Deus, no diabo e em milagres. Sabemos das coisas agora. Isso tudo não é *real*.

— Não diga bobagem, Joe. Você esteve lá. Todos nós estivemos.

— Marie, você está doente. Não consegue raciocinar direito. Por favor. Não há nada lá embaixo que possa ajudar. Nada. Acredite em mim.

— Tudo bem. — Ela apaga o cigarro e pega a mochila. Tira dela uma garrafa de vodca e uma caixa de comprimidos para dormir. — Se acredita mesmo no que diz, deixe-me partir. Tomarei isto e será o fim de tudo. Pelo menos *eu* posso fazer a escolha.

Não respondo.

Ela sorri.

— Você não pode, não é? Porque *você sabe*. Por causa do que aconteceu com sua irmã.

— Minha irmã foi ferida. Ela se perdeu. E voltou.

— De onde?

Sinto um bolo na garganta.

— Annie não morreu.

Ela ri. Uma risada horrível e quebrada, desprovida de humor ou humanidade. E parte de mim se pergunta se, por dentro, ela foi sempre assim. Ou se alguma coisa mudou nela naquela noite. Talvez algo tenha mudado em todos nós. Talvez culpa e arrependimento não fossem as únicas coisas que trouxemos de lá.

— Você não acredita — ela diz.

— Sim. Acredito.

— Mentiroso. — Seus lábios se franzem de um jeito estranho. — Ela estava morta. Não havia como sobreviver àquele golpe. Eu sei porque...

Ela interrompe a frase. Sinto um calafrio. Todas as minhas terminações nervosas se manifestam de repente.

— Porque *o quê*?

— Nada. Não é nada.

Mas é mentira. É tudo. E então consigo rever a cena. Annie caída como se fosse um montinho amarrotado. Hurst a uma pequena distância. O pé de cabra no chão. Marie agarrada ao braço de Hurst. Mas Marie não estava lá *antes*. Ela havia se mexido. Estava mais perto; de mim, de Annie.

— Foi você — digo. — Foi você quem bateu nela.

— Foi sem querer. Entrei em pânico. Foi um acidente.

—Você deixou que Hurst levasse a culpa. Ele acobertou você. Protegeu você.

— Ele me ama.

E agora tudo faz sentido. Explica por que ela ficou. Por que eles casaram. Ele a amava. Mas ele também tinha poder sobre ela. Ela não tinha como se afastar dele. E talvez a piscina e as portas articuladas ajudassem. Um pouco, pelo menos.

—Vocês realmente pretendiam nos deixar lá embaixo?

— Tentei convencê-lo a desistir.

Mas isso não é de todo verdade. Lembro-me dela com a mão apoiada no braço dele. Do olhar que trocaram. Imaginei que ela quisesse nos ajudar. Mas agora não tenho certeza. Não tenho certeza de mais nada.

— E quanto a Chris? Eu disse onde iria encontrá-lo naquela noite. Você mandou Hurst ir atrás dele? A ideia foi sua também?

— Não. Não foi isso. Você sabe como Hurst era. Eu tinha medo dele.

Penso no hematoma no olho dela. No olho direito. E então visualizo Hurst servindo meu uísque. *Destro*. Mais um pedaço do pedestal desmorona.

— Ele nunca bateu em você, não foi?

— Isso importa?

— Sim.

—Tudo bem. Não, ele nunca me bateu. Eu me envolvi em uma briga com Angie Gordon depois da aula.

— Então você mentiu sobre isso também.

— Pelo amor de Deus, faz vinte e cinco anos. O que passou passou. Não posso mudar os fatos. Gostaria de poder. — Ela olha para a entrada da caverna. — Por favor, Joe. Deixe-me partir, só isso.

— Não posso.

— Eu faço qualquer coisa. Posso lhe dar dinheiro, o que você quiser.

— O que eu quiser?

— Sim.

Penso em Hurst caído e esvaindo-se em sangue. Penso no dinheiro que devo. Penso nos olhos arregalados de Annie olhando pela janela numa manhã clara de neve e no seu corpinho encolhido no chão da caverna.

Penso nos explosivos que coloquei no fundo da caverna e no detonador móvel que carrego no bolso. Olho para Marie. O ódio queima como fogo.

—Você pode me esclarecer uma coisa — digo.

— O que quiser.

— Onde estão todos os malditos bonecos de neve?

Ela abre a boca. A lateral de sua cabeça colapsa. Osso, sangue e cérebro voam pelo ar e caem como uma chuva de confetes. Seu crânio é uma cratera aberta, o osso quebrado como papel machê.

Seus olhos nem chegam a demonstrar surpresa. Tudo acontece rápido demais. Não há um momento de avaliação ou compreensão. Um minuto ela está viva. No seguinte está morta, dobrando-se no chão como uma pilha malfeita, como se alguém desligasse um interruptor. Cortasse a energia. Para sempre.

— *Meu Deus!*

Eu me viro. Gloria está atrás de mim, com a arma na mão.

—Você a matou!

— Ela não lhe daria nada. Já lidei com putas como ela antes.

— Onde está Hurst?

— Ele era desses que sangram rápido demais.

Hurst. Morto. Tento assimilar a situação. Durante anos tinha certeza de que queria que ele morresse. Torcia por isso, até. Mas aqui, agora, não sinto nada, a não ser náusea e cansaço. E medo. Porque agora somos só Gloria e eu.

—Você não precisava deixá-lo morrer...

— Infelizmente deixei. Mas olhe pelo lado bom: agora que preciso me livrar de mais dois corpos, não vou ter tempo de matar você devagarinho. — Ela aponta a arma para mim. — Quais são suas últimas palavras?

— Não atire em mim?

— Eu bem que gostaria.

Não adianta implorar. Não para Gloria. Eu poderia até tentar. Poderia dizer que sou professor. Professores não costumam levar tiros, não somos tão interessantes assim. Morremos lentamente, muitos anos depois de as pessoas imaginarem que já estamos mortos. Poderia dizer que tenho outro plano. Ou que quero fugir com ela. Ou que não estou preparado. Não faria diferença.

Fecho os olhos.

Ela engatilha a arma.

—Você estaria mais confortável de pantufa.

Seguro o celular com dedos firmes... e pressiono *Ligar*.

Não é um estrondo desta vez. É um rugido. Que vem do interior da terra e sacode o solo. Abro os olhos. Vejo Gloria tropeçar, a arma vacilar. Será que tenho tempo para correr, atacá-la? Ela logo retoma o equilíbrio, a arma ainda apontada para mim. Seu dedo aperta o gatilho...

Nenhuma prorrogação. Nenhuma fuga de última hora. Nenhuma segunda chance.

Gloria é sugada pelo chão.

Como um coelho em um buraco, uma moeda em um poço. Nem um grito sequer. Simplesmente despareceu. Sumiu. Olho em choque para o lugar onde ela estava; para a cratera que acaba de se abrir no chão.

Tento me aproximar, mancando. Consigo ver uma mancha rosada, uma mecha de cabelo loiro. O chão treme de novo. Terra e grama começam a desmoronar sob meus tênis. Cambaleio para trás. Escapo bem na hora que as laterais do buraco cedem e mais cascalho, terra e pedras se acumulam em cima do corpo de Gloria.

Olho para o fundo do abismo, sentindo uma mistura de confusão e náusea. Minha visão fica turva. Algo quente escorre pelo meu rosto, perto da orelha. Minha cabeça dói. Ergo a mão e sinto a área acima do meu olho pegajosa e estranhamente macia. Mas não tenho tempo para me preocupar com isso. Há outro rugido vindo das profundezas. Um aviso. Preciso sair daqui antes que acabe fazendo companhia a Gloria lá embaixo. Na escuridão. Entre os ossos dos mortos.

E outras coisas.

Tenho a sensação de que levo mais tempo para fazer o caminho de volta. Estou sem equilíbrio. Cambaleio pelas encostas, caio várias vezes. Sinto um zunido agudo no ouvido esquerdo e um dos meus olhos não consegue focar direito. Isso não é bom. Nada bom.

Estou quase nos portões da antiga mina quando sinto o tremor final ressoar pelo chão. Paro e olho para trás. Fumaça preta se mistura com o céu cor de carvão.

Algo cai no meu rosto. A sensação é de que são flocos de neve. Demoro um momento para perceber que os flocos são pretos, não brancos. Flocos de carvão. Paro por um ou dois segundos e os deixo cair à minha volta.

E então me sento. Mas não é uma decisão consciente. Minhas pernas simplesmente cedem, como se os comandos enviados pelo meu cérebro tivessem parado de funcionar. Resolveram fazer uma pausa — talvez para sempre.

Estou cansado. Manchas vermelhas pincelam a visão do meu olho esquerdo. Um pensamento me ocorre: talvez eu não consiga mais me levantar. Não me importo.

Deito-me no chão duro. Olho para o céu, mas é como se olhasse para baixo, para o fundo de um buraco negro. A escuridão me envolve.

Alguém segura meu braço.

trinta e sete

Duas semanas mais tarde

— Não sou muito bom com despedidas.
— Nem eu.
— Será que a gente deveria se abraçar?
— Você quer?
Beth olha para mim.
— Para ser sincera, não.
— Nem eu.
— Sabe o que dizem sobre abraços? — ela pergunta.
— O quê?
— Que não passam de uma desculpa para as pessoas esconderem o rosto.
— Bem, para algumas talvez seja isso mesmo.
— Vá se ferrar.
— Perdeu sua chance.
— Vou superar.
— E olhe que pensei que você estivesse afogando suas mágoas.
Beth levanta o copo na minha direção.
— Saúde.
Encosto minha Coca-Cola na sua cerveja.
— Ah, e não fique achando que eu vou bancar você a noite toda só porque está irritado e me fazendo lidar com as consequências — ela retruca.
— Por "consequências" presumo que queira dizer seu novo cargo de vice-diretora, né?

— É, bem, você sabe... dá na mesma.

— Na verdade, não dá na mesma.

Ela me mostra o dedo do meio.

Harry pediu demissão poucos dias atrás, junto com Simon Saunders. Não tenho certeza, mas é provável que tenha algo a ver com alguns e-mails que a polícia encontrou no computador de Stephen Hurst e que continham provas de suborno e corrupção. Influência indevida sobre Harry e pagamentos feitos a Simon em troca de adulteração das notas do seu filho. Tudo extremamente lamentável.

A Srta. Hardy (Susan, História) assumiu o cargo de diretora interina e nomeou Beth vice. Acredito que as duas formarão uma boa equipe. Na verdade, se eu fosse otimista, poderia ir além e dizer que acredito que seriam de fato capazes de transformar o Instituto Arnhill, principalmente porque parece que um de seus maiores problemas, Jeremy Hurst, não voltará.

Ele está em um lar temporário, com acompanhamento psiquiátrico, em estado de choque depois das mortes violentas e inesperadas dos pais. Eu gostaria de dizer que lamento por Jeremy. Mas então me lembro de Benjamin Morton.

Nunca saberei ao certo, mas acredito que Jeremy o levou até a caverna. Talvez estivesse só brincando, talvez fosse parte de uma "iniciação". Tanto faz. Aconteceu alguma coisa com Ben lá embaixo. Algo ruim. E talvez ele não tenha sido o primeiro. Penso na sobrinha de Beth, Emily. Outra criança que mudou. Mais uma vida encurtada de maneira trágica.

E Jeremy não contou para ninguém. Exceto, talvez, para a mãe.

Os corpos de Hurst e Marie foram encontrados no terreno da mina. A polícia ainda investiga as circunstâncias de suas mortes. Hurst tinha alguns contatos questionáveis e um número bem grande de inimigos — sem mencionar a mochila com um pé de cabra manchado de sangue... Então pode levar algum tempo até entenderem tudo. Tenho a impressão de que, sem mais informações, talvez esse caso nunca seja solucionado.

A cratera aberta no chão deve ser fechada em breve. O projeto do parque rural está sendo revisado. Nenhuma casa jamais será construída naquele terreno. Nenhum conselho aprovaria.

A polícia me procurou, claro. O policial Taylor e outro, o detetive Gary Barford, um grandalhão. Eles sabiam que eu estivera no carro de Hurst, o que admiti, alegando que ele tinha me dado carona para casa certa noite. No entanto, depois que esse item foi riscado da lista, as demais perguntas foram superficiais.

— Então não sou considerado suspeito? — perguntei enquanto eles saíam.
Taylor levantou uma sobrancelha.
— Não deste caso.
O detetive grandalhão deu uma gargalhada. Piada de policial.
— Parece trabalho de profissional — disse ele. — Não vejo você como um assassino desse tipo.
Eu poderia ter dito a eles que há assassinos (e assassinas) de todos os tipos. Mas não disse. Só dei um sorriso.
— A caneta é mais poderosa — falei.
Ele olhou para mim. Piada de professor.

Beth observa minha Coca-Cola com desconfiança.
— Você precisa mesmo ir embora hoje? Isso aí não me parece a bebida ideal para uma despedida. Podíamos pedir uma garrafa de vinho. Prolongar a tarde, talvez?
Olho para ela. Vou sentir saudade de olhar para ela. E fico feliz por termos acertado as contas. Contei que voltei para Arnhill porque considerava Hurst culpado pelo suicídio de Chris. Eu precisava deixar alguns fantasmas em paz. Em parte, era verdade. Como acontece com a maioria das mentiras. Isso às vezes basta.
— Por mais atraente que seja a proposta — respondo —, preciso ir. De qualquer forma, é a companhia que importa.
Ela faz uma careta.
— Que simpático, hein. Vou fazer xixi.
Ela sai da mesa rebolando. Vejo aquela figura magra se afastar. Ela está com um jeans preto bem justo, botas e um suéter listrado folgado e cheio de buraquinhos (o que imagino que seja uma questão de moda, não o resultado do trabalho entusiasmado de traças). Sinto uma pontada de arrependimento. Gosto de Beth. Gosto muito. E quase ousaria acreditar que ela também gosta de mim. Ela é uma boa pessoa. Mas eu não sou. É por isso que quero ir embora e ficar o mais longe possível dela.
— Batata frita grande.
Ergo os olhos. Lauren coloca uma tigela em cima da mesa.
Sorrio.
— Obrigado.
— De nada.
— Não só pelas batatas.

Ela olha para mim.

— Eu me lembro — digo. — Foi você quem me encontrou na mina naquela noite.

O momento se prolonga. Quando imagino que o silêncio vai continuar, ela diz:

— Eu estava levando o cachorro para um último passeio.

Um cachorro velho, lembro. *Da mãe dela. Um cachorro com uma falha no pelo ao redor do pescoço. E uma tendência a morder.*

— Bem, obrigado de novo — digo. — Por me levar para casa. Por não dizer nada. E por tudo o mais. Não me lembro muito dos detalhes.

— Não fiz muita coisa.

— Isso não é verdade.

Ela dá de ombros.

— Como está a sua cabeça?

Levo a mão à testa. Há uma marquinha vermelha na minha têmpora, que continua sensível; um machucado ainda sarando. Mas só isso.

— Acho que devo ter batido quando caí.

— Você não caiu.

— Não?

— Não exatamente.

Ela se vira e volta para o bar. Fico olhando para ela enquanto se afasta.

Beth volta para a mesa.

— Você disse alguma coisa?

— Não. Nada. — Pego um sachê. — Ketchup?

— Obrigada. — Ela aceita. — Ah, antes que eu esqueça.

Ela enfia a mão na bolsa, tira uma caixa de sapatos e a desliza sobre a mesa.

— Você conseguiu?

— A Sra. Craddock, de Biologia, conseguiu.

— Obrigado. — Abro a caixa e olho dentro.

— Apresento-lhe Felpudo — diz Beth.

— Ela não... você sabe...

— Nãããão. Causas naturais.

— Ótimo. Obrigado.

— Você vai me explicar isso em algum momento?

— Não.

— Quanto mistério... Vou sentir sua falta.

Sorrio.

— Eu também.

— Pode deixar isso de lado agora? Está me fazendo perder a fome.

Enfio a caixa na bolsa.

— Melhor assim?

— Eu estava me referindo ao seu sorriso idiota.

Já são mais de três da tarde quando entro no carro para voltar ao Noroeste. Beth e eu trocamos telefones e prometemos manter contato, mas sei que isso não deve acontecer, porque não somos do tipo de trocar mensagens por qualquer motivo. E tudo bem com relação a isso também.

Nenhum abraço, lágrima ou beijo apaixonado de última hora acontece. Ela não corre atrás do carro quando me afasto. Apenas a vejo acenar com dois dedos pelo retrovisor, e logo ela volta para dentro do pub. Tudo certo.

Sigo em frente. Mas não vou longe. Chego ao fim da rua e paro ao lado da St. Jude. Saio do carro e abro o portão. Ela está sentada no banco de madeira. Sua roupa é discreta, uma jaqueta cinza lisa e um vestido azul. Quando me aproximo, ela se vira.

— Lugar estranho para uma despedida — diz a Srta. Grayson.

— Mas imaginei que seria apropriado.

— É, acho que sim. — Olhamos para o cemitério.

— Ela não está enterrada aqui, não é? — pergunto.

— Quem?

Mas ela sabe.

— Sua irmã.

— Este cemitério não é usado há muito tempo.

— Ela não está enterrada em nenhum cemitério próximo. Eu verifiquei.

— Meus pais mandaram cremá-la.

— Também não há registro dela no crematório. Na verdade, não há nenhum registro de sua morte.

Uma longa pausa. Então ela diz:

— A perda de um filho é uma dor inimaginável. Acho que a tristeza é uma espécie de loucura. Pode levar alguém a fazer coisas que nunca consideraria em circunstâncias normais.

— O que aconteceu com ela? — pergunto.

— Meus pais a levaram certa noite. Nunca a trouxeram de volta. Ou, pelo menos, nunca a trouxeram para casa.

— Foi por isso que demonstrou tanto interesse pela história de Arnhill e da mina? Porque disse que sabia o que tinha acontecido com Annie?

Ela balança a cabeça e pergunta:

— O lance do carro foi mesmo um acidente?

— Sim. Foi um acidente.

Ela parece pensativa.

— As pessoas dizem que a vida encontra um jeito. Talvez, às vezes, a morte também encontre.

E, no final, penso, *tem todas as cartas.*

— Preciso ir. — Estendo a mão. — Adeus, Srta. Grayson.

Ela também estende a mão, e sinto sua palma fria e macia.

— Adeus, Sr. Thorne.

Levanto-me e saio. Estou quase no portão quando ela grita:

— Joe?

— Sim?

— Obrigada. Por voltar.

Dou de ombros.

— Às vezes não se tem escolha.

trinta e oito

As estradas do interior são sinuosas e escuras. Dirijo por elas devagar e com cuidado. Mesmo no meu ritmo de tartaruga, a viagem leva menos tempo do que eu esperava. Não peguei o trânsito da hora do rush e minha mente está ocupada. Muito ocupada.

Estaciono em uma rua lateral a alguns prédios depois do apartamento que dividia com Brendan. Saio do carro e olho para um lado e para o outro. Sigo direto até o final da rua antes de encontrar um Ford Focus um pouco maltratado, com duas cadeirinhas infantis no banco de trás e uma placa no vidro traseiro que diz MONSTRINHOS A BORDO.

Encaro o carro durante algum tempo, depois volto a andar com o passo mais lento e desço duas ruas até um lugar que eu costumava frequentar. Um lugar bom. Servem uma torta de vitela e rim bem razoável.

Abro a porta e logo o vejo na nossa mesa de sempre no canto mais afastado. Peço uma cerveja e um pacote de batatas fritas e vou em sua direção. Ele ergue os olhos. Um sorriso se abre no rosto de traços marcados.

— Ora, ora, vejam quem chegou.

Coloco minha cerveja na mesa. Ele se levanta e abre os braços. Trocamos um abraço. Ele não consegue ver meu rosto.

Quando nos sentamos, Brendan levanta seu copo de suco de laranja.

— Fico feliz em ter você de volta, e inteiro.

Tomo um gole da minha cerveja.

— Obrigado.

— Então, vai me contar o que aconteceu?
— A loura não será mais um problema.
— Não?
— Ela está morta. Acidente.
Observo sua reação. Mas ele parece bem.
— E sua dívida?
— Acho que logo será cancelada.
— Bem, sabe o que minha velha e querida mãe diria?
— O quê?
— Um homem sábio nunca conta suas galinhas antes de ter matado a última raposa.
— O que isso quer dizer?
— Você pode ter dado um jeito na mulher, mas acha mesmo que a história acabou?

Abro o pacote de batatas fritas e ofereço a Brendan. Ele dá uma batidinha na barriga e balança a cabeça.

— Dieta, lembra?
— Ah. Claro. Você era muito maior, não é? Quando bebia.

Ele sorri.

— Não era o Adonis que sou agora.
— Então você diria que era gordo naquela época?

O sorriso desaparece.

— O que é isso, Joe?
— Uma coisa que Gloria disse, antes de morrer. Foi rápido, caso esteja se perguntando. Sei que vocês eram próximos.
— Próximos? Não tenho ideia do que está falando. Sou seu amigo. Eu sempre estive do seu lado. Visitei você durante semanas no hospital.
— Você me visitou duas vezes. Mas imagino que estivesse ocupado demais administrando seus negócios. Jogo, extorsão, assassinato.
— Negócios? Você sabe que está falando com o *Brendan*, certo?
— Não. Estou falando com o Gordo.

Olhamos um para o outro. Sua expressão deixa claro que ele já percebeu que não vale a pena tentar mais nada. Não há mais cartas na manga. Ele estende os braços.

— Porra. Você me pegou. Sempre foi esperto. É por isso que gosto de você.

O forte sotaque irlandês se desfaz, como uma cobra que troca sua pele.

— Foi por isso que fez com que Gloria me aleijasse? — pergunto.

— Amigos, amigos, negócios à parte.
— O que sabe sobre amizade?
—Você continua respirando. Eu diria que isso é amizade.
— Por quê? Por que fingiu ser meu amigo? Por que me deixou morar no seu apartamento?
— Estava tentando ajudá-lo. Dar uma chance para você pagar. Mas você insistia em se afundar cada vez mais. Além disso, juro por Deus, gosto da sua companhia. Pelo que sei, você não tem muitos amigos próximos.
— Eles costumam sofrer muitos acidentes...
Ele ri.
— Às vezes isso é necessário.
Necessário. Claro.
Ele se reclina na cadeira.
— Então, me diga... O que Gloria falou?
— *Você estaria mais confortável de pantufa*. Não entendi na hora, ainda mais com uma arma apontada para a minha cabeça. Só que mais tarde eu lembrei.
Ele balança a cabeça.
— Devia saber que minhas sábias palavras voltariam um dia para me assombrar.
— Não foi só isso. Eu quase poderia ter ignorado o que Gloria disse...
E eu queria. Queria muito. Mas outra coisa me incomodava.
— Foi o carro — digo.
— Carro?
—Vi um Ford Focus preto com cadeirinhas infantis estacionado na frente da pousada *antes* de você dizer que tinha ido de carro levar a bolsa para mim. Achei que conhecia o carro, mas não conseguia saber de onde. Depois liguei os pontos. Eu tinha visto o mesmo Ford Focus na frente do apartamento uma vez. Você disse que o carro era da sua irmã, que tinha pedido emprestado.
— Ah.
— E era?
— Na verdade, não. Sempre se esconda em plena vista, meu amigo. Misture-se com a multidão. Metade das pessoas neste pub já ouviu falar no Gordo. Nenhuma delas sabe que ele vem aqui quase todas as noites. Nenhuma delas olha duas vezes para Brendan, o beberrão regenerado, o fanfarrão irlandês inofensivo. Mesma coisa com o carro. Ninguém repara em mais um carro de família. Se alguma coisa ruim acontece, a polícia não vai parar um pai com uma roupa qualquer que está correndo para pegar os filhos. É o disfarce perfeito.

— Ou talvez não.

— Bem, todos nós cometemos erros. O seu foi voltar para cá. Porque agora estou diante de um dilema. Você ainda me deve dinheiro. Minha namorada está morta. O que devo fazer com você, Joe?

— Me deixar sair daqui.

Ele ri.

— Eu poderia fazer isso. Mas estaria apenas retardando o inevitável.

— Você não vai me matar.

— E por que não?

— Primeiro me explique duas coisas... Por que me disse para ir à polícia?

— Porque eu sabia que você não iria. Psicologia reversa.

— E era tudo mentira? Tudo o mais que me contou?

Ele reflete.

— Bem, vejamos. Minha mãe é irlandesa, mas não tão querida. Já fui gordo, sim. Sou um alcoólatra em recuperação. Ah, e tenho uma irmã...

— Que tem dois filhos, Daisy e Theo.

Ele olha para mim. Seu olho treme de leve.

— Eles moram em Altrincham. O pai deles trabalha no aeroporto. A mãe é recepcionista em um consultório médico. Daisy e Theo frequentam a Escola Primária de Huntingdon. Sua irmã os busca três dias por semana, e nas terças e sextas, quando ela trabalha até tarde, é uma babá que os leva para casa. Ah, e não são ratos que eles têm. São hamsters. — Pego minha bebida e tomo um gole. — Como estou me saindo até agora?

— Como foi que...

— Eu estava sem emprego. Tinha tempo livre. Agora, o que importa é o seguinte: se você vier atrás de mim, vou atrás da sua irmã e da família dela.

Ele aperta os lábios.

— Você não seria capaz de fazer isso.

— Não?

Enfio a mão no bolso e pego algo pequeno, marrom e peludo. Coloco o hamster morto dentro de sua bebida.

— Como sua velha e querida mãe dizia no meio da orgia: "Você não tem a menor ideia do que sou capaz."

Brendan olha para o hamster. Depois de novo para mim. Sorrio. Sua expressão se modifica.

— Vá embora daqui. Não quero ver sua cara horrível de novo.

Empurro minha cadeira para trás.

— Para longe, *muito* longe — ele acrescenta.

— Ouvi dizer que Botswana é um lugar legal.

— Compre uma passagem só de ida. Se ousar mandar um cartão-postal que seja, você é um homem morto. Entendeu?

— Entendi.

Viro-me e atravesso o pub. Não olho para trás.

E por alguma razão, não manco.

epílogo

Henry foi avisado de que não devia brincar naquela área. Desde que se mudaram, sua mãe só falava daquilo. É perigoso; ele poderia se machucar, se perder ou cair em um buraco. E ninguém quer cair em um buraco, não é?

Henry não quer, mas ele nem sempre escuta a mãe. Às vezes, é como se as palavras dela fossem apenas uma mistura confusa de letras. Ele as ouve, mas na verdade não entende o que querem dizer. Dizem que isso tem relação com seu autismo. Significa que ele não tem empatia (não sente as coisas como devia).

Isso não é inteiramente verdade. Ele tem dificuldade com pessoas. Mas nem tanto com animais. Nem com lugares. Ele consegue senti-los. Como aconteceu com a antiga mina. Ele sentiu-a no momento em que se mudaram. Sentiu que ela chamava por ele. Como se ele estivesse ao lado de uma sala com muitas pessoas falando ao mesmo tempo. Mas ele não conseguia entender o que elas diziam.

Henry não contou para a mãe sobre as vozes. Ele não conta várias coisas para a mãe, porque "ela se preocupa". É o que ela diz toda hora. Ela se preocupa em mantê-lo em segurança. Também se preocupa por ele passar tanto tempo sozinho. Foi por isso que ela ficou tão feliz quando ele falou sobre seus novos amigos. Henry nunca tivera amigos antes e ele sabe que sua mãe se preocupa com isso também.

Hoje a mãe está no andar de cima pintando. Ela está redecorando o chalé. Disse que as paredes pintadas todas de magnólia a deixavam com a sensação de estar vivendo em uma lata de semolina. Ela dizia coisas engraçadas às vezes. Henry acha que ama sua mãe.

Por isso ele sente um pouco (de culpa?) quando dá uma escapada. Mas não a ponto de desistir. Esse é o problema. Henry não para e pensa como suas ações afetarão outras pessoas (foi o que os médicos disseram). Ele vive apenas o momento.

Este momento é bom. O sol brilha. Mas não é um brilho suave de manteiga derretida, como no verão. É bem diferente. É um brilho de inverno. Com bordas afiadas, como se pudesse cortar os dedos de quem o tocasse. Henry gosta dessa sensação. Ele está usando um casaco grosso e sente-se seguro e aquecido, isolado do mundo ao seu redor. Henry gosta disso também.

Ele segue pela trilha até chegar ao início da cerca de segurança. Já sabe onde há uma fresta. Sua especialidade é encontrar caminhos para entrar em lugares. Ele se espreme para passar e olha ao redor.

Ele se pergunta onde seus amigos estão. Eles costumam encontrá-lo lá em cima. E então os vê (como se o simples fato de pensar neles os tivesse feito aparecer). Eles acenam e descem a pequena encosta em sua direção. A menina tem mais ou menos a idade de Henry. O menino é um pouco mais velho, magricela, de cabelo loiro. Às vezes a menina carrega uma boneca.

Eles percorrem juntos o terreno de vegetação rala. Vez ou outra, Henry para e pega algumas pedras, um parafuso velho ou um pedaço de metal. Ele gosta de juntar coisas.

Depois de um tempo — ele não sabe ao certo quanto, porque os relógios o confundem —, percebe que o sol não está tão forte e brilhante. Ele caiu muito no céu. Henry se dá conta de que sua mãe talvez já tenha parado de pintar, e se ele não estiver em casa ela ficará *preocupada*.

— Preciso ir — diz Henry.

— Ainda não — pede o menino.

— Fique mais um pouco — completa a menina.

Henry está indeciso. Ele gostaria de ficar. Sente uma ferroada nas entranhas. Ouve o pulsar da mina na cabeça. Mas não quer ver a mãe infeliz.

— Não — insiste. — Vou agora.

— Espere. — Há um tom de urgência na voz do menino.

— Queremos mostrar uma coisa — explica a menina.

Ela toca seu braço. Sua mão está fria. Ela veste apenas um pijama fino. O menino está de camiseta e bermuda. Os dois descalços.

Henry diz para si mesmo que aquilo é um pouco estranho. Mas esse pensamento logo some, sufocado pelas vozes sussurrando.

Ele tenta mais uma vez.

— Preciso mesmo ir embora agora.

O menino sorri. Algo preto cai do seu cabelo e foge em disparada.

—Você vai voltar — diz ele. — Nós prometemos.

- intrinseca.com.br
- @intrinseca
- editoraintrinseca
- @intrinseca
- @editoraintrinseca
- intrinsecaeditora

1ª edição	JANEIRO DE 2025
impressão	IMPRENSA DA FÉ
papel de miolo	LUX CREAM 60 G/M²
papel de capa	CARTÃO SUPREMO ALTA ALVURA 250 G/M²
tipografia	BEMBO